Marie Kärsting
Dolce Vita mortale

Marie Kärsting, 1993 in Kempen geboren, lebt mit ihrem Ehemann und zwei Hunden in einem kleinen Dorf am Niederrhein. Nach ihrem Schulabschluss studierte sie Betriebswirtschaftslehre und schloss eine kaufmännische Ausbildung ab, doch trotz der vielen Zahlen fand sie ihre Liebe zu Wörtern wieder. Mit ihren knisternden Liebesromanen konnte sie bereits Leserinnen begeistern und wagt nun mit ihrem schrulligen Krimi den Vorstoß in die spannende Literatur.

Marie Kärsting

Dolce Vita mortale

Toskana-Krimi

PIPER

Mehr über unsere Autoren und Bücher:
www.piper.de

Wenn Ihnen dieser Krimi gefallen hat, schreiben Sie uns unter
Nennung des Titels »Dolce Vita mortale«
an empfehlungen@piper.de, und wir empfehlen Ihnen
gerne vergleichbare Bücher.

Wir behalten uns eine Nutzung des Werks für Text und Data Mining
im Sinne von § 44b UrhG vor.

ISBN 978-3-492-50786-8
2. Auflage 2025
© 2025: Piper Verlag GmbH, Georgenstraße 4,
80799 München, www.piper.de
Für einen direkten Kontakt und Fragen zum Produkt
wenden Sie sich bitte an: info@piper.de
Redaktion: Birgit Förster
Satz auf Grundlage eines CSS-Layouts
von digital publishing competence (München)
mit abavo vlow (Buchloe)
Covergestaltung: FAVORITBUERO, München
Covermotiv: Bilder unter Lizenzierung von Shutterstock.com genutzt
Printed in the EU

Für Mama,
die mit mir in Montecatini
Zitronen geworfen hat

1

Der Wind unter der Autobahnbrücke zerstörte den frühlingshaften Start in den Tag voller Vogelgezwitscher und Morgenröte. Antonia zog an den Kordeln ihres Parkas, um eisige Luft von ihrem Hals zu halten. Auf eine Erkältung verzichtete sie gerne, schließlich stand eine große Reise an. Ihre erste, um genau zu sein. Sie konnte nicht fassen, dass sie tatsächlich hier wartete. Mit diesem furchtbaren Koffer, der sie nicht nur unglaubliche 147,99 Euro gekostet hatte, sondern auch die letzten noch vorhandenen Nerven. Besonders der verdammte Reißverschluss, der ihr jeglichen Dienst verweigert hatte. Erst kurz bevor das Taxi sie abgeholt hatte, war das Ding kooperativ gewesen. Niemals hatte sie vermutet, dass eine Reise so intensiv in der Vorbereitung war. Und dass man so viele Aspekte bedenken musste. Passende Flip-Flops und eine Sonnenbrille, die nicht von ihrer schmalen Nase rutschte. Eine Reiseapotheke voller Mittel, die ihr aufgeschwatzt worden waren, und das Adressschildchen aus grünem Plastik, das nun unpassend an dem rosafarbenen Ungetüm hing. All das nur, damit diese Reise nicht ungenutzt verstrich. Sie musterte mit der Sorge, ein wichtiges Teil vergessen zu haben, ihr Gepäck, das wie ein Farbklecks das Grau der Umgebung durchbrach. Eine Landstraße, die kaum befahren war, die Autobahn direkt über ihr, deren Dröhnen ihr bereits jetzt Kopfschmerzen bereitete, und keine Menschenseele in Sicht. Nicht dass Antonia das dringende Bedürfnis verspürte, sich mit jemandem zu unterhalten. Schon gar nicht mit einem Fremden. Aber sie fühlte sich allein und schutzlos. Zum Glück wurde es langsam hell. Und mit jedem Sonnenstrahl wurde die Atmosphäre dieses Ortes weniger unheimlich. Sie könnte jetzt im Büro sitzen und ihre E-Mails checken. Einen heißen Kaffee trinken, damit ihr System wach wurde. Stattdessen stand sie in der Pampa und wartete auf einen Bus, der mittlerweile mehr als zwanzig Minuten Verspätung hatte. Absolut inakzeptabel. Automatisch griff sie an die zarte Kette, die sie sich heute Morgen umgelegt hatte.

Scheinwerfer blendeten sie. Mit zusammengekniffenen Augen nahm sie einen großen dunkelblauen Reisebus wahr. Dieser wirbelte Staub auf, als er auf den Schotterparkplatz fuhr. Das war ihre letzte Chance zu verschwinden. Sie könnte einfach ihren monströsen Koffer über die Steine ziehen und das Taxi zurückrufen, damit es sie wieder in ihr gewohntes Umfeld brachte. Zwei Wochen Urlaub zu Hause zu verbringen, war nicht die schlechteste Option. Das machte sie seit Beginn ihres Berufslebens. Warum das ändern, was gut funktionierte?

Der Bus hielt einige Meter vor ihr an. Mit einem Zischen, das sich in den Lärm der Autobahn einfügte, öffneten sich die Türen. Eine Frau in Antonias Alter, chic in Bluse und Stoffhose gekleidet und mit hellblondem Kurzhaarschnitt, sprang schwungvoll aus dem Bus.

»Frau Oedt, nehme ich an? Herzlich willkommen!« Ihre Stimme war hell und schrill. Die Tonart, aber auch ihr ganzes Auftreten erinnerte Antonia an ihre beste Freundin Christine. Allein bei dem Gedanken an sie schmerzte es in ihrer Brust.

»Morgen«, hielt sie sich bedeckt. Einen Moment stand sie nur da. Es kam ihr wie ein surrealer Traum vor, dass sie dort jetzt wirklich einstieg. Hatte sie etwa Fieber? Als sie mit ihrem Koffer langsam näher kam, erkannte sie die an den Fensterscheiben platt gedrückten Nasen. Sie atmete tief ein und aus.

»Geben Sie mir gerne Ihren Koffer, damit ich –«

»Ich mache das schon! Ich komme ja!« Aus dem Bus stolperte deutlich undynamischer ein Mann mit Fliege und Jackett. Während er Antonia den Koffer abnahm und ihn grummelnd auf die andere Seite des Busses zog, verströmte er einen strengen alkoholischen Duft. Viel zu viel Aftershave für Antonias Geschmack. Sie rümpfte die Nase. Hoffentlich waren keine Stoffe enthalten, gegen die sie allergisch war.

»Das ist alles Ihr Handgepäck?« Die Frau runzelte die Stirn.

»Ähm, ja ...« Hilfe suchend sah sich Antonia um, doch das war ein Fehler. Noch immer waren alle Augen auf sie gerichtet. Hitze stieg ihr in die Wangen.

»Gut. Super, kein Problem«, verkündete ihr Gegenüber. »Sie haben Sitz Nummer vierundzwanzig. Der befindet sich auf der rechten Seite.«

Antonia nickte. Als hätte sie eine Ahnung, wovon die Dame da sprach. Ein beklemmendes Gefühl machte sich in ihrer Brust breit. Letzte Chance auf Flucht. Jetzt oder nie! Doch sie folgte der Fremden wie in Trance. Damit sie möglichst unbemerkt in den Bus einsteigen konnte, das bildete sie sich zumindest ein, ordnete sie die Schlaufen ihres Rucksacks, der Laptop- und Stofftasche in ihren Händen.

Die Fremde blieb vor der Öffnung im blauen Metall stehen und bedeutete ihr einzusteigen. »Bitte beeilen Sie sich ein wenig. Wir haben einen engen Zeitplan, nicht wahr?« Sie gackerte los, was Antonia regelrecht in den Ohren klingelte.

Die Fremde sprach in Rätseln, trotzdem tat Antonia wie angeordnet. Schnellen Schrittes erklomm sie die Stufen in den Bus, stets darauf bedacht, nirgendwo hängen zu bleiben. Bloß keinen Lärm verursachen. Auf keinen Fall wollte sie die Aufmerksamkeit der anderen Gäste noch mehr auf sich lenken. Selten in ihrem Leben hatte sie sich so fehl am Platz gefühlt. Ihr Herz schlug hoch bis in den Hals.

Der Innenraum war dunkel. Nur kleine Lampen über den Sitzreihen erhellten das Fahrzeuginnere. Ihr Blick glitt über die vielen Gesichter, die sie alle mit großen Augen ansahen. Ein Herr hob zum Gruß seinen Hut an. Der Rest der Rentner in dem Reisebus starrte sie nur an. Mit dem Lächeln, das sie immer aufsetzte, wenn sich ein Bürger in ihr Büro beim Friedhofsamt verlief, nickte sie den älteren Herrschaften zu. Doch die Mimik passte nicht zu dem, was ihr Körper signalisierte. Nichts wie weg von hier!

»Dann kann es ja weitergehen!«, rief die Fremde, die direkt hinter ihr war. Doch sie blieb vorn neben dem leeren Fahrersitz stehen, während Antonia mit sich selbst rang. Weder der Zielort noch die versprochenen Ausflüge überzeugten sie, sich weiter durch den engen Gang zu zwängen. Nur Christines Worte in ihren Ohren trieben sie voran.

»Bitte verstauen Sie Ihre Habseligkeiten in dem Gepäckfach über Ihnen und setzen Sie sich hin!«, wies die Fremde sie an und übertünchte damit die Erinnerung.

War der Sinn einer Urlaubsreise nicht Entspannung? So erfüllte das Reiseunternehmen nicht seinen Zweck. Mit glühenden Wangen hielt Antonia nach den Sitznummern Ausschau, doch weder an den Sitzen selbst noch über ihnen auf den Gepäckgittern waren Zahlen zu erkennen. Sie wollte um Hilfe bitten, aber die Fremde sah nur kopfschüttelnd auf ihre Uhr. Der Mann, der den Koffer verstaut hatte, erschien ebenfalls im Gang und setzte sich in das Cockpit. Dann diskutierten die beiden.

Antonia pfefferte bei der nächsten freien Sitzreihe ihre Stofftasche in das Gepäckfach und ließ sich auf den Sitz plumpsen. Es dauerte einige Minuten, bis sie sich organisiert hatte. Jacke aus, Laptop auf die Seite, Wasserflasche ins dafür vorgesehene Netz. Verhielt man sich so in einem Reisebus? Sie blickte zu den anderen Gästen und ahmte sie nach. Es gab Regler, Schieber und Knöpfe, die sie allesamt überforderten. Unzählige Fragen lagen ihr auf den Lippen, doch der Bus rollte los. Hier wartete niemand auf irgendwen.

Hinter Antonia begann man schon bald zu tuscheln.

»Die hat die Reise doch gewonnen«, oder: »Was schleppt die alles mit sich rum«, waren nur der Anfang. Sie rutschte immer tiefer in ihren Sitz. Bis jetzt hatte sie nicht die Gelegenheit gehabt, sich ausführlich umzusehen. Die Mitreisenden, die sie aus ihrer Position wahrnahm, waren alle deutlich älter als sie. Wie immer fiel ihr das Schätzen schwer. War das Pärchen vor ihr sechzig, siebzig oder gar achtzig Jahre alt? Sie sahen auf jeden Fall alt aus. So alt wie die Angehörigen und Freunde, die sich um die Osterfeiertage auf den Friedhöfen ihrer Heimatstadt getummelt hatten.

Antonia beschloss, wie immer bei fremden Menschen, ihre innere Mauer hochzuziehen. Sie war es gewohnt, dass die Leute redeten. Das taten sie ununterbrochen – egal, wie man sich verhielt, sprach oder aussah. Ihr Blick war fest auf die Landschaft draußen gerichtet. Ein Feld ging ins nächste über. Der Reisebus fuhr auf die Autobahn und beschleunigte. Ihre Finger krallten sich um die Armlehne, denn mit so einer Geschwindigkeit hatte sie nicht gerechnet. Wie schnell durften Reisebusse überhaupt fahren? Wie viele Haltestellen klapperten sie wohl noch ab, bis sie endgültig den Weg in den Süden antraten?

Die Antwort war: zwei. Sie hielten erst in der Kreisstadt, wo drei Paare, ebenfalls Rentner, zustiegen. Die Aufmerksamkeit der anderen schwenkte endlich auf die Neulinge um, sodass Antonia aufatmete. Auch wenn ein gewisser Druck auf ihrer Brust blieb, denn sie verabscheute das Gefühl, nicht zu wissen, was auf sie zukam. Das hier war absolutes Neuland.

Beim letzten Halt stiegen fünf Personen ein. Das erzeugte eine ziemliche Unruhe in dem Bus, denn die wenigen nicht belegten Plätze wurden jetzt eingenommen. Christine hatte eine Reihe nur für sich gebucht, die Antonia nun übernommen hatte. Somit hatte sie keinen unangenehmen Sitznachbarn zu befürchten. Davon ging sie so lange aus, bis eine Frau, die bereits an ihr vorbeigegangen war, wieder nach vorn kam. Sie war nicht nur klein, sie war winzig und zierlich. Eine niedliche Omi, bis sie den Mund aufmachte.

»Hömma, Kind, du bist auf meim Platz, ne?«

Antonia verschluckte sich an ihrem Wasser und verschüttete ein wenig auf ihre Jeans. Nach einem Husten und einigem Räuspern krächzte sie nur: »Wie?«

»Du hockst auf'm falschen Sitz, Mädel! Dat is Platz zweiundzwanzig! Dat is meiner!« Ihre Stimme war heiser, beinahe kehlig. Es war auch klar, weshalb sie so klang. Der Geruch von Zigaretten kroch in Antonias Nase und biss sich dort fest.

»Oh, also ich …«, setzte sie an, brach dann jedoch ab.

Die ältere Dame vor ihr fuchtelte mit den Händen durch die Luft. »Dat kann doch nich wahr sein! Wat soll dat?«

»Entschuldigung, das war keine Absicht.« Antonia sprach zu leise. Die Fremde übertönte sie immer wieder mit ihrem Gemecker. Die Reiseleiterin kam dazu.

»Frau Oedt, ich hatte Ihnen doch gesagt, dass Sie sich links hinsetzen sollen!«

Antonia schüttelte den Kopf. Das stimmte nicht! Sie hatte doch ganz klar rechts gesagt, oder nicht? Immer wieder öffnete sie den Mund, kam jedoch gegen das Gezeter der beiden nicht an. Die alte Dame beschwerte sich lauthals über sie. Nicht nur bei der Reiseleiterin, sondern auch bei den anderen Gästen.

»Bitte gehen Sie auf Ihren Platz!«

»Aber wo ist der denn?« Wenn Antonias Gesicht vorher schon geglüht hatte, dann war es nun verbrannt. Ihr Herz pochte so heftig, dass sie es in den Fingerspitzen spürte. Was für ein Desaster!

»Dort drüben!« Beide Frauen sahen sie mit gerunzelter Stirn an, wobei die der Alten sich deutlich öfter faltete, und zeigten auf die Reihe rechts neben Antonia. Das war gerade mal ein halber Meter Unterschied. Kurz hielt sie inne, denn sie erwartete die versteckte Kamera. Oder, wie ihr Neffe immer sagte, dass es sich um einen Prank handelte. War sie geprankt worden, oder meinten die Damen das ernst? Bei genauer Betrachtung der Mienen verpuffte dieser Zweifel. Antonia packte ihre Sachen zusammen. Wasserflasche zurück in die Tasche, Laptop schnappen, Jacke unter den Arm klemmen. Alles gleichzeitig und möglichst schnell, denn die eigentliche Platzbesitzerin meckerte schon wieder vor sich hin.

»Was hat die alles dabei?«, ertönte von hinten, als Antonia aus der Sitzreihe zur anderen Seite stolperte.

»Keine Ahnung, aber ich habe ein Handgepäckstück, wie erlaubt.«

»Regeln und Gesetze gelten also nicht für jeden ...«

»Herrje, es ist schon so spät!«

Was gerade Scham und Verwunderung gewesen war, entwickelte sich zu Wut. Auf ihrem neuen Platz, der sich nicht von ihrem vorherigen unterschied, verstaute sie ihre Habseligkeiten. Dieses Mal nahm sie sich extra Zeit. Sie würde sich nicht ein weiteres Mal so stressen lassen. Es ärgerte sie, dass sie den Mund nicht aufbekommen hatte. Jetzt, natürlich nach der Konfliktsituation, fielen ihr unzählige kesse Sprüche ein. Argumente, die Sinn ergaben und die anderen entwaffnet hätten. Aber es war zu spät. Wieder mal. Das kannte sie ja schon von der Arbeit. Mit geballten Fäusten sah sie sich noch mal um, denn die anderen flüsterten. Mit einem Knäuel aus Ärger, unausgesprochenen Einwänden und Scham rückte sie vom Gang weg auf den Platz am Fenster. Dabei drückte sie sich eng an die Wand des Busses, als hätte sie so die Möglichkeit, jederzeit zu fliehen. Noch ein Zwischenfall dieser Art, und sie würde verlangen, sie aussteigen zu lassen. Diese dämliche Reise war nicht ihre Idee gewesen! Sie brauchte das alles hier nicht!

»Darf ich mich zu Ihnen setzen?«

Antonia war so in ihren Gedanken gefangen gewesen, dass sie die ältere Dame mit dem breiten Lächeln erst in diesem Augenblick wahrnahm.

»Äh, klar«, murmelte sie.

Die Frau strich sich die grob gehäkelte, mit großen, ebenfalls gehäkelten Blumen verzierte Strickjacke glatt, bevor sie sich neben Antonia setzte.

»Also das mit dem Platz ... Es war nicht –«

»Schokolade?« Die Frau hielt ihr einen Riegel hin und legte den Kopf schräg. Ganz so, als wäre Antonia ein Kind, das sie zu durchschauen versuchte. Etwas eigenartig, aber Antonia nahm die Nervennahrung trotzdem an.

»Danke.« Das Zerknüllen der Silberfolie verschluckte beinahe ihr Wort.

»Paula, übrigens.«

Antonia versuchte sich an einem Lächeln. »Antonia.«

Kurz war Stille. Sogar in den Reihen um sie herum wurde nicht gesprochen.

»Das ist mein fünftes Mal«, meinte die Rentnerin, während sie nach vorn sah.

»In die Toskana oder mit einem Reisebus?«

»Beides. Dreimal mit einer Freundin, nun das zweite Mal allein. Kann ich nicht empfehlen.« Nun sah sie Antonia an.

»Allein zu reisen oder die Toskana so oft zu besuchen?« Während die beiden sich ansahen, schob sich Antonia ein Stück der Schokolade in den Mund. Süße zog ihre Schleimhäute zusammen. Eigentlich aß sie keine Süßigkeiten, doch Urlaube stellten eine Ausnahme dar, oder?

»Die Toskana ist immer eine Reise wert.« Paula sah sich um, dann blickte sie wieder nach vorn.

Vorhin hatten ein paar Opas gedöst und wenige Omas gelesen, doch das war nach Paulas Annäherung Geschichte. Getuschel stieg auf und wuchs heran. Alle redeten durcheinander. Von Autobahndröhnen keine Spur mehr, ganz zu schweigen vom Vogelgezwitscher. Doch es war anders, als Antonia es erwartet hatte. Die ein oder andere ältere Dame berichtete von den vorherigen Reisen mit dem Unternehmen Zimmermann: jeden Februar Sylt, jeden Frühling Toskana und im Sommer dann je nach Laune entweder Berge oder Ostsee.

Antonia lauschte die ganze Zeit, auch wenn sie sich beschäftigt gab. Paula war keine aufdringliche Person im eigentlichen Sinne. Sie holte eine Häkelnadel und ein kleines Wollknäuel aus ihrer Tasche und begann, Luftmaschen zu machen. Selig gab die Seniorin sich der Handarbeit hin. Erst hatte Antonia Sorge, dass sie die Fremde unterhalten musste. Genau deshalb hatte sie sich keine Sitznachbarin gewünscht. Doch Paula war mit der Stille zwischen ihnen zufrieden. Sie koexistierten einfach. Antonia versuchte, zu entspannen und es sich auf dem schmalen Sitz gemütlich zu machen. Das erste Mal in ihrem Leben legte sie ein Nackenkissen um. Sogar eine Schlafmaske hatte sie sich zugelegt, denn diese war auf diversen Internetseiten über Busreisen empfohlen worden. Wenn sie eines war, dann vorbereitet. So viel Geld für eine Reise, die sie geschenkt bekommen hatte. Auch wenn der Gedanke daran wieder Bitterkeit in ihr auslöste, die selbst das letzte Stück Schokolade nicht vertrieb. Gerade als Antonia sich die Maske aufsetzte und nach hinten lehnte, knirschte es über ihr. Ein kreischender Laut ertönte. Sie hielt sich sofort die Ohren zu. Allerdings war sie die Einzige. Das stellte sie fest, nachdem sie sich die Maske vom Gesicht gerissen hatte. Paula und die restlichen Reisenden saßen senkrecht auf ihren Sitzen, unterhielten sich nicht weiter über Kamelienbüsche und legten die Kreuzworträtselhefte beiseite.

»Herzlich willkommen noch mal an alle im Namen von Zimmermann-Reisen!« Der Ton drang aus den Lautsprechern über Antonias Kopf. Sie sah nach vorn und bekam mit, wie sich die Reiseleiterin verbeugte.

»Mein Name ist Tanja Lambrecht, und ich werde Sie in die wunderschöne Toskana entführen. Natürlich nicht allein, denn wir werden von Andrej Kaminski befördert. Einen Applaus bitte!«

Alle klatschten. Antonia sah sich um und drückte ebenfalls ihre Hände sanft zusammen.

»Unser Busfahrer wird sich gleich noch selbst vorstellen, deshalb –«

Wieder knirschte das Mikrofon, in das sie sprach. Die Kombination ihrer Stimme mit der eher zweitklassigen Technik war ohrenbetäubend im schlimmsten Sinne. Tatsächlich wäre eine Betäubung die bessere Wahl.

Vorn gab es Unstimmigkeiten. Antonias Hintern lüftete sich von ihrem Platz, und trotzdem bekam sie nicht mit, was dort vor sich ging.

»Andrej wird sich später bei Ihnen vorstellen. Egal, dann weiter im Text! Sie können mich zumindest gerne Tanja oder Tata nennen, ganz wie Sie wünschen. Wir machen alle anderthalb Stunden Pause, sodass Sie die Bustoilette nicht benutzen müssen. Diese steht nur im Notfall zur Verfügung.«

Wieder ein Knarzen. Antonia wiederholte die gegebenen Informationen in ihrem Kopf, damit ihr keine entglitt. Die anderen tuschelten. Auch wenn Antonia sich wünschte, sie würde nicht jedes Detail mitbekommen, es war unausweichlich.

»Ich weiß nicht, ob meine Prostata das durchhält. Du weißt doch, Linda –«

»Hans, ich bitte dich! Die Leute!«

Während diese Diskussion direkt hinter Antonia geführt wurde, sprach Tanja vorn weiter: »In den Pausen bitten wir Sie, den Bus zu verlassen und Ihre Wertgegenstände mitzunehmen. Trödeln Sie bitte nicht, wir haben einiges an Strecke vor uns. Gegen Mittag machen wir eine längere Pause. Dann haben Sie auch die Gelegenheit, das Busmenü zu genießen. Für alle, die noch nicht mit uns gefahren sind ...« In diesem Moment sah Tanja genau zu Antonia. War sie etwa die Einzige, die noch nicht mit dem Unternehmen unterwegs gewesen war? Die noch nie eine solche Busreise gemacht hatte? Überhaupt verreist war? Sie sah weg und öffnete den obersten Knopf ihrer Bluse, so warm war es in diesem Fahrzeug.

»Unser Busmenü besteht aus einer Bockwurst, einer Scheibe Toast und optional Senf. Die Kosten belaufen sich auf drei Euro pro Portion.«

Durch die Reihen ging ein Raunen. Alle tuschelten wieder. Einige bekundeten, wie lecker ihr letztes Busmenü gewesen war, andere beschwerten sich, dass der Preis um fünfzig Cent gestiegen war, und eine Dame rief von hinten nur: »Ja! Wurst! Ja!« Die Leidenschaft, die sie bei der Erinnerung an diese Speise empfand, suchte ihresgleichen. Das letzte Mal hatte Antonia Fußballfans so euphorisch jubeln hören, als Borussia die Meisterschaft geholt hatte. Oder etwas anderes gewonnen hatte. Was auch immer. Sie hasste Fußball. Was sie noch mehr verabscheute, war das Public Viewing auf dem Marktplatz vor ihrer Wohnung, denn die Feierei übertönte ihre True-Crime-Podcasts, denen sie beim Häkeln lauschte.

»Getränke haben wir natürlich auch in der Bordküche, sodass ich Sie gerne mit Wasser, Apfelschorle, Bier, Aperol Spritz oder Zimmis versorge. Hat jetzt schon jemand Bedarf?«

Sofort schossen mindestens zehn Hände in die Höhe. Es glich beinahe einer Choreografie, die Antonia vollkommen unbekannt war. Sie beobachtete, wie Tanja die Bestellungen der Gäste abfragte. Alles lief wie einstudiert per Handzeichen. Manche orderten Wasser, die meisten allerdings einen oder zwei Zimmis. Wie sich herausstellte, handelte es sich dabei um kleine bräunliche Fläschchen, gefüllt mit scharf riechender Flüssigkeit. Erst war Antonia ungläubig, doch als ein älterer Herr nach dem anderen den Kopf in den Nacken legte und den Schnaps hinunterkippte, wurde ihr klar, wo sie hier gelandet war. Die Damen hielten sich genauso wenig zurück. Aperol Spritz war ein Kassenschlager. Sogar Paula neben ihr schlürfte einen. Es gab auch kleine Schirmchen aus bunter Pappe dazu. Mit einem Blick zur Uhr stellte Antonia fest, dass es halb neun Uhr morgens war. Mit vielem hatte sie gerechnet, aber das überstieg ihre Vorstellungskraft. Liefen Seniorenbusreisen immer so ab wie Klassenfahrten von Halbstarken, oder war nur diese Reisegruppe eine besondere?

Einen Vorteil hatte der frühmorgendliche Alkoholkonsum: Innerhalb einer halben Stunde war Ruhe in dem Bus eingekehrt. Zumindest bis zum nächsten Knarzen des Mikrofons.

2

Antonia hatte zu Beginn der Reise nicht gewusst, dass der Frauenchor von Heiligenroth seit vierzig Jahren miteinander musizierte. Ebenfalls war sie völlig ahnungslos gewesen, dass in Merklingen vor Kurzem ein toter Wolf gefunden worden war, der sich allerdings als Wolfshybrid herausgestellt hatte und seinem Besitzer entwischt und leider angefahren worden war. Auch dass das Basketballteam USC Heidelberg in den Siebzigern zweimal den deutschen Meistertitel geholt hatte, war eine neue Information für sie gewesen. Schade nur, dass es sie nicht interessierte. Nichts davon. Auch die anderen Mitreisenden nicht, die sich munter über Fußpflege und orthopädische Schuhe austauschten. Selbst Paula, die sonst für alle Themen offen schien, war in ihre eigene Reihe zurückgekehrt, um die Beine auszustrecken und zu schlafen. Doch Tanja kümmerte das nicht. Seit der Bus Köln hinter sich gelassen hatte, redete sie ohne Unterbrechung. Antonia fragte sich, ob sie nicht mal einen Schluck Wasser zu sich nehmen musste. Pausenlos überhäufte sie sie mit diversen Randinfos zu den vorbeiziehenden Städten. Wenn die privaten Unterhaltungen der anderen Reisegäste zu laut wurden, ermahnte sie sie zur Ruhe. Nur um dann direkt wieder die Lautsprecher quietschen zu lassen. Antonia machte das zu schaffen. Ihre Schläfen pochten. Selbst die Ohrstöpsel, die ihr das Internet ebenfalls empfohlen hatte, brachten keine Linderung. Bei einer mindestens zehnminütigen Predigt über das letzte Play-off zwischen Berlin und Ulm rissen sogar Antonias Nerven. Das erste

Mal, abgesehen von den Pausen, in denen sie sich die Füße vertreten hatte, stand sie auf, um besser mit dem Ehepaar hinter sich sprechen zu können.

»Entschuldigen Sie bitte die Störung, aber empfinden Sie die Lautsprecher auch als viel zu laut?« Antonias Stimme hüpfte, denn es kostete sie Überwindung, mit den Menschen zu sprechen, die sich heute Morgen über sie echauffiert hatten. Seit dem Vorfall hatten die meisten Gäste sie in Ruhe gelassen. Nur die Platzvertreiberin hatte ihr immer wieder fiese Blicke zugeworfen und sich bei den umliegenden Nachbarn lauthals über ihre Dreistigkeit beschwert. Man könnte meinen, Antonia hätte ihre Katze gestohlen. Es war doch nur ein Sitzplatz, herrje! Die Spannungen belasteten jede ihrer Kontaktaufnahmen.

»Haben Sie denn eine Lautstärke eingestellt?« Der Mann lächelte freundlich, doch seine Frau stieß ihm mit dem Ellbogen in die Seite.

»Das geht?« Mit erhobenen Brauen sah Antonia zur Fahrzeugdecke. Dort waren zwei Knöpfe: ein roter, den sie besser nicht drückte, und einer mit einem Ventilator drauf. Kein Lautsprechersymbol, kein Regler für die Lautstärke.

»Keine Ahnung! Sonst fragen Sie doch vorn«, schlug er weniger zuvorkommend vor.

»Eine gute Idee, danke. Ich wollte nur wissen, ob Sie es als störend empfinden, wenn es so laut ist.«

»Nein, wir haben Hörgeräte. Wenn es uns zu laut wird, drehen wir die einfach leiser«, meinte seine Frau und sah demonstrativ aus dem Fenster.

»Okay, danke.« Mit zusammengepressten Lippen verließ Antonia ihren Platz. Wie schon den ganzen Tag waren sie auf der Autobahn unterwegs, deshalb hielt sie sich bei jeder Sitzreihe, die sie passierte, an den Griffen fest.

»Tanja?«

Die Reiseleiterin unterbrach ihren Wortschwall. Das Mikrofon gab wieder ein Störgeräusch von sich.

»Oh, was gibt es? Ist etwas passiert? Sie dürfen während der Fahrt nicht einfach aufstehen. Bitte rufen Sie mich das nächste Mal zu sich, ja?«

Erst nickte Antonia, dann schüttelte sie den Kopf. »Das ist nicht möglich, denke ich.« Sie verstummte bei den zusammengekniffenen Augen der Reiseleiterin.

»Wir haben Sie alle doch zu Beginn der Reise daran erinnert, dass es in Deutschland eine Anschnallpflicht gibt.« Sie lächelte, aber die Freude erreichte nicht ihre rehbraunen Augen.

»Nur ganz kurz: Kann man die Lautsprecher ein wenig leiser stellen? Es ist wirklich sehr laut auf meinem Platz, und ich würde gerne die Fahrt nutzen, um zu schlafen oder –«

»Entschuldigung, aber das ist nicht möglich. Die einzelnen Boxen lassen sich nicht regulieren. Ich könnte höchstens die Gesamtlautstärke runterschrauben, aber das ist ja nicht im Sinne der Gäste.« Sie sagte es so, als wäre es das Logischste der ganzen Welt. Eine richtige Argumentation gab es nicht. Pseudofakten, die Antonia entgegengefeuert wurden. Das Lächeln war verschwunden. Sowohl das Gequälte auf Antonias als auch das Höfliche auf Tanjas Gesicht.

»Leiser würde ich auch begrüßen«, warf der Busfahrer von der Seite ein. Er wechselte einen schnellen Blick mit Antonia, dann achtete er wieder auf die Straße.

»Das ist unmöglich! Die Senioren hören schlecht. Die meisten von ihnen tragen ein Hörgerät, sodass sie eine laute, klare Stimme benötigen. Und die von mir vermittelten Fakten sind der Hauptgrund, weshalb sie diese Fahrt unternehmen. Das habe ich dir vorhin auch schon gesagt!« Tanja sprach nicht mehr mit Antonia, sondern mit dem Fahrer.

Gerne hätte sie der Reiseleiterin widersprochen. Niemals genossen die Rentner diese trivialen Fakten. Selbstverständlich gehörten Informationen und Erzählungen zu einer solchen Reise. Allerdings war eher Wissen zum Zielort gefragt.

Zu den Städten, die sie in den nächsten zwei Wochen besuchen würden. Antonia hatte sich ausreichend im Internet informiert. Sie wusste genau, wie der Hase lief. Und so hoppelte er nun mal nicht. Es fehlte ihr zwar an echten Vergleichen, aber das Prozedere fühlte sich unnatürlich an. Von den heruntergeregelten Hörgeräten ihrer Sitznachbarn fing sie gar nicht erst an. Doch wie so oft blieben diese Zweifel und Einwände unausgesprochen. Tanjas Blick brachte sie dazu zurückzuweichen.

»Also noch mal zu Ihrer Frage: Nein. Leider nein.« Wieder dieses oberflächliche Lächeln.

»Klar, kein Problem«, nuschelte Antonia und trat einen zweiten Schritt zurück. Sich in dem engen Gang zu drehen, damit sie wieder zu ihrem Platz gelangte, war eine Herausforderung.

Das Mikrofon rauschte so laut, dass sie automatisch die Hände über ihre Ohren legte.

»Liebe Gäste, in wenigen Minuten erhalten Sie Ihr Busmenü! Bitte klappen Sie den Tisch am Vordersitz aus, damit ich die Köstlichkeit nur abstellen muss. Kassieren können wir später!« Tanjas schrille Anweisungen brausten durch den Bus und verflüchtigten sich in den vielen aufkeimenden Stimmen der anderen.

Nur eine war deutlich aus der letzten Reihe zu vernehmen: »Ja! Wurst! Ja!«

»Frau Oedt, möchten Sie die erste Wurst?«

War das ihre Auffassung von einem Friedensangebot?

»Nein danke, ich esse kein Fleisch.«

»Oje, das könnte aber zu Problemen führen! Wieso haben Sie das nicht bei der Anmeldung angeben?« Tanja sprach noch immer in das Mikrofon, sodass der ganze Bus diese Konversation mitbekam. Auf hundert Dezibel.

»I-ich ... A-also ...« Das erwischte Antonia erbarmungslos. Die Worte sammelten sich in ihrem Mund, aber gelangten nicht nach draußen. Kälte zog ihren Rücken hinauf, und der

Druck auf ihrer Brust wurde so schwer, dass eine Angst sich in ihr regte, die sie in den letzten Tagen zu oft verspürt hatte. »Sie wissen ja, dass ich diese Reise übernommen habe«, begann sie erneut.

Tanja nickte, wirkte jedoch unbeeindruckt. Die Sekretärin von Zimmermann-Reisen, der sie den Sachverhalt dargelegt hatte, hatte zugesichert, dass sie die Reiseleiterin über alles informierte. Der Zwischenfall, die Übernahme der Reise – die Dinge, die Antonia nicht aussprach.

»Stimmt«, sagte Tanja und zog dabei die Wortmitte unnatürlich in die Länge.

»Es war etwas chaotisch. Das habe ich im Eifer des Gefechts wohl vergessen.« Es war leichter, die Schuld auf sich zu nehmen, als sich weiterhin in voller Lautstärke vor Publikum mit Tanja zu streiten.

»Na ja, in Italien sind Änderungen bestimmt möglich. Das Essen bei unserer Zwischenübernachtung in Tirol ist jedoch fix. Es gibt heute Abend Schweinefilet, Salzkartoffeln und Salat.«

»Kein Problem. Kartoffeln und Salat sind perfekt«, murmelte Antonia. Noch immer stand sie im Gang, krallte ihre Finger um die Griffe zu den Seiten, damit sie nicht aus dem Gleichgewicht geriet.

Tanja starrte sie an, als hätte sie Zweifel an ihrer geistigen Verfassung. Lächelnd entfernte Antonia sich von ihr. Bloß weg von dieser Frau, die so tolerant war wie ein Schwan in der Brutzeit.

Die Pausenregel wurde nicht wie angekündigt eingehalten. In Österreich gab es mehrere Verkehrsunfälle, sodass der Bus die Autobahn verlassen musste, um Straßensperren zu umfahren. Endlose Landstraßen wanden sich um Flüsse, über Brücken und Berge. Mit jeder Kurve, um die der Busfahrer vorsichtig manövrierte, verschob sich der Zeitplan. Wie sehr das Tanja stresste, bemerkte Antonia an ihrem

Tonfall. Vorher schon war er wie ein Bienenstock gewesen, unangenehm und unberechenbar, doch jetzt glich er einem Wespenschwarm beim Grillfest. Kaum auszuhalten. Nicht nur Tanjas passiv-aggressives Gerede über Gott und die Welt setzte Antonia zu. Während die restlichen Gäste ein Verdauungsschläfchen bei heruntergeregelten Hörgeräten hielten, knurrte ihr Magen mit Tanjas Groll um die Wette. All ihre Snacks waren verspeist, und die Hoffnung auf einen Rasthof verflüchtigte sich mit der langsam untergehenden Sonne. Ihr Hals war schon ganz trocken, denn sie hatte vor ungefähr einer Stunde aufgehört, Wasser zu trinken. Bereits jetzt war ihre Blase gut gefüllt, und offenbar war es ein ungeschriebenes Gesetz bei derartigen Busreisen, unter keinen Umständen die Bustoilette zu benutzen. Zum Leidwesen des älteren Herrn hinter ihr. Er kannte kein anderes Gesprächsthema mehr, und die zunächst harmlosen Kabbeleien mit seiner Frau wuchsen zu ernsten Diskussionen heran.

»Du machst uns nur lächerlich!«

»Bitte sei vernünftig. Lass mich jetzt durch!«

»Unmöglich!«

»Es gehört sich auch nicht, sich einzunässen.«

Zu Antonias Verwunderung setzte der Herr sich durch. Mit kleinen Schritten, damit er der kurvigen Landstraße, die sich wie eine Blumenranke den Berg hinaufschlängelte, nicht zum Opfer fiel, strebte er die Tür bei der hinteren Treppe des Busses an. Als hätte Tanja einen sechsten Sinn für Regelverstöße oder sogar einen Toilettensinn, unterbrach sie ihren Redeschwall und eilte auf den Gast zu.

»Die Toilette darf nur im Notfall benutzt werden.«

»Gut, das ist einer«, gab der Herr zurück und hielt sich oben am Gepäckfach fest, denn der Bus bremste ab. Gegenverkehr bei dieser Art von Kurven war eine knifflige Angelegenheit.

»Bitte gedulden Sie sich noch ein wenig. Wir können gleich wieder auf die Autobahn wechseln und halten bei dem nächsten Rasthof. Ein ganz toller Ort, von dem man wunderbar die Berge betrachten kann. Man sieht sogar die Zugspitze ...«

Der Gast gab nichts auf ihre Erklärungen und das Vertrösten. Er winkte ab und quetschte sich dann an Tanja vorbei. Sie war es offenbar nicht gewohnt, übergangen zu werden. Als die Toilettentür ins Schloss fiel, schaute sie sich mit großen Augen im Bus um. Schnell tat Antonia so, als hätte sie das Drama nicht mitbekommen. Sie sah aus dem Fenster und genoss sofort den Anblick der Orange- und Rottöne, die sich auf den Bergspitzen sammelten und so den Horizont wie viele Blütenblätter verzierten.

Tanja hielt Wort. Der Bus fuhr auf die Autobahn auf und verließ sie bei der nächsten Gelegenheit wieder. Der kleine Rastplatz entsprach nicht ganz den vorherigen Standards der Autobahnhöfe mit Fast-Food-Ketten und Andenkenläden, bei denen sich Antonia eh gewundert hatte. Denn wer wollte schon einen Magneten von einer etwas schickeren Tankstelle haben?

Das Haus aus dunklen Holzbalken, das sich vor ihnen auftat, thronte an einem Abhang, der umgeben von frisch austreibenden hellgrünen Lärchen war. Die Stille am Mikrofon, gepaart mit dem ersterbenden Motor, war eine Wohltat. Antonia sprang beinahe aus dem Bus wie von einem Beckenrand. Sie hoffte auf eine saubere Toilette und einen kleinen vegetarischen Snack. Kein Busmenü. Von all diesem Nonsens hatte sie nach fast zwölf Stunden genug. Von dem Wurstwassergeruch, dem Lärmpegel und der eingeschränkten Beinfreiheit.

Ihre Schuhe knarzten auf dem Schotterparkplatz. Die Luft war frisch, und sie fröstelte, denn die Sonne verlor kontinuierlich an Strahlkraft. Kaum jemand stieg aus. Die meisten Herren hatten, angestiftet durch den Vorläufer, entgegen Tanjas Bitten die Bustoilette benutzt. Sie wollten alle einfach nur ankommen und nach einem Abendessen die Beine hochlegen, vermutlich ihre Kompressionsstrümpfe abstreifen und eine kühle Dusche genießen. Deshalb hatte Antonia vor, sich zu beeilen. Doch das, was sich vor ihr befand, ließ sie erst stehen bleiben, dann aufgeregt wie ein Kind loslaufen. Schon die ganze Zeit hatte sie die Berge bewundert. Noch nie gesehen, aber direkt eine Verbindung zu ihnen aufgebaut. Der Anblick vor ihr machte sie emotional. Ob das normal war? Sie näherte sich dem Abgrund, der mit einem Netz abgesichert war und einen Fotospot bot. Ein großer Holzaufsteller verkündete, dass es sich bei der Bergformation vor ihr unter anderem um die Zugspitze handelte. Der Schnee auf dem Gipfel brachte Antonias Kopf zum Rattern. Wie war es dort oben? Wie kalt mochte es da wohl sein?

Mit dem Sicherheitsnetz in Gedanken trat sie um den Holzaufsteller herum und sah direkt hinunter. Ein funkelnder türkis wirkender Fluss zog sich durch Nadelwaldtäler. Es war wie im Fernsehen. Noch nie hatte sie so eine schöne Szenerie gesehen. Sie hätte hier stundenlang stehen, sich den Wind um die Nase wehen lassen und die Frische einatmen können. Doch ihre Blase drückte, ihr Magen knurrte, und die Zeit hielt entgegen ihren Wünschen nicht an. Mit schwerem Herzen löste sie sich von dem Anblick, nahm sich jedoch vor, auf dem Rückweg ein Foto zu schießen.

Sanifair war hier zwar kein vorhandenes Konzept, trotzdem waren die Sanitäranlagen annehmbar. Die vegetarische Auswahl dagegen nicht. Während Antonia vor der Theke stand und ihre Optionen abwägte, schnaufte die Verkäuferin immer wieder. Sie blickte sogar zur Wanduhr, ganz so, als würde sie jeden Moment das Geschäft schließen wollen. War das möglich? Hatten Rastplätze nicht rund um die Uhr auf, oder war das ein Märchen aus dem Internet?

»Ich nehme ein Croissant und ein Ciabatta mit Tomate und Mozzarella. Oh, sind dort Gewürze drauf?« Antonia presste die Lippen zusammen, während sie die Geldbörse aus der Hosentasche zog.

»Nein, keine Gewürze«, sagte die Bedienung. Völlig ohne Elan packte sie die Backwaren in eine hauchdünne Papiertüte.

»Kein Oregano?«

»Nein.«

Antonia blickte die Fremde an. Eine Falte bildete sich zwischen den Augenbrauen. Sie stemmte die Hände in die Hüften. »War es das?«

»Ich möchte das Ciabatta doch nicht.« Antonia räusperte sich. Warum konnte sie sich nicht wie ein normaler Mensch verhalten und anderen vertrauen? Genervt von sich selbst riss sie am Reißverschluss des Portemonnaies. Mit Schreck stellte sie fest, dass von den vielen Pinkelpausen kaum noch Kleingeld übrig war. Und all ihre Scheine waren im Bus in einem Umschlag in ihrer Stofftasche verstaut. Schnell hatte sie auf dieser Reise nicht nur gelernt, wie Sanifair funktionierte, sondern auch, dass Tankstellen horrende Preise für alles verlangten. So kostete auch dieses Croissant unverschämte 3,49 Euro. Hektisch schob sie Münzen umher.

»Nehmen Sie hier Sanifair-Bons?« Ihre ganze Geldbörse war mit diesen Scheinen gefüllt. Auf ihnen stand immer fein säuberlich »50 Cent«, also konnte sie die endlich alle einlösen. Sie zog drei Stück auf einmal heraus und reichte sie der Kassiererin, die sofort den Kopf schüttelte.

»Nein, nein. Die nehmen wir gar nicht. Und kombinieren geht auch bei anderen Raststätten nicht.«

Antonia verzog das Gesicht. Was war denn der Vorteil dieses Systems, wenn man damit nicht bezahlen konnte?

»Hier«, ertönte es von der Seite.

Antonia folgte der aus dem Nichts erschienenen Hand. Paula grinste sie an, während sie der Bedienung einen Fünfeuroschein reichte. Der Dame war egal, von wem das Geld kam, und nahm es entgegen.

»I-ich habe Geld im Bus. Sie kriegen das sofort zurück, versprochen.«

»Keine Sorge.« Paula tätschelte Antonia die Schulter, dann ging sie in Richtung Toilette. Ihre dunkle Kleidung verschmolz mit den Holzbalken und der indirekten Beleuchtung an den Wänden. Nur ihre eigentümliche Strickjacke stach hervor. Nach ein paar Schritten wurde sie von einem Jungen, der höchstens zehn Jahre alt war, aufgehalten. Er trat ihr in den Weg und verschränkte die Arme vor der Brust.

»Kann ich auch Geld haben?«

Paula gluckste über diese Dreistigkeit. »Wo sind denn deine Eltern?«

»Schon am Auto. Ich will aber ein Eis!« Bei den letzten Worten schob er die Unterlippe vor.

»Kinder, die etwas wollen, kriegen was auf die Bollen ... Geh zurück zu deiner Familie«, sagte Paula und ließ ihn stehen.

»Gemeine alte Hexe!«

Antonia machte wegen dieser Unverschämtheit große Augen, doch Paula zeigte keine Regung. Sie verschwand in der Damentoilette. Der Junge blickte ihr kurz hinterher, wirbelte dann auf dem Absatz umher und funkelte Antonia böse an. Erst als sie das Wechselgeld erhielt, wurde sie aus ihrer Trance gerissen. Mit einer Portion Blätterteig mehr in der Tasche verließ sie die Raststätte.

Da die Abfahrtszeit auf sie zuraste, knipste sie ihre Bilder und eilte dann zu dem blauen Metallmonster. Neben dem Bus stand ein Pkw, an dem der Junge mit dem losen Mundwerk lehnte. Sein Blick lag auf Antonia, während er an einem Eis schleckte. Sie ignorierte ihn und stieg in den Bus. Alle Augen im Inneren waren auf sie gerichtet, sodass sie die Schultern sinken ließ und, den Blick auf den Boden geheftet, ihren Platz aufsuchte.

»Dann hat es auch unser letzter Gast geschafft. Sehr

schön!«, verkündete Tanja durch das Mikrofon für alle hörbar. Noch bevor Antonia ihren Sitzplatz eingenommen hatte, sprang der Motor wieder an. Zurück war der Lärmpegel, verschwunden die Seelenruhe, die sie mit Aussicht auf die Zugspitze empfunden hatte. Sie schloss die Augen und lehnte sich zurück, um tief einzuatmen. Es konnte nicht mehr lange dauern. Bald würde sie in ihrem Einzelzimmer verschwinden können. Sie wollte unbedingt weg von den anderen. Diese Reise kam ihr noch immer wie eine Schnapsidee vor. Am liebsten wäre sie wieder ausgestiegen und bei den Bergen geblieben, die ihr Ruhe und Frieden schenkten. Ob man hier übernachten konnte? Mit Blick zum Gebäude prüfte sie die oberen, ebenfalls holzverkleideten Stockwerke, dann die parkenden Autos. Doch anstatt eine Antwort auf ihre Frage zu erhalten, öffnete sie den Mund.

»Paula«, wisperte sie. Ihr Blick war auf die Seniorin gerichtet, die mit den Armen in der Luft herumwedelte.

»Anhalten!«

Niemand reagierte auf ihren Befehl.

»Wir haben jemanden vergessen! Sofort ANHALTEN!«

Durch den Bus ging ein Ruck, der Antonias Hintern kurz von der Sitzfläche hob. Sie winkte Paula zu, dann stand sie auf.

Tanja war sofort bei ihr. »Oje, wie konnte das denn passieren? Ich habe doch durchgezählt. Das kommt davon, wenn man trödelt.«

Natürlich war es Paula selbst schuld, wenn es nach Tanja ging. Generell kam es Antonia so vor, als würde die Reiseleiterin weder gerne Verantwortung übernehmen noch ihre Fehler ausbaden.

Doch was zählte, war, dass Paula ihr Tempo drosseln konnte, denn sie hatte nun die Gewissheit, dass sie nicht mutterseelenallein auf dieser Raststätte zurückgelassen wurde. Noch immer heftig winkend passierte Paula den Pkw mit dem Jungen. Mit einem Arm stieß sie ungünstig gegen ihn, sodass sein Eis zu Boden fiel. Es gab eine kurze Diskussion. Einen Wortwechsel, den Paula zügig abbrach, denn sie eilte weiter zum Bus. Mittlerweile hatte der Busfahrer auch die zischenden Türen geöffnet, sodass noch sanft ein »Hexe!« in das Fahrzeug hineingeweht wurde. Dann stieg Paula endlich zu. Obwohl sie sonst so ruhig und besonnen wirkte, schien sie nun aufgelöst zu sein.

»Haben Sie keine Augen im Kopf? Was sind Sie für eine Reiseleitung, wenn Sie einen Gast vergessen?« Paula war ernsthaft verletzt, das erkannte Antonia an der zerbrechlichen Note in ihrer sonst so fröhlichen Stimme.

Tanja stand nur da. Das war das zweite Mal, dass sie vor den Kopf gestoßen wurde. Antonia freute das regelrecht. Nicht nur sie lernte bei dieser Reise einiges dazu. Auch anderen in diesem Bus erging es so. Sie versuchte, ihr Lächeln zu unterdrücken, als Paula sich zu ihr setzte. Wortlos entnahm sie dem Geldumschlag einen Schein und schob ihn ihrer Sitznachbarin über deren ausgeklappten Plastiktisch zu.

»Lassen Sie mal stecken.«

Mit einem leichteren Gefühl in der Brust holte Antonia ihr Gebäck aus der Tüte und biss beherzt hinein.

3

Die restliche Fahrt war eine nicht enden wollende Aneinanderreihung von unnützen Vorträgen, Diskussionen über die besten Mehlsorten zum Backen oder das ideale Saatgut für Blumenwiesen und Pinkelpausen. Allerdings ohne Zwischenfälle, denn von nun an zählte Tanja jedes Mal in drei Runden alle Gäste im Bus. Der Zwischenstopp mit Übernachtung in der Tiroler Kleinstadt Sterzing stellte lediglich eine kurze Unterbrechung der Busroutine dar.

Nur die sich ändernde Vegetation war eine willkommene Abwechslung. Antonia hatte keine Ahnung, was für Gebirge sie genau im Vorbeifahren anhimmelte, aber sie glichen all die Unannehmlichkeiten wie einen verspannten Nacken oder einen vom Sitzen schmerzenden Hintern aus. Die weißen Gipfel, die frische Luft und die vielen Täler voller Burgen zogen sie weiter in den Bann. Immer mehr wollte sie sehen und erfahren. Das musste diese Reiselust sein, von der alle sprachen. Und so wurden die Geschichten, die Tanja der Reisegruppe erzählte, immer faszinierender. Aufregung wallte hinter jedem Tunnel und jeder Brücke in Antonia auf. Doch nicht mehr mit Druck auf der Brust und schweißnassen Händen, sondern mit Ohs und Ahs. Unzählige Fotos schoss sie, auch wenn sie sich nicht sicher war, mit wem sie diese noch teilen konnte. Jetzt, wo Christine nicht mehr da war. Es hätte ihr gefallen. Italien vor allen Dingen.

Als sie Verona hinter sich ließen, wurde die Landschaft grüner. Pflanzen, die Antonia sonst nur aus dem Botanischen Garten kannte, zierten viele Bauernhöfe und Alleen, die in der Unendlichkeit der Hügellandschaft verschwanden. Sie zog ihre Strickjacke aus und spürte die Wärme, verstärkt durch das Fensterglas, auf ihren nackten Armen. Überall auf den Bergen, zwischen den Weinhügeln, waren kleine Feuer, deren Rauch sich mit den Sonnenstrahlen verzwirbelte. Gerne hätte sie gefragt, was es damit auf sich hatte. Doch die Reiseleiterin war nicht zu stoppen. So lauschte sie Tanjas Vortrag über verschiedene Rebsorten und genoss sogar die vielen Nebengespräche, die daraus entstanden, als Hintergrundkulisse für ihre Träumereien. Auch die Senioren freuten sich, dass sie ihrem Bestimmungsort immer näher kamen. Das erste Mal empfand Antonia sich dieser Gruppe zugehörig. Gemeinsam erkundeten sie diese neue Welt.

Der Bus verließ die Autostrada, und der Geräuschpegel schwoll noch mal an, doch sie blendete es aus. Da waren Palmen! Echte Palmen mit Wedeln und allem. Die Fußgängerzone, in die sie einen Blick warf, war filmreif. Mit Marmor verkleidete Gebäude, antik wirkende Säulen, üppige Blumenbeete, perfekt gestutzter Rasen – Antonia wusste nicht, wohin sie zuerst schauen sollte. Ganze Kurparks führten den Hügel entlang, den sich der Bus hochschob, und riefen mit den heilenden Quellen, Fresken und hohen Bäumen nach ihr. Tanja sprach von der Belle Époque, luxuriösen Wellnesscentern und Naturkuren. Montecatini war zu schön, um wahr zu sein.

»Wir werden jeden Moment an unserem Hotel *Invidia* ankommen. Bitte bleiben Sie vorerst alle sitzen. Ich werde unsere Ankunft verkünden, und dann räume ich gemeinsam mit dem Hotelpersonal Ihre Koffer aus. Sie können danach«, erklärte Tanja und betonte dabei das letzte Wort besonders, »*danach* Ihr Gepäck nehmen, den Schlüssel an der Rezeption abholen und Ihre Zimmer beziehen. In einer Stunde treffen sich die Personen, die gerne einen Überblick über diesen herrlichen Kurort gewinnen wollen, unten am Empfang. Wir gehen dann spazieren. Ansonsten sehen wir uns um 19 Uhr im Ballsaal.« Sie stemmte die Hände in die Hüften, gab dem Busfahrer eine Anweisung, und dann hielt dieser mitten auf der Straße. Ein Auto hupte, doch den Fahrer schien das nicht zu stören.

Antonia musterte das hohe stuckverzierte Gebäude, das auf dem Berg thronte. Viele kleine Balkons, auf denen vereinzelt Gäste saßen, ein türkisfarbener Pool mit Jacuzzi-Ecke und Zitronenbäume zu beiden Seiten des Hoteleingangs ließen sie lächeln. Sie konnte es kaum erwarten, in ihr Zimmer einzuchecken und sich genauer umzusehen.

Die Bustüren zischten, und Tanja sprang aus dem Fahrzeug. Mit einigen Unterlagen in den Händen eilte sie zu dem Eingang, über dem ein verwittertes Schild den Namen des Hotels verkündete.

»Was steht da? *Endivia?* Mag ich nicht!«

Bei diesen Worten hinter ihr presste Antonia die Lippen aufeinander.

»Ach, Hans, du brauchst wirklich eine stärkere Brille. Da steht *Invidia* und nicht *Endivie*!« Die Frau seufzte schwer.

»Und was soll das heißen?«

»Google es doch! Peer hat dir gezeigt, wie das geht!« Ihre Stimme wurde atemloser.

»Daran kann ich mich doch jetzt nicht mehr erinnern. Hab ich hier überhaupt Internet?«

Antonias Rückenlehne ruckelte. Kurz sah sie sich um. Der Herr zog sich an ihrem Sitz hoch, während er sein Mobiltelefon zur Decke des Busses streckte. Seine Frau hielt sich die Hand an die Stirn. Kopfschüttelnd sah sie Antonia an, dann wieder weg.

»Kann ich behilflich sein?« Antonia war sich nicht sicher, ob ihr Hilfsangebot auf harte Fronten stieß, doch der Gesichtsausdruck des Mannes fegte ihre Zweifel davon.

»O ja! Können Sie mal wegen des Internetempfangs nachsehen?« Schon drückte er ihr das Handy in die Hand.

Antonia entsperrte es mit einem simplen Wischen und

wählte sich durch die Menüpunkte. Es war ein Gerät eines anderen Herstellers, sodass sie ein wenig suchte. Trotzdem fand sie schnell die gewünschten Einstellungen.

»So, das müsste funktionieren«, meinte sie und gab dem Herrn sein Telefon wieder. »Was für einen Vertrag haben Sie?«

»Wollen Sie uns einen verkaufen, oder wie?« Seine Frau war von der Problemlösung weitaus weniger begeistert als er.

»Nein, natürlich nicht. Ich möchte nur verhindern, dass Sie eine hohe Telefonrechnung erhalten. Haben Sie eine Flatrate für das Ausland? Andernfalls sollten Sie sich in das WLAN des Hotels einwählen, sobald wir das Passwort er–«

Bevor Antonia ihren Satz beendet hatte, grätschte der Herr dazwischen. »Natürlich haben wir eine Flatrate! Eine Flatrate für alles!« Er nickte vehement. Wollte er sie damit beeindrucken? Das funktionierte nicht ganz. Sie war sich sicher, dass es selten Flatrates für das Ausland gab. Und dass sie oft teuer waren. Lust, ihm zu widersprechen, hatte sie jedoch nicht.

Das tat dann aber seine Frau. »Nein, das stimmt nicht! Wir haben so was nicht!«

Die Diskussion wurde schnell zu einem ausgewachsenen Streit. Antonia wandte sich wieder nach vorn. Sie hätte es wissen müssen. Warum bot sie ihre Hilfe an, wenn es immer im Chaos endete?

Tanja trat aus dem Hotel und winkte. Das war genug, damit Bewegung in den Bus kam. Alle standen gleichzeitig auf. Nur Antonia blieb sitzen. Sie erinnerte sich an Tanjas Worte und beobachtete, wie ihre Mitreisenden die Jacken unter die Arme klemmten, die Rucksäcke aus dem Gepäckfach zogen und schulterten. Gegenstände fielen zu Boden, Ellbogen wurden in Seiten gestoßen, und so manche Tasche wurde dem Sitznachbarn an den Kopf geschlagen.

»Meine sehr verehrten Damen und Herren, bitte bleiben

Sie sitzen, wie es meine Kollegin gerade verkündet hat. Wir müssen erst Ihr Gepäck ausladen«, ertönte es diesmal von dem Busfahrer durch das Mikrofon. Er bekam es sogar hin, dass das Teil nicht quietschte und einem das Trommelfell zerriss. Antonia hatte genaue Sicht auf ihn und beobachtete, wie er aufstand, seine Frisur in einem kleinen Spiegel richtete und dann ebenfalls den Bus verließ. Er hätte die Türen nicht offen stehen lassen sollen. Niemand hörte auf ihn oder Tanja. Bis auf Antonia. Sie blieb auf ihrem Platz, während mindestens ein Dutzend der Gäste ausstieg.

»Ich haltet nimma aus mit dem Rumgehocke!«, beschwerte sich die ältere Dame, die sie von ihrem Platz vertrieben hatte.

Und sie war nicht die Einzige. Auch wenn Antonia es nicht gerne zugab, sie hatte recht. Der Urlaub startete endlich!

Aus dem Hotel strömten vier Herren in Anzügen, um Tanja und den Busfahrer zu unterstützen. Gemeinsam entluden sie trotz des regen Verkehrs zur Nachmittagszeit den Bus über die Straße. Jeden Moment rechnete Antonia mit Verletzten. Doch niemand wurde angefahren, dafür aber vehement ermahnt. Tanja passte es gar nicht, dass ein Rentner nach dem anderen ihr die Koffer aus den Händen riss. Vor dem Hotel entstand ein riesiges Chaos. Eine Schlange bildete sich vor der Rezeption, und chic gekleidete Mitarbeiter versuchten, die vielen Anliegen der deutschen Gäste zu erfüllen. Da Antonia befürchtete, als Letzte übrig zu bleiben, stand auch sie auf. Deutlich entspannter packte sie ihre Taschen zusammen und schloss sich dem Trubel an. Direkt neben der Bustür lag ihr Koffer ganz einsam, weil alle anderen bereits verteilt waren oder sich noch in der Kofferklappe befanden.

Ein Stau folgte auf den nächsten. Erst am Eingang, doch das war okay, denn so hatte sie die Chance, die Zitronen an den Bäumen zu zählen. Erstaunlich, dass das Klima hier mild genug war, damit sie zu dieser Größe heranwuchsen. Der nächste war vor der Rezeption. Der Tresen war mit einer braunhaarigen elegant gekleideten Frau besetzt, die der Reihe nach die Gäste eincheckte. Sie sprach fließend Deutsch mit einem Akzent. Es klang melodisch, wie sie immer wieder die Nachnamen erfragte und dann jedem Besucher dasselbe erklärte. Wie eine Schallplatte, die einen, wenn auch sehr charmanten, Sprung hatte.

Als Antonia an der Reihe war, musterte sie alles genau. Das Pult war genauso reich verziert wie die Außenfassade des Gebäudes. Der Empfangsbereich wirkte in die Jahre gekommen, aber sauber und mit Liebe gestaltet. Exotische Zimmerpflanzen zierten die Tische und Wände.

»Ihr Name?«

»Oedt. Antonia Oedt.«

Während die Frau in ihren Computer sah, spielte sie mit einer nussbraunen Strähne in ihren Fingern. »Sie haben Zimmer Nummer 204. Es befindet sich am Ende des Gangs rechts auf der zweiten Etage.« Die Fremde sah Antonia an, und ihre Augen wirkten durch die tief stehende Sonne rötlich.

»Danke!« Antonia nahm den schweren Zimmerschlüssel entgegen.

»Um 19 Uhr heißen mein Mann und ich Sie alle persönlich im Ballsaal willkommen und laden Sie auf einen Aperitif ein.« Mit dem Blick war sie schon beim folgenden Gast. Nur das Personal von Zimmermann-Reisen stand hinter Antonia in der Reihe.

Der nächste Stau ereignete sich vor dem Fahrstuhl. Es gab nur einen, in den maximal zwei Personen und zwei Koffer hineinpassten. Oder eine Person, ein Rollator und zwei Koffer. Hinzu kam, dass er langsam fuhr und die älteren Herrschaften immer wieder einen Jackenzipfel in den Sensor hielten, sodass sich die Türen nicht schlossen und aufgingen. Zu und auf. Auf und zu. Der Hotelangestellte neben dem Aufzug lächelte gequält.

Es reichte Antonia mit zwischenmenschlichen Kontakten. Und das an Tag zwei ihrer Reise. Das konnte ja heiter werden. Aus diesem Grund entschied sie sich für die Treppe. Ihr Koffer war zwar schwer, weil sie viel zu viele Bücher mitgeschleppt hatte und einen E-Reader kategorisch ablehnte, aber sie schaffte es. Laut atmend suchte sie die korrekte Zimmernummer. Durch den plötzlichen Tod von Christine und die damit verbundenen Konsequenzen hatte Antonia keine Zeit gehabt, sich mit der Ausstattung dieses Hotels im Vorhinein vertraut zu machen. Enttäuscht war sie nicht. Der Glanz von früher schien etwas verblasst zu sein, doch das störte sie nicht. Dadurch erzeugten die Flure mit ihren Teppichen und den vielen ausgeblichenen Bildern eine fast schon heimelige Atmosphäre.

Erst als sie die Tür ihres Hotelzimmers öffnete und von warmer Luft und dem Geruch von frisch gewaschener Bettwäsche in Empfang genommen wurde, löste sich die Spannung aus ihrem Körper. Vorher war Antonia nicht bewusst gewesen, wie verkrampft sie war. Sofort öffnete sie die Balkontür, um kühlere Luft hineinzulassen. Lächelnd stellte sie fest, dass ihr Zimmer über einen kleinen Balkon verfügte, der Ausblick auf den Pool bot. Genau so hatte sie sich Urlaub immer vorgestellt. Mit Blick auf die Berge in der Ferne, dem Türkisblau des Wassers vor der Nase und Ruhe.

In ihren Ohren pfiff es. Ihr Hals war kratzig von der Klimaanlage, die sie, wie den Ton der Lautsprecher, nicht selbst hatte regulieren können. Sie ließ sich auf das Doppelbett fallen und streifte ihre Turnschuhe von den Füßen. Nicht nur ihre Knöchel, auch der Hintern tat so weh, dass sie erst nach mehreren Minuten eine passable Position fand. Färbte das Alter ihrer Mitreisenden auf sie ab? War es möglich, dass sie unter all den Rentnern selbst zu einer Seniorin wurde? Eine von ihnen?

Ihr Körper wurde schwer. Auf keinen Fall würde sie heute noch mit Tanja und der Reisegruppe durch Montecatini spazieren. Sie war nicht hier, um ein bestimmtes Programm zu absolvieren oder um möglichst viele Sehenswürdigkeiten abzuklappern. Städte wie Pisa oder Florenz lockten sie, doch der wahre Grund, diese Reise nicht verstreichen zu lassen, war ihr Wunsch nach einem freien Kopf. Weniger Trauer, mehr Schönheit im Leben finden. Sie hatte sich selbst herausgefordert. Ein Abenteuer, das ihr neuen Mut gab. Okay, und vielleicht war sie auch geizig und sah nicht ein, eine zweieinhalbtausend Euro teure Reise nicht anzutreten.

Was zu einem Abenteuer gehörte, entschied sie selbst. Ein Stadtrundgang zählte heute nicht dazu. Aber vielleicht ein kleiner Mittagsschlaf?

Sie schaltete den Fernseher ein, entledigte sich ihrer Oberbekleidung und ignorierte das Piepsen in ihren Ohren.

4

Der Rock, den Antonia nach ihrem Schläfchen angezogen hatte, saß nicht mehr so wie vor ein paar Monaten. Immer wieder zupfte sie an dem fließenden Stoff, damit er nicht verrutschte. Hatte sie abgenommen? Wahrscheinlich war diese ungewünschte Gewichtsreduktion dem Stress und den Sorgen der letzten Wochen geschuldet.

Die Atmosphäre in dem Teesalon, von einem Ballsaal konnte nicht die Rede sein, tat ein Übriges dazu, dass sie sich unwohl in ihrer Haut fühlte. Alle Gäste hatten sich hier versammelt und warteten auf die Hotelleitung. Dabei sprachen sie laut, schauten auf ihre Armbanduhren und verkündeten immer deutlicher, dass sie bald dem Hungertod erliegen würden. Servicepersonal kam zu den vielen Sesseln und Kanapees geeilt. Die Tabletts waren gefüllt mit eleganten Sektflöten.

»Signorina? Ein Getränk für Sie?« Der Kellner, der neben dem älteren Ehepaar ihr gegenüber erschien, reichte Antonia zuerst ein Glas.

Sie schüttelte den Kopf. »Gibt es auch einen Drink ohne Alkohol?«

Murmeln von der Seite. Sie hielt ihr Lächeln trotzdem aufrecht.

»Selbstverständlich! Einen Moment, bitte!« Er gab einer seiner Kolleginnen einen Wink, die sofort loslief. Das Ehepaar wurde mit Sekt versorgt. Sie kosteten, dann nickten sie sich gegenseitig zu. »Kann man trinken, Holger!«

»Ja, Maike, ist nicht schlecht. Bin schon gespannt auf den Wein!«

Von der anderen Seite hörte Antonia Getuschel.

»Bei einem Empfang wartet man mit dem Trinken doch auf die Rede des Gastgebers!«

Bevor sie sich umdrehte, um zu erkennen, wer sich wieder das Maul zerriss, erschien die Kellnerin neben Antonia. Breit lächelnd stellte sie ein Glas mit Orangensaft vor ihr ab.

»Danke, das ist sehr zuvorkommend!«

»Prego!«

Ach ja, hier sprach man ja Italienisch. Nach dem Abendessen würde Antonia den Reiseführer studieren und sich eine Übersetzungs-App auf ihr Smartphone laden. Sie wollte weder ungebildet noch unhöflich auf das Hotelpersonal wirken. Wieder zupfte sie ihre Kleidung zurecht, dann nahm sie das kühle Glas in die Hand. Die schweren samtenen Vorhänge vor den bodentiefen Fenstern stauten die Hitze des Tages in dem Raum, obwohl er so groß war und einen offenen Durchgang zum Empfang des Hotels hatte. Ein heftiges Niesen durchfuhr ihren Körper. Auf dem Stoff der Wandteppiche, Polstergarnituren und Portiere feierten die Hausstaubmilben sicherlich eine Party.

Ein Klirren riss sie aus ihren Gedanken. Vorn schlug ein kleiner beleibter Mann in einem dunkelroten Anzug einen Löffel gegen sein Sektglas. »Verehrte Gäste, dürfte ich um Ihre Aufmerksamkeit bitten?«

Niemand reagierte. Antonia hatte sich eh nicht unterhalten, deshalb fiel es ihr nicht schwer, still zu sein. Doch die anderen unterbrachen ihre angeregten Gespräche nicht.

»Hallo, Ruhe, bitte!«, schrie Tanja.

Absolute Stille bis auf die Platzvertreiberin, die munter weitermeckerte. Die Dame neben ihr stupste sie an, sodass auch ihr bewusst wurde, dass jetzt nicht der richtige Zeitpunkt war, die Geschichte mit dem gestohlenen Platz wieder aufzuwärmen. Genau genommen war diese Story auserzählt, denn nach dem Beinaheverlust von Paula war Antonia durch ihr Aufmerksammachen im Ansehen der Senioren gestiegen. Sie grüßten sie freundlich, manchmal lächelten sie sie sogar an und hielten ihr diverse Türen auf.

»Für unseren Gastgeber bitte etwas mehr Respekt!«, schob Tanja hinterher. Sie verschränkte die Arme und ließ den Blick durch die Runde wandern. Neben ihr steckten die Leute vom Service, die aufgereiht wie kleine Pinguine waren, die Köpfe zusammen.

Alle schwiegen. Der Mann in Rot lächelte breit, sodass seine Zahnlücke zwischen den Schneidezähnen für jeden erkennbar wurde.

»Meine Damen und Herren, schön, dass Sie heil bei uns angekommen sind! Mein Name ist Leonardo Rossi, und mit meiner wundervollen Ehefrau Anna und diesem vortrefflichen Team führen wir gemeinsam das *Invidia*! Ich heiße Sie herzlich willkommen und versichere Ihnen, dass wir stets für Sie und Ihre Wünsche empfänglich sind!« In seiner kurzen Pause deutete er auf die braunhaarige Empfangsdame, die den Kopf wie bei einer Verbeugung neigte. In ihrem schwarzen Cocktailkleid sah sie umwerfend aus. »Giulia, unsere Köchin, ist mit ihrem Team schon dabei, ein vorzügliches Menü zuzubereiten, das Sie in wenigen Minuten genießen können. Ich übergebe Sie nun in die Hände unseres Oberkellners Joey und freue mich auf Austausch und herrliche Gespräche, damit sich mein Deutsch weiter festigen kann.«

Was sich da weiter festigen sollte, war Antonia schleierhaft. Aus ihrer Sicht waren seine Deutschkenntnisse bereits aus Stein. Der Hotelier trat beiseite, sodass der Kellner, der ihr den Sekt angeboten hatte, nach vorn ging und den Gästen zunickte.

»Genießen Sie Ihren Drink! In einer Viertelstunde gehen wir rüber in den Speisesaal, ja?«

Tanja klatschte. Schnell stimmten die Gäste mit ein, auch

Antonia. Das Personal nahm wieder seinen Posten ein. Der Hotelier und seine Frau mischten sich, getrennt voneinander, unter die Menge. Anna ging dabei auf die eine Seite, während Leonardo zielgerichtet die Seite des Salons ansteuerte, auf der Antonia sich befand. Alle tuschelten miteinander, nur sie saß wie unbeteiligt daneben. Meistens machte sie das bewusst, denn sie lauschte gerne, worüber die Leute so sprachen. Das Topthema war das unhöfliche Zurechtweisen seitens der Reiseleitung.

»Hast du gehört, wie sie uns angeschrien hat? Tickt die nicht ganz sauber?« Die ältere Dame mit der Bobfrisur schlug auf ihren Oberschenkel.

»Der Reiseveranstalter bekommt gleich morgen einen Anruf von mir«, sagte die Dame im Kostüm, die im Bus hinter ihr gesessen hatte.

Obwohl sie die Reaktionen der alten Herrschaften oft als übertrieben empfand, dieses Mal war sie ganz bei ihnen. Natürlich sollte man schweigen, wenn jemand eine Rede hielt, doch sie waren alle müde und hungrig. Die Laune war auf dem Tiefpunkt. Trotz des Sekts besserte sich diese auch nicht. Die Gespräche wurden nur lauter und ausfallender. Antonia kippte den Saft herunter, um ihren Blutzuckerspiegel auf Trab zu halten. Ihre Laune war ebenso im Bereich der Nulllinie.

Eine Hand legte sich auf ihre Schulter. Sie machte einen Hüpfer auf dem Sessel. Beinahe ließ sie das leere Glas fallen.

»Wie gefällt es Ihnen bei uns?« Leonardo strahlte sie an. Seine grauen Haare waren mit Pomade zu einer Welle gegelt, der Bart am Kinn wirkte gepflegt, und viele kleine Muttermale luden zu einem Malen-nach-Zahlen auf seinem Gesicht ein.

»Gut. Sehr gut«, hauchte Antonia, die nach dem Schreck erst wieder zu Atem kommen musste. Ihr gefiel es nicht, von einer fremden Person angefasst zu werden. Sicherlich nur eine familiäre Geste, doch sie schüttelte trotzdem seine Hand durch ein kleines Manöver ab.

Das Ehepaar ihr gegenüber murmelte ebenfalls bejahende Worte, als Leonardo ihnen die Hand reichte.

»Freuen Sie sich auf das Abendessen?«

»Ja, wir verhungern.«

Die Antwort des alten Mannes amüsierte den Hotelier. »Sie werden gleich rundum versorgt werden.«

»Ich hätte eine Frage«, deutete Antonia an, denn das war ihre Chance.

Leonardo wandte sich wieder ihr zu und legte den Kopf schräg. »Ja, bitte?«

»Ich habe spezielle Wünsche bezüglich des Essens. An wen kann ich mich wenden?« Sie brach den Blickkontakt ab. Es nervte sie, dass sie überall immer um eine Extrawurst bitten musste. Oder vielmehr in ihrem Fall, um keine Extrawurst, denn die aß sie ja nicht.

»Am besten an Joey. Er organisiert den Service und steht mit der Küche in direktem Kontakt.« Er deutete auf den Kellner, den Antonia schon kannte.

Sie nickte. »Okay.«

»Ich begleite Sie zu ihm. Folgen Sie mir gerne.« Er winkte dem Paar zu, dann lief er durch den Saal. Hier ein Lächeln, da ein Händedruck. Es war klar, dass er es genoss, im Mittelpunkt zu stehen. Sie kamen an Anna vorbei, vor der er anhielt und eine Hand auf ihre Hüfte legte. Sie löste sie von ihrem Körper. Kurz fiel die freundliche Maske. Es war nur wie ein Blinzeln. Dann erschien sie wieder gut gelaunt und professionell. Die beiden flüsterten miteinander. Aus dem Flüstern wurde ein Wortwechsel, der ein paar Köpfe zum Rucken brachte. Dann setzte der Hotelier seinen Weg fort, und Antonia folgte ihm. Anna brachte möglichst viel Abstand zwischen Leonardo und sich.

»Joey!«, rief er. Die folgenden Worte waren auf Italienisch. Sie tauschten sich kurz aus. Antonia bemühte sich um einen neutralen Gesichtsausdruck, auch wenn sie mit ihren rudimentären Spanischkenntnissen versuchte, die Worte zu entziffern. Einen Sinn ergaben sie nicht. Offensichtlich hatte Spanisch kaum Ähnlichkeit mit der italienischen Sprache.

»Signorina, was haben Sie für Wünsche?« Joey, der ebenso eine Tolle trug wie sein Chef, lächelte breit. War eine schmierige Frisur verpflichtender Bestandteil der Hoteluniform? Antonia wollte nicht voreingenommen sein, doch irgendetwas an diesem Mann passte ihr nicht.

»Ich würde mit Ihnen gerne meine Allergien besprechen. Zum einen esse ich kein Fleisch, zum anderen bin ich gegen Trauben und Oregano allergisch. Könnten Sie bitte dafür sorgen, dass meine Mahlzeiten diese Inhaltsstoffe nicht enthalten?«

Er fixierte sie mit seinem Blick. »Entschuldigen Sie, ich verstehe nicht ganz. Sie wollen keine Gewürze und Spezialitäten aus der Region?«

Nun kam sie sich dämlich vor. Er hatte ja recht. Wer reiste schon nach Italien und verlangte dann Speisen ohne Oregano, das Nationalgewürz? Wer verbrachte Zeit in der Toskana, ohne den ausgezeichneten Wein zu genießen? Sie sah, wie Leonardo den nächsten Gast ansteuerte.

»Ja, leider. Unter keinen Umständen möchte ich ein totes Tier essen. Und wenn ich Trauben oder Oregano zu mir nehme, bekomme ich eine schwere allergische Reaktion. Das ist sehr gefährlich, verstehen Sie?«

Leider hatten manche Menschen die Angewohnheit, derartige Wünsche nicht ernst zu nehmen.

»Ich werde es notieren«, sagte der Oberkellner knapp.

Das wirkte nicht überzeugend. Antonia war durch ein paar Fauxpas in der Vergangenheit zunehmend skeptischer geworden.

»Sicher?« Sie konnte sich das Nachhaken nicht verkneifen.

»Wenn Sie mir nicht glauben, dann geben Sie gerne zusätzlich in der Küche Bescheid.«

Der Typ war ein Profi. Er lächelte, gab sich entspannt, aber sie vertraute ihm nicht. Keinen Zettel und Stift in der Hand. Keine Anstalten, irgendwo Bescheid zu geben. Im Hinblick darauf, dass sie jeden Moment losziehen würden, um das Abendessen einzunehmen, war das für Antonias Geschmack zu wenig Aktionismus.

»Wo ist die Küche?«

Er nickte, doch das Charmante aus seinem zugegeben schönen Gesicht war wie weggewischt.

»Aus dem Ballsaal rechts raus, dann hinter der Bar wieder rechts.«

Sie nickte und marschierte allein los. Sicher war sicher.

Noch bevor sie um die Ecke bog, ertönte Joeys Stimme hinter ihr. Erst dachte sie, dass er mit ihr redete, und hielt an. Doch Tanjas schrilles Organ kam dazu.

»Auf das Cacciucco freue ich mich schon sehr!«

»Ja, Giulia kocht das noch besser als meine Frau, aber sag ihr das nicht.«

Tanja und er kicherten.

»Wir haben passend dazu extra einen wundervollen Vermentino eingekauft. Floral-fruchtiges Bouquet. Wird dir gefallen.«

Für Antonia war das Fachchinesisch. Natürlich sprachen sie von Weinsorten, das war ihr klar. Aber den Details konnte sie nicht folgen.

»Ein Vermentino? Herrje! Ein Chardonnay würde dazu doch viel besser passen.« Tanjas Stimme schoss noch weiter nach oben.

Antonias Ohren klingelten schon wieder. Sie entfernte sich zwei weitere Schritte.

»Entschuldige mal«, setzte Joey an und wechselte dann ins Italienische. Tanja antwortete ebenfalls in der Fremdsprache. Es klang alles andere als freundlich. Worte wurden herablassend ausgespuckt und umhergeschleudert. Die Streiterei brach ab, als Tanja kopfschüttelnd den Salon verließ und an Antonia vorbeizog.

Auf ebenso eine Diskussion mit dem Kellner verzichtete Antonia gern, deshalb steuerte sie weiter die Bar an. Bereits hier drang ein herrlicher Duft in ihre Nase. Pfeffer, Brühe, Kräuter – eine wohlriechende Wolke aus diesen Bestandteilen hing im Flur und ließ Antonias Magen aufknurren. Sie musste ihr nur folgen, um zu der Küche zu gelangen. Ihr und dem Klappern der Töpfe. Stimmen, die durcheinanderredeten, mischten sich dazu. Innerhalb von wenigen Augenblicken fand sie eine Holztür mit der Aufschrift »Cucina«. Dafür reichten ihre Sprachkenntnisse aus.

In der vor Edelstahl glänzenden Küche herrschte ein reges Treiben. Ein halbes Dutzend Personen lief aufgeregt und schnatternd umher, um Teller mit delikaten Speisen vorzubereiten. Sie bemerkten Antonia gar nicht.

»Hallo?«

Auf einmal waren alle Augen auf sie gerichtet.

»Oh, Liebes, Sie haben sich verlaufen! Das Essen gibt es im Speisesaal. Wir sind sofort fertig!« Erst sah sie nicht, von wem die weiche, samtige Stimme stammte, doch dann erschien eine große rundliche Frau mit einer Kochmütze auf dem Kopf. Sie trug die langen hellbraunen Haare in einem Netz, und ihre knallrot geschminkten Lippen teilten sich, sodass eine Reihe perfekter weißer Zähne zum Vorschein kam.

»Sind Sie die Köchin?«

»Ja, die bin ich. Giulia Mariani. Was gibt es?« Auf Italienisch gab sie einem ihrer Kollegen eine Anweisung, dann nahm sie die Kopfbedeckung ab und trat näher.

»Ich habe Allergien. Joey hat mir gesagt, ich solle mit Ihnen sprechen.« Nun kam Antonia sich doch übervorsichtig vor. Hätte es nicht gereicht, auf den Oberkellner zu vertrauen? Das gesamte Hotelpersonal hatte ihr bis zum jetzigen

Zeitpunkt keinen Anlass zum Zweifel geboten. Warum konnte sie es nie gut sein lassen?

»Gut, dass Sie zu mir kommen. Manchmal passiert es, dass er so etwas leicht abtut, dabei weiß ich selbst, wie eine solche Reaktion ausgehen kann!« Giulia gluckste auf, dann schüttelte sie den Kopf. Genau wie Antonia es sich gewünscht hatte, ging sie zu einer Schublade, zog sie auf und entnahm einen Block und einen Kugelschreiber.

»Sie haben auch Allergien? Ist das als Köchin nicht sehr unpraktisch?«

Giulia nickte. »Auf jeden Fall. Ich habe eine Mehlstauballergie. Aus diesem Grund habe ich eine Sous-Chefin, die für mich allerlei Teigarbeiten übernimmt. Ohne sie würde es nicht gehen. Die Quiche für heute Abend hat beispielsweise sie vorbereitet.«

Antonia nickte. Ein ungewohntes Gefühl, eine Verbündete gefunden zu haben. Mit ihr führte sie sogar das erste freundliche Gespräch – abgesehen von Paula. Nicht aufgesetzt, sondern echt kam Giulia ihr vor. Sie waren auf einer Wellenlänge. Eine willkommene Abwechslung.

»Also ich vertrage keine Trauben und keinen Oregano. Außerdem esse ich kein Fleisch«, betete sie herunter.

Kommentarlos schrieb die Köchin die Informationen nieder. »Sonst noch etwas, was sie nicht mögen oder zu sich nehmen wollen?«

»Nein danke. Das reicht doch, oder?« Nun kicherte Antonia.

Giulia stimmte kurz ein, dann änderte sich der Ausdruck auf ihrem herzförmigen Gesicht. »Das kriegen wir hin. Seien Sie ganz unbesorgt. Auch heute können Sie bedenkenlos alles essen, was Ihnen serviert wird.«

»Wow, das ist super!« Antonia konnte nicht fassen, wie schnell hier auf ihre Wünsche eingegangen wurde. Vorher war sie nervös gewesen und hatte trotz des aufsteigenden

Hungers ein mieses Gefühl in Bezug auf das Dinner gehabt, doch jetzt freute sie sich auf die vielen Speisen.

Ein Angestellter fluchte in der hintersten Ecke der Küche.

»Entschuldigen Sie mich bitte!«

»Natürlich!« Antonia verließ schnellen Schrittes die Küche.

Der Trubel, der hinter ihr lag, erstreckte sich ebenfalls vor ihr. Die übrige Reisegruppe eilte durch den Flur. Das Büfett wurde gleich eröffnet. Zumindest schloss sie das aus der Geschwindigkeit, mit der die Senioren den Speisesaal stürmten.

5

Sie konnte nicht mehr schlafen. Egal, wie oft sie sich von einer Seite zur anderen wälzte, Antonia bekam kein Auge zu. Obwohl sie müde war, kreisten die Gedanken durch ihren Kopf. So viele Eindrücke, die sie zu verarbeiten hatte. Unzählige Fragen schwirrten umher. Anstelle der Quiche vom Abendessen lagen ihr Sorgen schwer im Magen. Hatte sie die richtige Entscheidung getroffen? War diese Reise das, was sie brauchte? Das erste Mal seit einer Ewigkeit hatte sie eine Nacht in einem fremden Bett geschlafen. Sie hatte nicht das gewohnte Kissen unter dem Kopf gespürt. Nicht das Rumoren der Wasserleitungen hatte sie geweckt, sondern das Rufen eines Uhus. Oder eines Kauzes? Auf jeden Fall hatte sie der Lärm eines Federviehs aufgeschreckt, und seitdem drehte sie sich in ihrer Gedankenspirale. Und im Bett. Wie gerne würde sie die Erlebnisse mit ihrer verstorbenen Freundin teilen. Christine hätte die richtigen Worte parat gehabt. Wie damals nach Antonias Streit mit ihrer Mutter, in dessen Folge sie den Kontakt zu ihr abgebrochen hatte. Niemand hatte sie so verstanden wie ihre gute Freundin. Nur sie war in der Lage gewesen, Antonia zu durchschauen. Allein Christine hatte erkannt, dass Antonias Entscheidung nicht auf sicheren Beinen gethront hatte, sondern lediglich eine Ausrede zur Konfliktvermeidung gewesen war. Antonia wünschte sich einfach nur ihre beste Freundin herbei. Obwohl, wenn sie noch auf dieser Welt wandeln würde, wäre Antonia niemals in der Toskana.

Sie stand auf und schlüpfte in ihren Bademantel, denn

Christine würde ihr raten, aktiv zu werden. Kein Selbstmitleid, keine Zweifel, die sie nicht beeinflussen konnte, sondern Lösungen suchen. Und Frischluft war ein Anfang. Anstatt auf dem Balkon durchzuatmen, entschied sie sich, die frühe Morgenstunde für eine kleine Entdeckungstour zu nutzen. Bisher hatte sie nicht viel vom Hotel gesehen, das wollte sie ändern. In Pantoffeln schlurfte sie aus ihrem Zimmer und durch den Flur. Mit dem Fahrstuhl fuhr sie in das Erdgeschoss, nur um festzustellen, dass die Rezeption nicht besetzt war. Bei ihrem Outfit war das auch besser so. Alles schien verlassen, und Ruhe lag über dem *Invidia*. Der Teesalon wirkte gespenstisch leer. Das Servicepersonal hatte wohl noch gestern Abend alle Gläser und Schalen mit Nüssen fortgeräumt. Aus der Küche drangen vereinzelt Geräusche. Vermutlich bereitete Giulias Team dort schon das Frühstück vor. Antonia freute sich auf den ersten heißen Kaffee am Morgen. Es gab kein besseres Gefühl, als die Müdigkeit mit einer Tasse der starken schwarzen Brühe fortzuspülen.

Links stand eine Seitentür offen. Sie führte neben dem Haupteingang nach draußen. Mit einem Holzkeil stellte sie diese fest und trat dann in die vereinzelten Strahlen der aufgehenden Sonne. Selbst um diese Uhrzeit hatte sie schon genug Kraft, um Antonia zu wärmen. Und nicht nur sie. Auch die vielen Zitronen an den kleinen Bäumen kamen in den Genuss des Lichts. Vorsichtig berührte sie eine gelbe Frucht. Sie fühlten sich an wie im Supermarkt. Darauf bedacht, dass sie unter ihrem Bademantel nichts entblößte, auch wenn niemand hinsah, lehnte sie sich nach vorn und schnupperte an ihr. Der zitrische frische Duft stieg ihr in die Nase. Das Aroma war intensiv. Ob sie eine pflücken sollte? War das erlaubt? Aber was dann mit der Zitrone? Es kam ihr egoistisch und verschwenderisch vor, in ihrer Situation ohne Küche eine Frucht zu nehmen, die dann nicht verspeist wurde. Mit dem intensiven Duft in der Nase drehte sie sich um und blieb wie angewurzelt stehen.

In dem Pool vor ihr war etwas. Kein schwimmender Mensch, sondern ein am Grund liegender Körper.

»O mein Gott!«, rief Antonia und rannte los. Doch am Beckenrand blieb sie wieder stehen. Der Frauenkörper trieb sanft im Wasser. Das Gesicht blickte nach unten. Kleine Wellen bildeten sich an der Oberfläche. Bewegte sie sich? Was war geschehen? Einen Moment war ihr Kopf leer. Nicht so, wie sie sich das gewünscht hatte. Doch dann war es, als würde ihr Bewusstsein wieder an die Oberfläche dringen.

»Hilfe! Hilfe! Ich brauche Hilfe!« Sie rannte weiter um das Becken herum, zog den Bademantel aus, trat die Pantoffeln fort und setzte den ersten nackten Fuß in das eisige Wasser. Antonia zischte, zwang sich jedoch weiter in den Pool. Sie erinnerte sich an die Predigt ihrer Mutter.

»Feuer! Feuer! FEUER!« Das war ihr schlimmster Albtraum. So oft hatte sie schon geträumt, dass in einer Notsituation ihre Stimme nicht laut genug war. Dieser Horror schien real zu werden.

»FEUER! HILFE!«

»Wat is –?«, ertönte es hinter ihr, dann ein Schrei. »Hilfe!« Die Frau, die ihr den Platz streitig gemacht hatte, hielt sich eine Hand vor den Mund.

Auf einmal waren da viele Menschen. Gäste, die sie nicht kannte, Personen aus ihrer Reisegruppe und Leonardo, der Hotelier. Antonia stand noch immer bis zur Hüfte im Pool. Dicht bei dem Körper, war jedoch nicht in der Lage, ihn anzufassen. Dafür hätte sie untertauchen müssen. Aber sie wollte ihn nicht verlassen. Sie brauchte Hilfe!

»Feuer«, wimmerte sie. Erst jetzt spürte sie die heißen Tränen auf ihren Wangen.

»Ich helfe Ihnen!« Leonardo stieg in voller Uniform ebenfalls in den Pool. »Rufen Sie einen Krankenwagen! Die Polizei! Wecken und holen Sie meine Frau!« Mal sprach er deutsch, mal italienisch.

Er war schnell bei Antonia und tauchte ab. Es vergingen

nur ein paar Sekunden, doch sie erschienen wie Minuten. Als der Hotelier endlich auftauchte, prustete er. Mit zusammengebissenen Kiefern packte Antonia zu. Gemeinsam, jeder an einem Arm, nahmen sie die Person und drehten sie so, dass ihr Gesicht sich nicht länger im Wasser befand.

Die leeren Augen von Tanja starrten sie an.

Das Bild setzte sich in Antonias Kopf fest. Rehaugen, die sie nicht mehr losließen. So anders als gestern. Ohne das Leuchten, das sie verströmt hatten, wenn die Reiseleiterin von Basketball gesprochen hatte.

Erst zog sich die Zeit wie Kaugummi, dann passierte alles sehr schnell. Antonia wurde aus dem Pool geholt. Obwohl sie höchstens ein paar Minuten in dem kalten Wasser gestanden hatte, bibberte sie am ganzen Körper. Ihr war übel. Das Gefühl, die Kontrolle zu verlieren, kroch durch sie hindurch.

Blaulicht. Eine Sirene, die anders klang als in der Heimat. Mehrere Menschen untersuchten Tanja, während Antonia mit einer dicken Decke auf eine Poolliege stationiert wurde. Ein Arzt schüttelte den Kopf. Was gesagt wurde, verstand sie nicht. Reanimationsmaßnahmen wurden eingeleitet. Er drückte auf Tanjas Brust. Der Mann legte die Lippen auf ihren Mund. Ihr Brustkorb hob sich. Wieder Kopfschütteln.

Die Polizei tauchte auf. Irgendwann waren da zwischen all den Uniformträgern nur Leonardo, der Busfahrer und Antonia. Alle anderen waren weggeschickt worden. Als der Arzt ein Tuch über Tanjas Gesicht legte, schluchzte Antonia auf. Wie konnte das die Realität sein? Sie sah weg, denn sie ertrug den Anblick nicht, wie der tote Körper auf eine Liege befördert und weggetragen wurde.

»Wie ist Ihr Name?« Ein junger Polizist setzte sich direkt neben sie.

Sie sah ihn nur an. Was sollte sie ihm sagen? Das ergab alles keinen Sinn.

»Mein Name ist Frederico Vian. Ich bin Polizist und habe

die Aufgabe, Sie zu befragen, weil ich Deutsch spreche. Wenn Sie sich dazu bereit fühlen, würde ich Ihnen gerne einige Fragen stellen. Sie haben ja schließlich das Opfer gefunden.« Sein Blick war sanft, aber eindringlich. Die Augen so dunkel, dass sie Antonia an Erde erinnerten. Opfer. Wie sich das in ihren Ohren anhörte. Dass dieser Mann es so offen aussprach, brachte sie wieder zum Weinen. Opfer von was denn? Wie war Tanja ein Opfer geworden? Unfallopfer oder ...?

Ihre Lippen zitterten. Das merkte sie, als sie die Worte formte. Möglichst genau berichtete sie dem Beamten, was sie gesehen und unternommen hatte. Nichts und nichts. Vorwürfe stiegen ihr in den Kopf. Hatte Tanja noch gelebt, als sie sie aufgefunden hatte? Wenn sie ihr direkt geholfen hätte, bestünde dann jetzt eine Chance? Hätte man ihr im Krankenhaus noch helfen können? Sie war immer der Meinung gewesen, dass sie sich in Notsituationen souverän verhielt. Eine Lüge, die sich leicht behaupten ließ, wenn man nie in einer solchen Extremsituation gewesen war. Opfer. Sie hatte ein Opfer gefunden.

Bis zu diesem Zeitpunkt hatte der Herr mitgeschrieben. Nun sah er Antonia an. »Sind Ihnen irgendwelche Dinge aufgefallen? Haben Sie ganz sicher niemanden auf dem Weg getroffen?«

»Niemand war wach. Nur in der Küche waren Menschen. Ich habe sie aber nur gehört, nicht gesehen.« Ihre Stimme drohte wieder zu versagen.

»Alessia«, sprach er seine Kollegin an, dann wechselte er elegant ins Italienische.

Antonia fühlte sich leer. Surreal setzten sich die letzten zwei Tage vor ihrem inneren Auge zusammen und ergaben kein Bild, egal, wie sehr sie es drehte und wendete.

Der Polizist sah sie wieder an. »Wie war Ihre Beziehung zu dem Opfer?« Sein Blick glitt zu dem Notizblock in seinen Händen.

»Ich kannte sie kaum. Durch die Reise, aber ansonsten nicht. Wir haben vielleicht dreimal richtig miteinander gesprochen, und das immer vor Publikum.« Würde sie Ärger bekommen? So weit hatte Antonia gar nicht gedacht. Allein, dass sie von Tanja in der Vergangenheitsform sprach, war zu viel für ihre Nerven. War sie wirklich tot? Die Logik gab eine Antwort, die Antonia nicht wahrhaben wollte.

»Frederico!«, wurde der Polizist gerufen.

»Ich bin gleich wieder bei Ihnen«, beteuerte er, bevor er aufstand und zu dem Arzt aufschloss, der auf ihn wartete. Antonia beobachtete den Austausch zwischen den Männern. Sie wedelten mit den Händen, machten ernste Mienen und nahmen dann beide ihre Smartphones. Was hatte all das zu bedeuten?

Leonardo weinte. Sie hörte das Wimmern. Auf der anderen Seite des Pools saß der Hotelier auf einer Bank. Er wischte in regelmäßigen Abständen die Tränen von seinem Gesicht und versuchte offenbar, seine Atmung zu beruhigen. Doch seine Schultern zitterten, und aus seinem Mund drangen klagende Laute. Hatte er Tanja gut gekannt? Würden ihm dieselben Fragen gestellt werden? Wo waren die anderen? Konnte der Polizei jemandem hier besser helfen? Möglicherweise war einem von ihnen ja der Gesundheitszustand der Reiseleiterin bekannt. War es nur ein tragischer Zufall, dass sie bei ihrem morgendlichen Spaziergang einen Herzinfarkt erlitten hatte und ausgerechnet in den Pool gefallen war? Konnte sie nicht schwimmen? War Tanja ausgerutscht? War da überhaupt Blut im Wasser gewesen? Gehörte an eine Leiche nicht eigentlich Blut? Ein Opfer.

Eine Leiche ...

Der Polizist trat ins Sichtfeld und nahm ihr so den Blick auf den Hotelier.

»Was haben Sie da besprochen? Was ist hier geschehen?« Antonias Stimme wurde schrill. Sie hasste es, wenn das passierte. Doch in dieser Situation war ihr vollkommen egal, ob sie wie ein Teenager im Stimmbruch klang. Es gab echte Probleme.

»Tut mir leid, aber die Ermittlungen sind vertraulich.«

»Ich bin doch Teil dieser Ermittlungen, oder nicht? Alle Ihre Fragen habe ich beantwortet, nun geben Sie mir doch zumindest eine Antwort!« Sie sah hoch.

Einen Moment lang sah der Mann sie an, dann nickte er kurz. »Frau Lambrecht ist leider von uns gegangen. Ihr Tod wird im Krankenhaus bestätigt. Das ist eine offizielle Prozedur. Viele Erkenntnisse zum Vorfall haben wir noch nicht. Doch für den Arzt ist klar, dass es sich um irgendeine Art von Fremdeinwirkung handeln muss. Die Spurensicherung ist bereits informiert.« Er presste die Lippen aufeinander.

»Das bedeutet, Tanja wurde ermordet?« Wie sie diese Worte aussprach, wirkte weit entfernt von ihr. Beinahe so, als hätte sie sie nicht selbst gesagt.

»Sicher ist das nicht. Aber im Bereich des Möglichen.«

6

Vom gestrigen Glanz des Teesalons war nicht mehr viel übrig geblieben. Nach den morgendlichen Ereignissen bestrahlte die Sonne die vielen kleinen Sofas, die schweren Vorhänge und die stuckverzierte Decke und brachte so alle Löcher, Risse und Flecken zum Vorschein, die die abendliche Aufregung gestern überdeckt hatte. Nicht nur der angebliche *Ballsaal* wirkte mit einem Mal anders, auch die Reisegäste. Ausnahmslos alle saßen auf den Polstergarnituren und konnten nicht fassen, was in diesem Hotel gerade vor sich ging. Manche stellten unaufhörlich Fragen. »Wann können wir nach Hause?« »Was genau ist überhaupt passiert?« »Deckt das meine Versicherung mit ab?« »Stehen wir unter Polizeischutz?« Aber Antworten gab es kaum. Der Hotelier und der Busfahrer versuchten, die Reisegruppe zusammenzuhalten. Die italienische Polizei kümmerte sich um die harten Fälle, die Montecatini sofort hinter sich lassen wollten. Das war nämlich aus Gründen der Beweisführung nicht gestattet. Zumindest hatte das eine Polizistin laut auf Italienisch verkündet und der Polizist mit dem braunen Lockenkopf auf Deutsch übersetzt.

Manche weinten leise. Paulas Gesicht war nass vor Tränen, obwohl sie es sich im Minutentakt mit einer Stoffserviette trocknete, die ihr der Oberkellner gegeben hatte. Ihr Körper wirkte noch kleiner als sonst. So zerbrechlich, dass Antonias Sorgen sich multiplizierten, wenn sie die Seniorin ansah. Eine ältere Dame war sogar so verstört gewesen, dass die Sanitäter sie mit ins Krankenhaus genommen hatten. Ob zumindest sie gehen durfte? Nach Hause, in den Schoß der Familie?

Und dann war da Antonia. Sie starrte nur auf einen dieser Flecke an der Wand. Die Verfärbung sah sie schon gar nicht mehr, weil ihr Kopf ganz woanders war. Wieder im Pool. Wieder bei Tanja. Sie würde diesen leeren Blick nie wieder aus ihrem Hirn löschen können. Ob Christine, denjenigen, der sie aufgefunden hatte, auch so angesehen hatte? Die Pflegerin im Hospiz, nachdem Christine nach einem elend langen Kampf gegen den Krebs verloren hatte? Oder war ihre Freundin friedlich eingeschlafen? Die Augen geschlossen, als würde sie sich nur kurz ausruhen? Antonia schluckte, doch der Kloß in ihrem Hals bewegte sich keinen einzigen Millimeter. Auch das Gewicht auf ihrer Brust verschob sich nicht. Es fühlte sich an, als würde sie zerquetscht werden. Nicht schnell und endgültig, sondern langsam und qualvoll. Sie hatte nie so genau nachgefragt.

Immer wieder nahm sie aus den Augenwinkeln wahr, dass der Polizist eine Person aus der Reisegruppe ansprach und diese dann zu seiner Kollegin brachte. So wurden alle einzeln abgeführt und manchmal nach wenigen Minuten, ab und zu jedoch erst nach einer Viertelstunde, zurückgebracht. Aufkeimendes Getuschel wurde von dem Busfahrer sofort unterbunden. Andrej schien angespannt zu sein. Man konnte es ihm auch kaum verübeln, schließlich lasteten all die Verantwortung und der damit einhergehende Druck auf seinen Schultern. Er lief auf und ab, telefonierte unentwegt, und wenn er dabei gestört wurde, schnauzte er die fragende Person an. Leonardo war das komplette Gegenteil. Auch verstört, aber eher besorgt. Das war ebenfalls verständlich, schließlich hatte Tanja auf dem Boden seines Pools gelegen. Als würde er es wiedergutmachen wollen, ließ er Antipasti auftischen. Innerhalb von zwanzig Minuten war jeder Zentimeter aller Tische und Oberflächen in diesem Raum vollgestellt mit Schüsseln und Tellern. Gebackenes und eingelegtes

Gemüse, Fleischbällchen, Bruschetta mit Oliventapenade, Salate und Brot. Es roch himmlisch, aber niemand rührte auch nur eine der Speisen an. Manche Senioren zogen es in Erwägung. Von Zeit zu Zeit standen sie auf, reckten sich und liefen an den interessantesten Antipasti vorbei. Der Anstand siegte allerdings stets.

Antonia war nicht nach Essen zumute. Und ausnahmsweise hatte es weder etwas mit ihren Allergien noch mit dem überproportional großen Angebot an Fleischspeisen zu tun. Ihr war flau. Seit sie aus dem Pool gestiegen war, befürchtete sie, sich vor versammelter Mannschaft übergeben zu müssen. Das hatte sie bisher vermeiden können, und das sollte so bleiben. Deshalb starrte sie auch den Fleck an der Wand an. Sie wollte nichts fühlen. Nichts schmecken oder riechen. Nichts sehen und am liebsten nichts hören, doch Andrej hatte eine Durchsage zu machen. Er legte das Handy auf einen Tisch und riskierte damit, dass es hinterher ölig war und nach Sardinen roch.

»Bitte alle einmal zuhören!«, forderte er die Reisegruppe auf. Dafür formte er die Hände so um den Mund, als hätte er ein Megafon. Seine Stimme war klar und gefasst. Im Gegensatz zu der des Hoteliers, der jede Konversation vermied und stattdessen wortlos Getränke anbot.

Durch die Menge ging ein Raunen. Nicht mehr so neugierig wie gestern, sondern viel zurückhaltender.

»Zimmermann-Reisen hat eine Lösung gefunden«, verkündete er. Antonia schloss die Augen. Auch wenn diese Reise eine vollkommen hirnrissige Idee gewesen und eher aus der Not heraus geboren war, hatte sie die wenigen Stunden vor der Hiobsbotschaft genossen. Allmählich war ihr klar geworden, was Christine am Reisen so geliebt hatte. Natürlich hatte Antonia das nicht direkt auch geliebt. Aber gemocht. Akzeptiert. Was ihr schwerfiel, war, es nun einzusehen, dass das Abenteuer wohl schon vorbei war. Es war egoistisch, in einem solchen Moment das eigene Wohlergehen an erste Stelle zu stellen. Selbstverständlich. Hier hatte jemand sein Leben verloren. Eine Person war für immer von der Erde verschwunden. Und trotzdem spürte sie einen Schmerz in der Brust. Einen ganz neuen.

»Die Chefetage hat soeben beschlossen, dass uns eine neue Reiseleitung zur Verfügung gestellt wird. Die Reise wird nicht abgebrochen, sondern weitergeführt. Bis zur Ankunft des Ersatzpersonals sollte es auch mit der Polizei so weit geklärt sein, dass wir unsere Ausflüge zumindest zum Teil durchführen können.«

Nach diesem Statement erwachten alle aus ihrer Starre und redeten durcheinander.

»Aber wie soll dat gehen? Stehen wir nicht alle unter Tatverdacht?« Die Platzdiebstahlbezichtigerin stand auf und verschränkte die Arme vor der Brust.

Der Polizist schaltete sich ein. »Sie gelten für uns momentan alle als Zeugen. Einen Verdächtigen haben wir nicht. Leider kann ich Ihnen nicht mehr Auskunft geben, aber –«

»Ich will aber nach Hause! Hier ist ein Mensch ermordet worden! Keine Minute bleibe ich länger hier. Wer versichert mir, dass ich nicht morgen ebenfalls im Pool liege?« Die Frau trug auch heute ein klassisches Kostüm. Dieses Mal in Hellblau. Sie hatte ihre Haare auf dieselbe Art frisiert. Wahrscheinlich trug sie die immer so. Was war das für eine Vorliebe von älteren Damen, immer gleich auszusehen? Antonia war sicherlich keine Expertin auf dem Gebiet, aber selbst sie genoss morgens die Auswahl ihrer Kleidungsstücke. Mal eine Bluse, mal ein Paar Shorts mit Strickjacke. Natürlich hatte sie auch ihre Lieblingsteile, aber immer das Gleiche? Das war selbst ihr zu eintönig. Und das sollte was heißen.

»Genau, wir sind die Nächsten!« Die Wurstfrau deutete mit einer Bruschetta auf den Polizisten, dann stopfte sie sich diese in den Mund. Anscheinend war das Büfett doch eröffnet worden.

»Ich werde nach Hause fahren und Sie verklagen! Re-

gressansprüche stellen! Wir sollten uns alle austauschen, damit wir gemeinsam gegen Zimmermann vorgehen können!«
Der alte Mann mit Schnauzbart zückte bereits seinen Kugelschreiber, den er immer in der Hemdtasche stecken hatte.

Immer mehr Personen standen auf. Sie gingen auf Andrej zu und bombardierten ihn mit Fragen, auf die er keine Antwort wusste. Andere hatten das längst durchschaut und begannen zu telefonieren. Mit ihrer Verwandtschaft, Freunden oder dem Reiseunternehmen selbst. Das Stimmengewirr nahm zu. Es wurde lauter und vehementer. Leonardo konnte keinen Orangensaft unter die Leute bringen. Sie aßen wütend die Snacks, aber ließen nicht mehr mit sich reden.

Dazwischen saß Antonia, die sich nicht bewegt hatte. Weil sie nicht wusste, was sie überhaupt wollte. Die Senioren hatten recht. Vielleicht war es hier gefährlich. Sollte sie sich ein anderes Hotel suchen? Geld von der Erbschaft war noch da. Oder direkt nach Deutschland zurückkehren? Aber was dann? Zu Hause sitzen und Trübsal blasen? Erst die neue Reiseleitung abwarten? Auf das Unternehmen hören und sich fügen? Was hätte Tanja getan? Antonia wurde bewusst, dass sie überhaupt keine Ahnung hatte, weil sie die Frau kaum gekannt hatte.

»Sobald die Polizei das Einverständnis gibt, steht es Ihnen frei, jederzeit zu gehen. Ob im Einzelfall die Kosten übernommen werden, ist fraglich. Zimmermann-Reisen hat dazu keine Aussagen gemacht.« Andrej sah gehetzt von rechts nach links. Die Entschiedenheit in seiner Stimme bröckelte.

»Dafür haben wir doch eine Versicherung!«, rief der ältere Herr mit der Alles-Flatrate.

»Du spinnst«, kommentierte seine Frau.

In dem Teesalon war es wie im Herzen eines Bienenstocks, nur dass dem Trubel eine Struktur fehlte und kaum einer arbeitete. Der Polizist trat vor und öffnete den Mund, doch seine Kollegin war schneller.

»Silenzio!«, schrie sie aus voller Brust.

Niemand brauchte eine Übersetzung. Alle hielten den Mund. Antonia spannte ihren ganzen Körper an. Die Situation war auf der Skala der Unannehmlichkeiten noch höher geklettert. Wie war das nach einem Todesfall mit Mordverdacht überhaupt möglich?

Als die volle Aufmerksamkeit auf der Polizistin lag, begann sie zu sprechen. Die Worte drangen nur so aus ihrem volllippigen Mund. Der Polizist war wieder neben sie getreten und übersetzte für sie. War er wirklich ein Beamter oder nur der Praktikant?

»Niemand darf das Hotel verlassen. Sie sollen Ruhe bewahren und mit der Polizei kooperieren. Für Ihre Sicherheit ist gesorgt. Den ganzen Tag und die kommende Nacht wird Polizeischutz garantiert. Und jetzt gehen Sie bitte auf Ihre Zimmer, damit die Situation nicht ausartet. Wenn wir weitere Befragungen durchführen, holen wir Sie ab. Ansonsten bleiben Sie auf den Zimmern. Rufen Sie bei Problemen die Rezeption an.« Sein Gesicht war leicht verzerrt, als würde er unter Schmerzen leiden.

Das Gemurmel nahm wieder zu. »Wir begleiten Sie in Gruppen.«

Es dauerte einen Moment, bis die Beamten organisatorisch so weit waren. Mithilfe von Leonardo und seiner Frau Anna, die tiefe violett schimmernde Ränder unter den Augen hatte, teilten sie die Gäste auf die verschiedenen Etagen auf, in denen die Zimmer lagen.

»Jetzt werden wir auch noch auf die Zimmer gesperrt«, flüsterte eine Seniorin mit knallroten Haaren.

»Wer weiß denn, ob sich da nicht der Mörder von Tata versteckt«, gab eine andere Dame zu bedenken.

»Die Zimmer sind mittlerweile alle durchsucht worden«, erklärte der Polizist. Er führte die Gruppe in den zweiten Stock an, seine Kollegin übernahm den dritten Stock. Im Entenmarsch liefen die Gäste ihm hinterher. Antonia direkt als Erstes, weil sie es nicht erwarten konnte, fünf Minuten nur für sich zu haben. Natürlich könnte diese Auszeit auch alte Wunden aufreißen, aber noch eine halbe Stunde länger unter all den Leuten, und sie würde ihr mickriges Nervenkostüm vollständig verlieren. Natürlich wurden alle anderen vor ihr zum Zimmer gebracht. Sie war wie immer die Letzte. Und es zog sich in die Länge, weil jeder noch spezielle Fragen hatte. Das war immerhin ihr Vorteil, denn als nur noch der Polizist und sie übrig waren, gab es kein Thema mehr, das sie besprechen wollte.

»Wie geht es Ihnen?«

Sie zog eine Augenbraue nach oben. »Na ja, wie soll es einem nach so einem Fund gehen?«

»Das stimmt. Entschuldigen Sie bitte.« Er verlangsamte das Tempo, sodass sie auf einer Höhe waren. Dafür war der Flur eigentlich zu schmal. Ein Hauch seines Aftershaves wehte zu Antonia herüber. Sie blinzelte. »Ich möchte nur sichergehen, dass Sie klarkommen. Wenn Sie psychologische Hilfe benötigen, kümmere ich mich gerne darum.« Sie blieb kurz stehen. Er hielt ebenfalls an und musterte sie.

»Ich denke, ich komme klar.« Ihre Stimme war dünner als sonst. Der Polizist nickte. Einen Moment blieb er noch stehen und beobachtete sie. Er war einen Kopf größer als sie, sodass sie nach oben sehen musste. In dem hell erleuchteten Flur wirkten seine sonst dunkelbraunen Augen fast honigfarben.

»Sicher? Sonst können Sie mich jederzeit anrufen.« Seine Miene blieb ernst, deshalb konnte sie seine Worte nicht einschätzen. Er griff in die Hosentasche seiner dunkelblauen Uniformhose und überreichte ihr eine Visitenkarte.

Frederico Vian
Agente della Squadra Omicidi
Questura di Pistoia
Via della Vignaccia, 18
51100 Pistoia
Tel. 0573 376193
Cell. 0320 9196941

Antonia wiederholte seinen Namen stumm. Nur für sich selbst. Frederico Vian. Er klang nach Sommer und Musik.

»Danke«, murmelte sie. Er nickte und ging die letzten Schritte zu ihrem Zimmer. Sie folgte ihm. Dabei fiel ihr auf, dass er eine Waffe trug. Natürlich. Das gehörte zu einem Polizisten dazu. Doch es bedeutete auch, dass die größte Sicherheit in dieser Situation in wenigen Augenblicken diesen Flur und damit ihre direkte Nähe verlassen würde. Sie wäre dann allein. Und schutzlos. Ihr Herzschlag beschleunigte sich. Kurz zog sie in Erwägung, ihm ebenfalls Fragen zu stellen. Egal, ob er sie schon beantwortet hatte. Sie stand ja unter Schock, oder nicht? Er würde ihr sicherlich genauso ruhig und gelassen antworten wie all den anderen vor ihr. Aber das zöge das Unausweichliche nur in die Länge. Und hatte sie nicht allein sein wollen?

»Ich gehe jetzt rein«, sagte sie, mehr um sich selbst als Agente Vian zu überzeugen. Der nickte nur. Antonia nahm den schweren Schlüssel aus der Bademanteltasche. Noch immer sah sie aus, als wäre sie frisch aus dem Bett aufgestanden, dabei waren mindestens drei Stunden vergangen.

»Wir sehen uns bestimmt später noch. Bis dahin wünsche ich Ihnen eine erholsame Zeit.« Der Polizist machte keine Anstalten, sie allein zu lassen. Sie schloss die Tür auf und drückte gegen das Knirschen an. Das Zimmer lag genau so vor ihr, wie sie es verlassen hatte.

»Bis dann«, verabschiedete sie den Beamten. Er hob die Hand. Das war das Letzte, was sie von ihm sah. Sofort verriegelte sie die Tür hinter sich. Sicher war sicher. Und entsprechende Maßnahmen hatten in einer solchen Situation die oberste Priorität. Auch wenn alles friedlich wirkte, sah sie sich um. Mit dem Schuhanzieher aus der Garderobe bewaffnet, traute sie sich weiter in das Zimmer. Es war nicht besonders groß, sodass es für einen Eindringling nur drei Versteckmöglichkeiten bot: den Schrank, das Badezimmer und den Balkon. Sie ging systematisch vor. Erst hob sie den Schuhanzieher, öffnete die Badezimmertür und sprang in den Raum.

Er war leer. Selbst hinter der Duschtür hatte sich niemand versteckt. Antonia atmete langsam ein und aus. Im Spiegel erkannte sie sich kaum wieder. Mit verzerrtem Gesicht und erhobener Waffe machte sie sich beinahe selbst Angst. Schnell verließ sie das Bad. Aber nicht, ohne ihre Nagelschere als Ersatzwaffe in die andere Hand zu nehmen. Energisch riss sie die Schranktüren auf, auch hier: gähnende Leere. Doch die Erleichterung wollte sich noch nicht ganz durchsetzen. Mit zusammengepressten Lippen schritt sie zum Balkon, schob die Gardinen zur Seite und öffnete auch diesen Zugang, um ihn zu überprüfen.

Sie war allein. Als sie dieses Mal auf das türkise Wasser des Pools blickte, überzog sie eine Gänsehaut. Noch immer waren überall Polizisten. Sie nahm den Schuhanzieher herunter. Richtig allein war sie nicht. Obwohl die Tatsache, warum überall Menschen umherliefen und sich Dinge zuriefen, der Auslöser gewesen war, nahm ihr der Trubel nun die Angst. Sie beschloss, sich endlich für den Tag herzurichten. Es war zwar ungewiss, ob sie dieses Zimmer heute noch ein weiteres Mal verlassen würde, aber es würde ihr Normalität geben.

Beim Waschen, Zähneputzen und Anziehen ließ sie sich Zeit. Ihr Magen knurrte, obwohl ihr noch immer latent übel war. In welchen Fällen sollte man sich bei der Rezeption überhaupt melden? Wenn ein Eindringling vor ihr stand oder wenn sie ein Mittagessen anfordern wollte? Wie verhielt man sich in einer solchen Situation korrekt?

Während sie sich die Worte für einen Anruf im Kopf zurechtlegte, setzte sie sich auf das Bett und öffnete den Nachttisch, um ihren wertvollsten Besitz anzulegen. Aber der war nicht da.

Antonia verzog das Gesicht. Sie hob die Zeitschrift an, die sie dort hineingepfeffert hatte, doch die Schachtel war nicht in der Schublade. Stöhnend stand sie auf. Normalerweise passierte ihr so etwas nicht. Schon gar nicht mit dem Geschenk ihrer besten Freundin. Antonia war kein Mensch für materielle Dinge, doch diese Kette bedeutete ihr die Welt. Mit schnellen Schritten ging sie ins Badezimmer, doch auch auf dem Sideboard und in dem kleinen Spiegelschrank befand sich die Schatulle nicht. Sie kniff die Augen zusammen. Als Nächstes durchwühlte sie die einzelnen Fächer des Schranks. Dann ihren eigentlich leeren Koffer. Ihre Handtasche. Die Laptoptasche. Ein weiteres Mal den Nachttisch. Sie hatte die ganze Zeit nicht geweint, doch jetzt brannten Tränen in ihrem Hals. Obwohl sie mit aller Macht versuchte, sie zu unterdrücken, quollen sie aus ihr heraus. Erst eine einzelne. Dann immer mehr. Und irgendwann ein Meer von ihnen. Sie nahm den Hörer des Hoteltelefons und wählte die Nummer der Rezeption. Es war besetzt. Schluchzend knallte sie den Hörer auf. Niemals hatte sie damit gerechnet, seine Nummer tatsächlich zu wählen.

»Frederico Vian, pronto!« Seine Stimme klang müde.

»Herr Vian? Hier ist Antonia. Antonia Oedt aus Zimmer 245.« Sie versuchte, ihr Schluchzen mit einem Räuspern zu überdecken.

»Sind Sie in Gefahr?«

»Nein. Nein, um Gottes willen. Ich wollte einen Diebstahl melden. Meine Kette ist verschwunden.«

7

Antonia hatte vor vielen Dingen Angst, aber ein knapp bemessenes Platzangebot zählte nicht dazu. Trotzdem war sie froh, als sie ihr Zimmer endlich wieder verlassen durfte. Pünktlich zum Mittagessen am nächsten Tag klopfte ein fremder Polizeibeamter an ihre Tür, um sie in den Speisesaal zu schicken. Auf dem Flur herrschte Chaos. Wirres Geschnatter von den aufgeregten Gästen, die allerhand neue Informationen erwarteten. Dieses Mal beantworteten die Polizisten keine Fragen, sondern blieben stumm. Antonia sah sich nach Agente Vian um, doch sie entdeckte ihn in der Masse nicht. Als sie Paula sah, steuerte sie die ältere Dame geradewegs an.

»Hast du etwas mitbekommen?«, zischte Antonia.

»Ne. Du?«

Antonia schüttelte den Kopf. »Meine Kette ist weg.«

»Wie?«

»Ja, meine Halskette. Sie ist weg. Ich habe es der Polizei gemeldet. Ich frage mich …« Sie brachte den Satz nicht zu Ende, weil sie keine Panik in der Gruppe verbreiten wollte. Was, wenn sie der alten Dame Angst bereitete? Das wollte Antonia auf keinen Fall.

»Das tut mir leid. Meinst du, dass es etwas mit Tanja zu tun hat?«

Antonia zuckte nur mit den Achseln. Mehr wollte sie nicht preisgeben. Nicht weil sie Paula nicht vertraute, sondern weil alle ihr zuhören konnten. War nicht jeder hier prinzipiell verdächtig? Wie zum Beweis kam die Platzstreiterin zu ihnen.

»Mir is auch wat gestohlen worden!« Ihr war es vollkommen egal, ob sie jemand belauschte. »Meine Armbanduhr is wech. Die war wertvoll. Von Omma Minna noch.« Ihre rauchige Stimme hallte über die Köpfe der anderen hinweg und durchdrang das Summen des Bienenstocks. Ein paar Personen blieben stehen.

»Mein Goldring fehlt«, ließ sie der Mann mit der Superflatrate wissen.

»Hans! Rede doch nicht immer mit jedem!« Seine Frau zog ihn am Ärmel weiter. Antonia und Paula warf sie einen fiesen Blick zu. Das lenkte sie so ab, dass sie gegen ihren eigenen Mann lief und ihn damit beinahe zu Fall brachte, weil er nicht gut zu Fuß war.

»Also ist es nicht nur meine Halskette«, schlussfolgerte Antonia.

»Du bist ja 'ne ganz Helle!« Die Kettenraucherin krächzte vor Lachen und entfernte sich ebenfalls kopfschüttelnd und schnellen Schrittes.

»Anscheinend«, pflichtete Paula ihr bei. Kurz berührte sie sie am Arm und schenkte ihr ein sanftes Lächeln, dann lag ihr Fokus wieder auf dem Weg zum Speisesaal.

Wie zum Abendessen vor zwei Tagen nahmen sie exakt dieselben Plätze ein. Alles musste seine Ordnung haben. Antonia hatte von ihrem Platz aus einen Blick auf den Garten. Keine Polizisten waren mehr zu sehen, die Spuren sicherten oder ermittelten. Keine Menschen mehr in weißen Ganzkörperanzügen. Friedlich lagen der Pool, die Zitronenbäume und die trockene Wiese vor ihnen. Als wäre nie etwas passiert. Wie das Frühlingsparadies selbst, nur dass dies noch vor Kurzem ein Leichenfundort gewesen war. Vermutlich sogar ein Tatort.

Antonias Übelkeit flammte wieder auf. Sie hatte sich gestern zwar gezwungen, zumindest einen winzigen Teil der vom Personal gebrachten Speisen zu den entsprechenden Zeiten zu essen, aber besonders gut war ihr das nicht bekommen. Wie würde es laufen, wenn sie hier vor allen einen Mittagstisch zu sich nehmen würde?

Doch ihr Problem verschob sich, denn erst baten die wenigen Polizisten um Aufmerksamkeit. Wie auf Kommando tauchte Agente Vian neben seinen Kollegen auf. Er übersetzte wieder. Es war interessant zu beobachten, weil er nicht nur mit diesem einzigartigen Akzent sprach, sondern ebenso seine Hände, ja fast den ganzen Körper nutzte, um ihnen verständlich zu machen, wie wichtig diese Informationen waren.

»Vielen Dank für Ihre Kooperation mit uns als Behörde. Manche haben sich strikt an unsere Regeln gehalten, andere eher weniger. Alles in allem ist es aber so gut gelaufen, dass wir eine verdächtige Person haben festnehmen können. Sie befindet sich in polizeilicher Obhut.« Die blonde Polizistin richtete die Mütze auf ihrem Kopf. Alle sahen sich um, so als würden sie dadurch feststellen können, wer fehlte. »Durch diese Tatsache und die wiederholten und anhaltenden Beschwerden bei der deutschen Botschaft sind wir zu dem Schluss gekommen, Sie hiermit alle offiziell zu entlassen. Sie dürfen ganz ohne Konsequenzen das Land verlassen, wenn Sie es wünschen.«

Antonia hatte gar nicht gemerkt, dass sie die Luft angehalten hatte. Als sie diese nun ausstieß, taten das auch viele ihrer Mitreisenden. Sie begannen, zu diskutieren und Fragen zu stellen. Bevor das eskalierte, trat Andrej zu den Polizisten.

»Nur weil die Polizei das Einverständnis gibt, müssen nicht direkt alle losrennen. Heute Morgen ist unser neuer Reiseleiter angekommen. Herzlich willkommen, Gunnar.« Er zeigte auf einen Mann, der sich problemlos in die Menge der Reisenden eingefügt hatte. Er war mindestens so alt wie Hans, der Flatrateopa, vielleicht sogar älter. Gunnar grinste breit. Mit seinem lässigen Hemd, den weiten Hosen und Jesuslatschen machte er einen entspannteren Eindruck als

Tanja. Hatte er mitbekommen, dass seine Vorgängerin ihr Leben verloren hatte? Antonia wäre an seiner Stelle nicht so ruhig und zuversichtlich gewesen.

»Guten Tag, alle miteinander! Mein Name ist Gunnar, und ich übernehme ab hier.« Die Polizisten verließen wie auf Kommando den Speisesaal. Antonia hatte unbedingt mit Herrn Vian reden wollen, aber die Ansprache der neuen Reiseleitung zu verpassen, kam auch nicht infrage. Sie musste ja schließlich auch noch selbst entscheiden, wie es für sie weiterging.

»Hallo, Gunnar«, sagten einige Gäste wie aus einem Mund.

»Ihr habt gehört, dass es keinen Grund mehr zur Besorgnis gibt. Die schuldige Person ist verhaftet worden, und das Hotel hat damit wieder absolute Sicherheit erlangt. Wir können, auch ohne polizeiliches Aufgebot, hier nächtigen, essen und Spaß miteinander haben. Wer ist dabei?«

Das Gemurmel war noch unschlüssig. Das bemerkte nicht nur Antonia, sondern auch Gunnar, deshalb sprach er schnell weiter.

»Zimmermann-Reisen möchte, dass alle Gäste ihre traumhafte Toskanareise ungestört weiterführen können. Deshalb hab ich heute gute Nachrichten für uns alle: Die Getränke dieser Reise werden komplett von der Firma übernommen! Wasser, Softdrinks und Tischweine werden ausgegeben!« Er hob die Hände in die Luft wie ein Prediger.

Natürlich. Was gab man verstörten, unsicheren Menschen am besten, damit sie sich beruhigten? Alkohol. Antonia verzog das Gesicht, weil sie nicht fassen konnte, was sich vor ihren Augen abspielte. Es gab ein paar Gäste, die sich von seinem Gerede nicht beeinflussen ließen. Sie standen kopfschüttelnd auf, machten wegwerfende Handbewegungen und steuerten zielstrebig den Ausgang an. Für sie war die Reise vorbei. Antonia konnte das nachvollziehen. Ein

Mensch war gestorben. Das würden auch keine Gratisgetränke wiedergutmachen.

Aber nicht alle Gäste sahen das so. Hans und Linda ließen sich davon tatsächlich beeindrucken.

»Wir haben so lang auf diese Reise gespart. Da werden wir sicherlich nicht einfach abreisen«, zischte die Ehefrau zu dem verwundert dreinblickenden Mann. Der nickte nur.

»Gratis ist auch nie verkehrt.«

»Nein, nie«, stimmte sie zu. Ein seltenes Ereignis, dass sie einer Meinung waren.

Auch an Antonias Tisch gab es Unstimmigkeiten. Eine ältere Dame stand auf, verabschiedete sich höflich und zog davon. Paula hingegen sah Antonia nur über den Tisch hinweg an. Sie war genauso ahnungslos.

»Natürlich werde ich bleiben«, verkündete die Platzkämpferin. »Dat is besser als jeder *Tatort*!« Sie fand mit dieser Einstellung Zustimmung.

»Unsere Ausflüge werden ab morgen wie gewohnt stattfinden. Leider haben wir den ersten nach Pisa verpasst. Das ist sehr bedauerlich, aber ich versichere Ihnen, dass die Toskana weitaus mehr zu bieten hat. Gelato verköstigen in Florenz, die Kamelienblüte in den Bergen bewundern, durch Lucca wandeln und die Altstadt genießen. Wer hat Lust?«

War er wirklich ein Reiseleiter oder eher einer dieser befremdlichen Menschen aus einem All-inclusive-Club mit Hang zur Animationswut? Antonia ließ den Blick weiterwandern. Erstaunlich viele Menschen hatten sich zum Bleiben entschieden. Oder waren sie nur ähnlich verwirrt wie sie selbst?

Langsam stand sie auf. Das kam ihr alles so falsch vor. Hier zu sitzen, Tanjas Tod zu akzeptieren und dann vollkommen zu verdrängen. Paula war ihr Spiegelbild. Auf der anderen Seite des Tisches stand auch sie auf, richtete ihre voluminöse silbrige Frisur und schloss sich Antonia an, die unter den Blicken aller den Raum durchquerte. Gunnar faselte weiter. Erzählte ihnen kleine Anekdoten, machte Witze und versuchte letztlich alles, damit bloß möglichst viele blieben. Doch Antonia war nicht auf den Kopf gefallen. Sie durchschaute das Spiel. Und es war hinfällig. Alles, was sie interessierte, waren Antworten von einem Mann.

Mit ihrer einzigen Verbündeten im Schlepptau trat sie in den Flur. Dort vor der Rezeption hatten sich nicht nur alle Gäste versammelt, die auschecken und diesen Albtraum hinter sich lassen wollten, sondern auch eine Handvoll Polizisten.

»Paula!«, rief einer der älteren Herren. Sie hielt an, doch Antonia steuerte den Mann mit den braunen Locken an.

»Agente Vian?« Sie hatte eine überraschend solide Stimme. Nichts brach weg oder kratzte.

»Signora Oedt, was kann ich für Sie tun?« Er trug wieder die dunkelblaue Uniform, in der er eine unfassbar gute Figur machte. Warum fiel Antonia das ausgerechnet jetzt auf?

»Sie können mir bestimmt erklären, was mit meiner Kette ist. Ich verstehe, dass Sie ein viel beschäftigter Mann sind, aber ...« Sie sah sich nach Paula um. Von ihr hatte sie Rückendeckung erwartet, doch die Seniorin war in ein Gespräch vertieft. Der Polizist legte die Stirn in Falten. Im Normalzustand war er faltenfrei. Das hatte Antonia schon festgestellt. Ganz anders als sie selbst. In ihrem Gesicht bildeten sich zu jeder Tages- und Nachtzeit, egal bei welchem Ausdruck, kleine Fältchen um die Augen und auf der Stirn. Ihre Zornesfalte war auch stets präsent, dabei bemühte sie sich doch, fröhlich zu sein.

»Kommen Sie mit«, forderte Agente Vian sie auf. Er marschierte los, ohne seinen Kollegen Bescheid zu geben. Sie sprachen auf Italienisch. Leise flüsterten sie sich Dinge ins Ohr. Antonia fühlte sich ein weiteres Mal in ihre verhasste Schulzeit zurückversetzt. Mit verzogenem Mund folgte sie ihm durch den Flur. Er führte sie vorbei an dem Aufzug in einen Bereich des Hotels, den sie zuvor noch nicht betreten hatte. Irgendwann blieb er vor einer der vielen schmalen Türen stehen, öffnete sie und knipste das Licht an. Mit einem Kopfnicken ließ er Antonia den Vortritt. Sie betrat den Raum und stellte innerhalb eines Blinzelns fest, dass es sich um einen Vorratsraum handelte. Als der Polizist ebenfalls den Raum betrat, war dieser auch ausgefüllt. Sie standen sich direkt gegenüber. Dabei waren sie sich so nah, dass Antonia nach oben sehen musste, damit sie ihm ins Gesicht blicken konnte.

»Was soll das?«

»Ich wollte nicht vor meinen Kollegen darüber sprechen, aber ...« Der Polizist hob einen Arm, um sich am Kopf zu kratzen, stieß aber gegen ein Regalbrett und fluchte auf Italienisch. Warum war diese Sprache so klangvoll, dass sogar hässliche Worte wunderschön wirkten?

»Aber?« Antonia würde ihn jetzt nicht vom Haken lassen. Das war alles überaus dubios, und sie würde nicht nachgeben, solange die Kette nicht wieder in ihrem Besitz war.

»Diese Kette«, setzte er ein weiteres Mal an. Seine Stirn war noch immer gekräuselt. »Das Schmuckstück bedeutet Ihnen viel, ja? Sie waren gestern so niedergeschlagen.«

Sie antwortete nicht. Es ging ihn genau genommen nichts an. Niemanden hier. Die Freundschaft zu Christine war ihr heilig, und sie wollte sie schützen. Trotzdem nickte sie leicht, denn er lag ja nicht falsch.

»Ich werde dafür sorgen, dass Sie sie bald zurückerhalten.«

»Dann wurde sie gefunden?«

Agente Vian zögerte. Kurz sah er zur Decke, von der eine simple Glühbirne baumelte. Spätestens jetzt bröckelte auch der letzte Glanz dieses Hotels innerlich vor Antonias Augen.

»Sie haben doch jemanden festgenommen. Hat es etwas damit zu tun? Was hat das alles zu bedeuten?«

Der Polizist rückte von ihr ab. Das war bei dem begrenzten Platzangebot aber nicht so einfach, deshalb stieß er wieder gegen eines der Regale. Dieses Mal mit dem Kopf.

»Wir haben jemanden festgenommen. Genau.« Er wollte ihr ausweichen.

»Und wen? Stehen die Diebstähle mit Tanjas Vorfall in Verbindung?« Sie brachte es nicht über sich, Tanjas Schicksal als das zu benennen, was es war.

»Das darf ich Ihnen nicht sagen.«

»Warum? Ich habe doch wohl ein Recht darauf zu erfahren, was hier vor sich geht. Was mit meinem Wertgegenstand ist. Wie ist der aktuelle Stand?« Normalerweise war sie nicht die Art von Mensch, die einen anderen derart bedrängte. Aber Christine war ihre beste Freundin gewesen. In dunklen Zeiten ihr einziger Ankerpunkt. Und diese Kette und diese Reise waren das Letzte, was ihr von diesem besonderen Menschen geblieben war. Es ging nicht darum, dass Antonia die filigrane Kette außergewöhnlich gut stand. Auch nicht darum, dass in ihr ein echter Edelstein eingearbeitet worden war. Es war entscheidend, dass ihre Freundin diese Kette bis zu ihrem letzten Atemzug getragen hatte.

»Wir gehen von einem Raubmord aus. Ja.« Er blinzelte. Ganz so, als könnte er es selbst nicht glauben, dass er nachgegeben hatte.

»All die anderen Diebstähle stehen also damit in Verbindung?«

»Es gab noch mehr?«

»Vielleicht sollten Sie die Reisegruppe nicht nur dafür verurteilen, dass sie sich beschwert hat, sondern den Leuten auch mal zuhören. Nur weil sie alt sind, sind sie noch längst nicht dumm.« Antonia unterband das Bedürfnis, sich die Hand vor den Mund zu schlagen. Seit wann redete sie so mit einem Polizisten? War das ein Zeichen der Überforderung, Übermüdung – oder alles gleichzeitig?

»Uns sind bis jetzt sieben Diebstähle bekannt. Sie wissen von mehr?«

Sie musste zurückrudern. Als sie den Kopf schüttelte, sah sie zu Boden. Die Luft in diesem Raum war zum Schneiden dick. Die Hitze staute sich in dem kleinen Zimmer. Antonias Hals zog sich zusammen. Ihre Nase juckte. Als sie nach oben sah, erschütterte sie ein Niesen.

»Hausstaubmilben«, ließ sie ihn atemlos wissen. Sie strich sich eine Strähne hinter das Ohr.

»Wir haben das Zimmermädchen festgenommen.« Der Polizist beobachtete genau, wie sie reagierte. Antonia legte den Kopf schief. Sie hatte in der kurzen Zeit mehrere Reinigungskräfte gesehen, deshalb konnte sie mit der Information wenig anfangen.

»Stella Golino. Sie hatte an dem Tattag, also Ihrem Ankunftstag, genau zu den Zimmern Zugang, die von den Diebstählen betroffen sind. Wir gehen davon aus, dass sie sich während des Abendessens und in der Nacht Zutritt verschafft hat und die Schmuckstücke entwendet hat. Dabei hat das Opfer sie erwischt und wurde dann aus dem Weg geräumt.«

Auf ihren Armen breitete sich eine Gänsehaut aus. Sie wollte eine weitere Frage stellen, da nieste sie erneut. So sehr, dass es sie fast von den Beinen fegte. Das waren keine Hausstaubmilben.

»Arbeiten Zimmermädchen nicht für gewöhnlich hauptsächlich in den Morgenstunden beziehungsweise am Vormittag?«

Der Agente nickte.

»Und geben sie nach ihrem Dienst nicht die Schlüssel wieder ab?« Antonia zog die Augenbrauen zusammen.

Wieder nickte er.

»Warum erzählen Sie mir das überhaupt?« Sie erschauderte, als er näher trat. Nicht weil sie nicht gerne sein Aftershave roch oder seinen Atem auf ihrer Haut spürte, sondern weil sich die Gedanken und Fragen in ihrem Kopf zu einem Bild formten, das ihr Sorgen bereitete.

»Weil Sie genau die richtigen Fragen stellen.« Diese unendlich braunen Augen schienen direkt in ihr Herz zu blicken. Antonia schluckte. Erst einmal, dann zweimal.

»Wie alt sind Sie überhaupt?« Es war vollkommen unangemessen, diese Frage zu stellen. Trotzdem brannte sie darauf, es zu erfahren. Was sie in diesem Augenblick spürte, war so lange in ihr begraben gewesen, dass sie es nicht glauben konnte. Aber wie ein junges Pflänzchen kämpfte es sich nach oben.

»Ich bin dreißig Jahre alt.« Seine Lippen waren voll und geschwungen. Sie brauchte einen Moment, um die Information zu verarbeiten. Er war zu jung. Fast zehn Jahre Unterschied war skandalös. Oder? Das hier hatte ja eh nichts zu bedeuten. Dass ihr Herz vor dem Rest ihres Körpers davonlief, der Schweiß sich in ihren geballten Händen sammelte, ihr Auge leicht zuckte und sie wie besessen seine Lippen anstarrte. Das hieß ja nichts.

Auch nicht, dass er sich ihr entgegenlehnte. »Und Sie?«

Ihr Mund war bereits halb geöffnet, als erst ein Kribbeln ihre Nase und dann ein Niesen ihren ganzen Körper durchfuhr. Im letzten Moment konnte sie verhindern, dass sie sich so nach vorn schwang, dass ihre Köpfe zusammenstießen. Dafür hielt sie sich an einem Regal fest, das zur Seite kippte. Ein Fauchen ertönte. Mit Gepolter sprang eine Katze aus der Ecke und dem Polizisten ins Gesicht. Antonia schrie auf, riss aber ebenfalls die Tür auf, sodass Agente Vian das Tier sanfter, als Antonia es sich selbst zugetraut hatte, aus dem Zimmer scheuchte. Das war auch ihr persönliches Startsignal. Mit brennenden Wangen verließ sie den Raum und hielt auch nicht an, als der Polizist nach ihr rief. Bisher hatte sie noch nie eine Straftat begangen, aber mit der Missachtung der Exekutive hatte sie hier und jetzt den Grundstein ihrer kriminellen Karriere gelegt. Fest stand, dass sie nicht einfach gehen würde. Ob es die Gefahr war, die sie lockte, das Kribbeln in ihrem Magen, das nicht von der Übelkeit stammte, oder die Tatsache, dass sie die Ermittlungen an einen schlechten Krimi erinnerten, wusste Antonia nicht. Aber ihr war klar, dass sie mit Montecatini und dem *Invidia* noch nicht fertig war.

8

Antonia brauchte Abstand. Von Agente Vian, der sie nervös machte. Von Gunnar, der übermotiviert die nächsten Ausflüge plante, damit die Reisegruppe bloß nicht eine Sekunde zu viel in dem Hotel verbrachte. Von den Senioren, die sich nicht entscheiden konnten und ihren eigenen Beschluss damit indirekt und dauerhaft infrage stellten. Deshalb brach sie auf. Erst ganz allein und mit ihrem Laptop bewaffnet, denn sie würde den Teufel tun und einen ihrer Wertgegenstände im Hotelzimmer lassen. Schon gar nicht, wenn dieser nicht in den winzigen Safe passte. Sie marschierte den Berg hinunter, auf dem das Hotel, eigentlich die halbe Stadt, lag. Paula holte sie mit einem Tempo ein, das sie der alten Frau gar nicht zugetraut hätte.

»Antonia!«, rief sie auf den letzten Metern. Vorbei mit dem Traum der Ruhe. Wobei Paula sicherlich die angenehmste Begleitung war und sie in ihren Gedankengängen nicht allzu sehr stören würde.

»Du hast mit dem Polizisten gesprochen.« Keine Frage, sondern eine Feststellung.

»Das habe ich.« Antonia lief weiter, denn sie wollte mehr Abstand zwischen das Chaos und sich bringen. Wenn alle durcheinandersprachen, konnte sie nicht klar denken.

»Hast du neue Informationen?« Paula ließ nicht locker. Obwohl Antonia ihre Schritte beschleunigte, die alte Frau gab nicht nach.

»Ja, sie haben das Zimmermädchen festgenommen. Sie denken, dass es ein Raubmord war.« Antonia sah im Augenwinkel, dass Paula stehen blieb, und tat es ihr gleich. In der Mittagshitze wollte sie die ältere Dame auch nicht allein lassen. Bis zum Hotel waren es einige Meter bergauf. Paulas Gesicht war ganz verzogen. Die vielen, sonst dünnen Falten auf ihrer runden Stirn wurden tiefer. »Paula?«

»Welches Zimmermädchen?« Sie schüttelte den Kopf. »Wenn das Stella oder Clara gewesen sein soll, dann kann ich mir das nicht vorstellen.«

Antonia sagte nichts. Sie beobachte nur den Sturm aus Emotionen, der über Paulas Gesicht tanzte.

»Es ist eine von ihnen, oder?«

Antonia starrte auf die Palmen, die den kompletten Weg bis an den Fuß des Berges säumten.

»Ist es Stella?«

Antonia nickte. Dabei kniff sie die Augen zusammen. Zum einem, weil die Sonne erbarmungslos auf sie niederbrannte. Sie hätte sich besser vorbereiten sollen. Eine Cap, Sonnenbrille und ein lockeres Hemd anziehen müssen. Vielleicht sogar einen Badeanzug unter die Kleidung, denn hier gab es irgendwo eine Therme. Antonia konnte es sich zwar nicht vorstellen, bei diesem Wetter in heißem Wasser zu baden, aber jede Ablenkung würde sie dankend annehmen. Zum anderen kniff sie die Augen zusammen, um Paulas Reaktion nicht genau zu sehen.

»Ich kenne Stella. Habe mich ein paarmal mit ihr unterhalten. Bei meinem letzten Aufenthalt und auch dieses Mal. In der kurzen Zeit vor dem Zwischenfall konnten wir uns natürlich nicht austauschen.« Paula brach ab und sah Antonia direkt an. In den tief liegenden Augen entdeckte sie eine Entschiedenheit, die sie zuletzt bei Christine gesehen hatte. »Es kann niemals Stella gewesen sein. Warum sollte sie das tun? Warum Tanja? Warum sollte sie stehlen?«

Es fiel Antonia nicht leicht zu antworten, deshalb räusperte sie sich erst. »Weil sie in Geldnot ist? Manchmal machen Menschen furchtbare Dinge –«

»Jemanden kaltblütig ermorden? Haben sie Beweise? DNK oder wie das heißt?«

»DNA«, verbesserte Antonia. »Darüber weiß ich nichts.«

»Dieser Polizist hat doch wirklich keine Ahnung. Die alle nicht.«

Es war nur ein Gefühl. Tief in ihrem Bauch rumorte es. Ausnahmsweise lag es nicht an einer Speise, die sie nicht so gut vertrug. Antonia hatte die Vorahnung, dass Paula recht hatte. Die Polizei hatte die Verdächtige sehr schnell beschuldigt und festgenommen. Verdächtig gezielt.

»Hallo, da sind unsere Ausreißer ja!«

Antonia drehte sich zu der Stimme ein paar Meter über ihnen auf dem Fußgängerweg um. Gunnar winkte ihnen vehement zu.

»Oh, bitte nicht«, flüsterte Paula. Antonia sah sich um. Sie wollte ungestört mit Paula weiterreden und dem Trubel entgehen, doch der Reiseleiter und seine Gefolgschaft kamen unausweichlich auf sie zugeschlichen. Die meisten von ihnen trugen Sonnenhüte, andere Kopfbedeckungen und Sonnenbrillen, denn die Hitze nahm immer weiter zu. Sie waren die perfekt vorbereiteten deutschen Touristen. Manche trugen sogar Bauchtaschen oder ein kleines Täschchen um den Hals, das sich nur sanft durch das Polohemd drückte.

»Wir gehen original italienische Pizza essen. Kommt ihr mit?« Gunnar hob wieder beide Hände, als würde er den Kulinarikgott höchstpersönlich anbeten.

»Gibbet auch nich italienische Pizza?« Die Platzbestreiterin war direkt neben Antonia.

Bevor Paula oder sie selbst Widerworte geben konnten, umgab die Traube aus Senioren und Seniorinnen sie bereits. Wie eine unaufhaltsame Welle spülten die anderen sie mit. Antonia sah sich nach Paula um, doch sie wurde von Hans und Linda in Beschlag genommen, weil sie Probleme mit ihrer beinahe prähistorisch anmutenden Kamera hatten. So ein Gerät gehörte in ein Museum und nicht auf einen Ausflug ins malerische Städtchen.

Antonia hatte Hunger. Das Mittagessen war flachgefallen, weil sich die Versammlung in Missfallen aufgelöst hatte. Pizza klang allergietechnisch gefährlich, aber die Aussicht auf eine Mahlzeit war nicht die schlechteste.

Nicht so schön wie die auf Montecatini Terme. Die Straße war zwar stark befahren, doch für den Verkehr hatte sie gar keine Augen. Die vielen kleinen Parkanlagen, altehrwürdigen Bauten, an denen Werbung für Wellnessbehandlungen und gesundheitsfördernde Bäder hing, üppig verzierten Mauern und die hohen Kiefern und Zypressen zogen sie in den Bann. So sehr, dass sie vergaß, dass sie eigentlich fliehen wollte. Sich lieber einen Snack auf die Hand nahm, um dann weiter mit Paula zu diskutieren.

Es kam, wie es kommen musste. Ehe sie sichs versah, betrat sie eine Pizzeria. Ihr war nicht klar, was sie sich genau vorgestellt hatte, aber eine solche Atmosphäre hatte sie nicht erwartet. Das Restaurant wirkte eher wie ein Schnellrestaurant. Sie wollte den Einheimischen nicht zu nahe treten, aber wenn das hier ihre beste Gastronomie war ... Antonia hätte sogar die Pommesbude ihres Vertrauens zu Hause vorgezogen. Doch Gunnar tat so, als hätten sie soeben einen Palast betreten. Er nahm den Damen die praktischen Westen mit den vielen kleinen Taschen ab und hängte sie an die etwas versteckte Garderobe. Ein Kellner, der immerhin eine schwarze Hose und ein weißes Hemd trug, hieß sie auf Italienisch lautstark willkommen. Den anderen gefiel diese Show. Gunnar und er schwadronierten los, deuteten auf einen großen Tisch in der hintersten Ecke der Kaschemme und führten die Gruppe an. Antonia erwog es, einfach zu gehen. Sie waren im Herzen der Stadt angekommen. Hier würde sie auch anderswo fündig werden. Zur Not allein, denn Paula hatte sich wohl beruhigt und schloss sich ihren Bekannten an. Doch Antonia konnte nicht gehen. Sie redete sich ein, dass sie zu neugierig war und deshalb nicht verschwand, doch die Wahrheit lag viel tiefer. Ihre oberste Regel war, keine Aufmerksamkeit zu erregen. Als ein letzter Platz zwischen Hans und der miesepetrig dreinblickenden Frau mit dem hellrosafarbenen Kostüm frei blieb, setzte sie sich einfach. Kein Wunder, dass die Dame sich die ganze Zeit das Gesicht mit einem Tuch abtupfte. Warum trug sie derart viele Stoffschichten, wenn draußen die Sonne der Erde jedes Leben aussaugte?

Gunnar bestellte für alle, als wäre es das Natürlichste der Welt. Antonia hielt den Kellner im letzten Moment auf. Sie war der italienischen Sprache nicht mächtig, aber das Wörtchen »Cola« hatte sie aus Gunnars Mund nicht vernommen, deshalb bestellte sie eine dazu. Die Karten waren nicht gebunden, sondern preisgünstig laminierte Pappen, die aneinandergetackert worden waren. Es war sauber. Da konnte man sich nicht beschweren. Aber die Musik war ein wenig zu laut, was dazu führte, dass die älteren Herrschaften begannen, sich über die Plastiktischdecke hinweg anzuschreien. Das wunderte selbst die anderen Gäste. Die meisten sahen immer wieder zu dem lauten Tisch hinüber und verdrehten die Augen.

»Ich glaube, die Einheimischen sind nicht so erfreut über unseren Besuch«, stellte auch Paula fest, die ihr gegenüber am runden Tisch saß. Sie hatte die zweifelhafte Ehre, direkt neben Gunnar zu sein, der ihr immer mehr auf die Pelle rückte. Der Kellner brachte die ersten Karaffen Wein, und es gab kein Halten mehr. Nicht nur die Reiseleitung, auch die anderen Gäste begannen, fleißig zu kosten. Schnell folgten Körbe mit Brot, kleine Schälchen mit Kräuterbutter und Servierplatten mit verschiedenen Antipasti. Antonia traute sich, eine einzige schwarze Olive von der üppigen Vorspeisenplatte zu nehmen. Den Kern behielt sie im Mund, weil sie ihn nicht einfach ausspucken wollte.

»Warum haste deinen Laptop mit?« Die Platzbestreiterin

sah sie mit zusammengeschobenen Augenbrauen über ihr Weinglas hinweg an.

»Nur so«, entgegnete Antonia nuschelnd. Die Frau war ihr nicht geheuer. Doch die Frage sorgte für Aufmerksamkeit. Schnell nahm sie einen Schluck ihrer eiskalten Cola. Ganz so, als würde diese sie vor weiteren neugierigen Blicken und Nachfragen schützen. Aber Fehlanzeige.

»Wir sollten mit ihm recherchieren«, schlug Paula vor. Antonia verschluckte sich an dem Olivenkern. Sie hustete, bis die Platzbestreiterin ihr den Rücken mit einer solchen Inbrunst klopfte, dass Antonia das am liebsten Agente Vian als tätlichen Angriff gemeldet hätte.

»Und was bitte?« Hans' Frau lehnte sich nach vorn, sodass sie mit ihrer Oberweite beinahe das gut gefüllte Rotweinglas umstieß.

»Ich bestelle uns gleich viele verschiedene Spezialitäten des Lokals, damit wir uns mal ganz leger durch die Karte probieren können«, verkündete Gunnar. Er blickte sie nacheinander an. Antonia überging er beinahe, aber das war ihr nur recht. Sie wollte in der Masse untergehen. Diese Technik hatte sie in den letzten dreißig Jahren perfektioniert. Der Reiseleiter hatte keinerlei Feingefühl für Zwischenmenschliches, deshalb entging ihm auch, dass sich an diesem Tisch etwas zusammenbraute.

»Brauchst du Strom, um ihn einzuschalten?« Paula lehnte sich Antonia entgegen. Gunnar blinzelte, als er begriff, dass die Gruppe ihm weder Zuspruch noch sonstige Aufmerksamkeit schenkte.

»Nein«, antwortete Antonia atemlos, weil ihr Hals noch immer brannte.

»Dann können wir ja loslegen, oder?«

»Was willst du denn recherchieren?« Dieses Mal verzog Hans das Gesicht. Sein silbernes Haar wirkte in der Kombination von Sonnenlicht und Deckenbeleuchtung fast durchscheinend. Paula sah Antonia an. Ihre hellen Augen fraßen sich in ihren Kopf. Sogar Hans' Frau hielt ihn nicht zurück. Sie wollten es alle wissen. Und hatten sie nicht irgendwie auch ein Anrecht darauf? Paula traf die Entscheidung. Offenbar reichte Antonias Gesichtsausdruck für ihren nächsten Schritt.

»Stella, das Zimmermädchen, ist festgenommen worden. Sie soll Tanja das angetan haben.« Ihre Lippen kräuselten sich, ganz so, als wollte sich ihr gesamter Körper gegen diese Worte wehren.

Die Reaktionen waren unterschiedlich. Kaum einer von ihnen hatte ein perfektes Pokerface.

Die Platzbestreiterin schüttelte den Kopf. »Der Klassiker, nech? Wat kommt als Nächstes? Der Gärtner oder wat?«

»Die Polizei wird das schon korrekt ermittelt haben«, mischte Linda sich ein. Hans öffnete zwar den Mund, doch Widerworte gab er seiner Frau nicht.

»Dann findet ihr es nicht merkwürdig, wie schnell das auf einmal ging? Entschuldigt bitte, dass ich so aufgebracht bin, aber Stella war eine wirklich nette Person.« Paulas Wangen waren leicht gerötet. Sie nahm einen Schluck von ihrem Wein, doch die erhoffte Wirkung blieb wohl aus.

»Wenn die Beweise eindeutig sind, kann es manchmal schnell gehen«, mischte sich ein weißhaariger Mann mit Knäuelnase ein. Er trug die ergraute Mähne nicht eng am Kopf anliegend wie Hans, sondern schien sich morgens mehr Mühe zu geben, indem er sie stylte und föhnte.

»Und manche Menschen wirken harmlos und lieb, bis sie ihr wahres Gesicht zeigen.« Seine Frau legte ihren Arm auf seinen. Alles an ihr versprühte einen gewissen Glanz von Reichtum. Ihre goldenen Ohrringe waren ein echter Hingucker, und der knallgelbe Blazer passte zu der von Zitronen bewachsenen Toskana. An ihrem Aussehen schien nichts zufällig zu sein. Außerdem verwendete sie wohl dieselben Stylingprodukte wie ihr Göttergatte, denn sie trug die gleiche Frisur – nur in einem Goldblond.

»Meine Menschenkenntnis hat mich noch nie getäuscht.«
Paula verschränkte die Arme vor der Brust. Antonias Sitznachbarin grunzte abschätzig, doch die eigensinnige Kettenraucherin am anderen Ende des Tisches schlug mit der flachen Hand auf die Platte. Antonia kniff die Augen zusammen, weil sie befürchtete, dass das Holz jeden Moment
nachgeben würde.

»Genau dat! Ich lass mich auch nich so leicht täuschen,
darauf kannste aber Gift nehmen!« Sie sah jedem einmal
kurz ins Gesicht. Das war wirklich besonders, denn ihre Augen waren stets wach, ihre Nase war perfekt und gerade und
die Lippen so schmal, dass sie bei jeder Silbe das makellose
Gebiss zur Schau stellten.

»Aber was wollt ihr denn dazu recherchieren?«

»Hans, lass sie!« Linda stieß ihrem Partner den Ellbogen
in die Seite.

»Na ja, wer der Chef von diesen stümperhaften Polizisten
ist. Kann man nicht auch herausfinden, welche Beweise vor
einem italienischen Gericht Bestand hätten? Vielleicht sollten wir nicht nur über das Internet Nachforschungen anstellen, sondern auch vor Ort im Hotel –«

»Die Täterin wurde festgenommen. Die Gerechtigkeit ist
wiederhergestellt«, unterbrach Gunnar Paulas Vorschläge
barsch. An der Falte zwischen seinen Augenbrauen erkannten die anderen, dass sie bei ihm eine Grenze erreicht hatten.
Auf einmal bröselte die Fassade des Althippies. Antonia war
immer davon überzeugt gewesen, dass Menschen wie er
Frieden suchten, doch seine Miene verlangte nach Endgültigkeit. Anstatt für eine friedvolle Lösung entschied er sich
für eine Diktatur.

»Keiner von uns wird die Polizeiarbeit behindern. Das ist
auch hier in Italien eine Straftat. Was denkt ihr eigentlich,
wer ihr seid? Ermittler beim *Tatort*?« Das plötzliche Duzen
war ein Zeichen des mangelnden Respekts. Antonia schluckte, und auch die anderen sahen aus, als wäre ihnen nicht nur

der Redebedarf ausgegangen, sondern auch der Appetit vergangen.

»Der *Tatort* ist meine Lieblingssendung«, verkündete die Platzstreiterin, schnappte sich ihre Tasche und stand auf. »Einen schönen Tach noch!« Lässig schob sie sich eine Zigarette zwischen die Lippen, während sie mit kleinen, aber schnellen Schritten das Restaurant verließ.

»Wir haben noch nicht gegessen«, zischte Gunnar. Er winkte den Kellner zu sich und bestellte wieder auf Italienisch.

»Ich habe auch keinen Hunger mehr.« Paula tat es ihrer Vorgängerin gleich. Mit erhobenem Kinn stand sie auf, nahm ihren bunt bestickten Überwurf von der Garderobe und eilte der anderen Dame hinterher. Antonias Laptop brannte förmlich an ihrer Wade. Genau dort, wo der Stoff der Tasche ihre Strumpfhose berührte. Ihr kam das ja auch komisch vor. Sie kannte diese Stella nicht und genau genommen auch Paula kaum. Das hier waren alles Fremde. Antonia selbst war eine Fremde in diesem Land. Doch sie wurde das Gefühl nicht los, dass hier etwas nicht stimmte. Ihr war zwar schleierhaft, was Paula mit dem Laptop, dem Internet oder sonstigen Ressourcen erreichen wollte, aber es war besser, als hier nur zu sitzen. Oder? Oder nicht? Antonia wünschte sich, dass sie einfach aufstehen könnte. Aber ihr Hintern war wie festgeklebt auf diesem Stuhl. Gunnar sah sie eine Weile an, und unter seinem Blick schrumpfte sie in sich zusammen. Sie war nicht so eigensinnig wie Paula und ihre Gefährtin. Antonia war eine Lusche. Das hatten ihre Eltern schon immer zu ihr gesagt. Gott hab sie selig.

In der nächsten halben Stunde herrschte vollkommene Stille. Wobei das nicht stimmte. Gunnar redete ununterbrochen. Offenbar hatte das Exempel an Tanja nicht ausgereicht, damit dieser Reiseleiter endlich die Klappe hielt. Ein ziehender Schmerz fraß sich durch ihre Stirn. Am liebsten hätte sie ihn angeschrien. Ohne Unterlass redete er über die

Produktion von Burrata, die Lagerung der verschiedenen Weinsorten und den ansässigen Fußballverein. Spätestens beim Sport hatte er Antonia endgültig verloren. Der Höhepunkt war dann das Servieren des Essens. Eine Pizza nach der anderen wurde aufgetischt – und alle waren bestreut mit dem kleinteiligen, beinahe schwarzen Gewürz.

Antonia hatte genug. Von Gunnar, von diesem Urlaub und der fehlenden Achtsamkeit ihrer Mitmenschen. Mit wackligen Knien stand sie auf.

»Das Essen ist da. Sie können jetzt nicht gehen.« Der Reiseleiter deutete auf einen der Teller, als wäre sie schwer von Begriff.

»Das kann ich nicht essen.« Um das Vorurteil noch mehr zu füttern, deutete sie ebenfalls auf die Pizzen. Lächelnd wartete sie auf eine Reaktion, doch nichts als Unglaube brachte er ihr entgegen.

Antonia ging. Erst langsam, dann immer schneller. Sie umklammerte die Laptoptasche, beschleunigte das Tempo und ließ die Tür hinter sich zuknallen. Als die warme Mittagsluft sie in Empfang nahm, gab es kein Halten mehr. Um das Adrenalin ihres Ungehorsams loszuwerden, joggte sie den ganzen Berg hinauf, bis ihre Lungen brannten. Ein beißender Film legte sich auf ihre Zunge. Er schmeckte nach Freiheit.

9

Atemlos kam sie am Hotel an. Von Paula und der anderen Seniorin fehlte jede Spur. Sie hatte die beiden auf ihrem Gewaltmarsch den Berg hinauf nicht entdeckt. Prustend brach sie auf einem Sessel in der Lounge neben der Rezeption zusammen. Ihre Hüfte tat weh, weil die Laptoptasche unaufhörlich gegen ihren Knochen geschlagen hatte. Es dauerte eine ganze Weile, bis sich ihre Atmung wieder auf ein normales Niveau einpendelte. Vermutlich glich ihre Gesichtsfarbe dem purpurnen Stoffbezug der eleganten, aber abgegriffenen Polstermöbel. Mit dem freieren Gefühl im Brustkorb kam auch die Erkenntnis, dass sie nicht allein war. Der Oberkellner stand hinter der Bar und polierte Gläser. Immer wieder sah er zu ihr.

»Entschuldigung?« Ihre Stimme war kratzig und dünn.

»Wie kann ich helfen?« Er stellte eine der edlen Flöten in die Vitrine zu seiner Linken und strich sich dann die Tolle zurecht.

»Könnte ich ein Glas Wasser bekommen?« Ihr Hals brannte.

»Selbstverständlich.« Zügig nahm er ein weniger spektakuläres Glas und goss es mit der sprudelnden Flüssigkeit voll. Dass sie Kohlensäure nicht gut vertrug und deshalb lieber stilles Wasser wollte, verschwieg sie. Alle würden noch denken, dass sie ein schwieriger Gast wäre. Das war sie vielleicht genau genommen, aber sie wollte es nicht an die große Glocke hängen. »Soll ich es Ihnen an den Tisch bringen?« Er nickte zu dem Beistelltisch neben ihrem Sessel.

Antonia wollte schon Widerworte geben, da hatte er sich bereits auf den Weg gemacht. Seine Schuhsohlen klackten auf dem massiven Steinboden. Antonia kannte sich aufgrund ihres Jobs mit verschiedenen Steinsorten aus, und mit nur einem Blick registrierte sie, dass es sich um einen edlen und massiven Boden handelte.

»Grazie«, nuschelte sie, als er das Glas auf einen zuvor mit Genauigkeit positionierten Untersetzer stellte. So weit war sie innerhalb der Sprach-App gestern gekommen.

»Prego.« Er wollte schon wieder umkehren. Im letzten Moment überwand sie ihre innere Blockade. Das war die Gelegenheit, mehr herauszufinden. Dem nachzugehen, was Paula angedeutet hatte. Eine Recherche über den Laptop würde zu nichts führen. Echte Menschen mit ihren Einschätzungen, Beobachtungen und Erfahrungswerten waren die beste Quelle. Der schicke und leicht arrogante Kellner war eine.

»Kannten Sie das Zimmermädchen gut?«

Er hielt in der Bewegung inne. »Wir sind Kollegen. Mehr nicht.« In Zeitlupe drehte er sich zu Antonia um. Er war ein schöner Mann. Mit seiner übermäßigen Sorge um die Frisur, den Sitz seiner Fliege und die Sauberkeit seiner Schuhe nicht ganz Antonias Typ, aber die Frauen tuschelten, wenn er an ihnen vorbeiging. Eine der Rentnerinnen hatte am ersten Abend »Guter Po!« geflüstert. Er wusste, dass er gut aussah. Das merkte sie an der Art, wie er sich gab. Wie er sie nun von oben herab ansah. Antonia wusste selbst, dass sie keine Augenweide war. Sie war auch kein Totalausfall, aber bei ihr drehte sich niemand um und flüsterte: »Guter Po!« Weder Senioren noch Gleichaltrige.

Dass er direkt begriff, um wen es ging, zeigte ihr, dass er Bescheid wusste. Vermutlich war Stella hier, am Arbeitsort, abgeführt worden. Dafür dass seine Kollegin unter Mordverdacht stand, war der Kellner sehr gefasst.

»Seit wann arbeiten Sie mit ihr zusammen?« Es kostete

sie die letzte ihr verbliebene Kraft, jetzt nicht nachzugeben. Seinem kritischen Blick mit den perfekt gezupften und hocherhobenen Augenbrauen standzuhalten.

»Mit Signora Golino? Ungefähr fünf Jahre.« Er presste die schmalen Lippen aufeinander. »Entschuldigen Sie bitte, aber warum stellen Sie mir diese Fragen? Wurden Sie von der ortsansässigen Polizei engagiert?«

Antonia lachte trocken auf und verschlimmerte das Brennen in ihrer Kehle damit nur. »Natürlich nicht. Ich stelle es mir nur sehr schmerzhaft vor, dass sie alle sich so in einem Menschen getäuscht haben.« Sie nahm das Glas Wasser und trank einen großen Schluck. Die Kohlensäure brannte ihr dermaßen in der Nase, dass sie kleine Tränen wegblinzeln musste.

»In der Tat.« Obwohl er ihr zustimmte, konnte die Abneigung in seinem Gesicht nicht deutlicher werden. Ein Gefühl sagte Antonia, dass es dabei nicht um die Abweisung gegenüber Stella ging.

»Dann sind Sie also der Meinung –?« Weiter kam Antonia mit ihrer Befragung nicht, weil eine Tür rechts von der Bar im Flur aufgestoßen wurde. Der Knauf bohrte sich beim Aufschwingen beinahe in die Wand. Es knallte. Zwei Stimmen ertönten: eine helle weibliche und eine sehr tiefe männliche. Sie sprachen, oder schrien eher, auf Italienisch. Antonia reckte ihren Kopf, weil sie unbedingt sehen wollte, wer da aneinandergeriet. Sie verlor dadurch jedoch den Kellner, der bereits wusste, um wen es sich handelte, und deshalb das Weite suchte. Er verschwand nicht wieder hinter der Bar, sondern steuerte erst die nicht besetzte Rezeption an, nahm sich einen Schlüsselbund und verschwand dann in dem Flur, der zu den Zimmern und der Treppe in die oberen Stockwerke führte.

Die Schreie tobten neben der Bar wie ein Frühlingsgewitter. Antonia erkannte, dass es jemand mit Schürze und eine andere in den typischen Hotelfarben gekleidete Person war.

Gelb wie die Zitronen an den Bäumen vor der Tür und Blau wie der Toskanahimmel. Egal, wie sehr sie sich reckte, mehr war nicht auszumachen, ohne aufzufallen. Sie war weit und breit die Einzige in der Lobby. War sie hier wirklich sicher? Nicht dass einer der Streithähne doch der echte Mörder war und sie gleich Zeugin des nächsten Mordes werden würde. Oder dem Täter selbst zum Opfer fiel. Und wieso dachte sie das überhaupt, wenn doch nur eine zwanzigminütige Fahrt entfernt eine Person hinter Gittern saß und die Gefahr damit gebannt war?

Sie könnte fliehen. Einfach aufstehen und loslaufen. Dem Kellner hinterher. Auf ihr Zimmer stürmen und die Tür verriegeln, bis der Rest ihrer Reisegruppe zurück im Hotel war. Sie könnte auch den Hotelier verständigen. Ihm mitteilen, dass sich seine Angestellten unprofessionell verhielten und ihr Angst machten. Antonias Begierde nach Informationen war jedoch zu stark. Um wenigstens ein Alibi zu haben, nahm sie ihre Laptoptasche, öffnete sie so leise wie möglich und startete ihr Notebook. Wie gebannt starrte sie auf das Display, doch ihre Ohren waren noch immer bei dem Streit. Kein einziges Wort war verständlich, aber die Ernsthaftigkeit des Disputes und die tiefer liegende Verletzung waren auch ohne Italienischkenntnisse glasklar.

Auf einmal verlagerte sich der Streit. Eine Person lief um die Bar herum und hielt an. Es war die Köchin Giulia. Sie starrte Antonia an, die schnell das Erste in die Eingabeleiste der Suchmaschine schrieb, was ihr einfiel. Die Köchin zischte der anderen Person etwas zu, die sich dann ebenfalls zu erkennen gab. Es war Leonardo, der Hotelier höchstpersönlich. Als er Antonia wahrnahm, stürmte er an der Bar, der Lounge und Rezeption vorbei, nur um seinem besten Kellner zu folgen. Giulia atmete hörbar aus. Antonia tat beschäftigt und las den ersten und einzigen Eintrag zu dem Namen »Stella Golino«. Uninteressanter hätte dieser gar nicht sein können. Es wurde berichtet, dass sie einen Backwettbewerb der Grundschule als Teamleistung mit ihrer Tochter gewonnen hatte. Niedlich, aber langweilig. Nicht ihre Künste des Zutatenmischens verursachten Antonia ein mieses Gefühl, sondern die Tatsache, dass Stella eine Tochter hatte. Dieses Mädchen war nun ohne Mutter. Es wurde mit der Realität konfrontiert, dass die wohl engste Bezugsperson im Gefängnis saß. Und nicht weil sie ein Parkticket nicht bezahlt hatte, sondern weil sie Tatverdächtige in einem Mordfall war.

»Er ist sehr eigen«, brummte Giulia. Antonia blickte auf. Die Köchin war näher getreten. Sie hatte die Hände in die Hüften gestemmt und sah nun aus den bodentiefen Fenstern auf die vorgelagerte Terrasse, zwischen deren Büschen nur ganz selten das Leuchten von Fahrzeuglack oder Scheinwerfern zu erkennen waren. »Unser Chef will nicht wahrhaben, dass nicht jeder ein Gutmensch ist.« Sie sah zur Decke und rückte das Netz, das ihre dunkelblonden Haare zusammenhielt, gerade. »Es war für uns alle ein Schock. Die Wahrheit tut manchmal weh.« Sie sah nun wieder Antonia an, deren Herzschlag mittlerweile so ein Tempo aufgenommen hatte, dass der dafür verantwortliche Klumpen Fleisch wohl aus ihrer Brust entkommen wollte. Anders ließ sich dieser Stress nicht erklären. »Leonardo ist nicht gut darin, diese Dinge zu akzeptieren. Wir können es nicht ändern. Wir haben keine Kontrolle über die Situation, und das hasst mein Chef.« Sie grinste, aber die Freude blieb auf der unteren, runden Gesichtshälfte stecken.

»Antonia!«, rief Paula, die durch die Tür getrabt kam. Im Schlepptau die Platzklauerin. Giulia zog sich hinter die Bar zurück. Antonia beobachtete noch einen Moment, wie sie sich einen Drink einschenkte, dann lag ihr Fokus auf den beiden anderen Frauen.

»Die trinkt aber früh«, sagte die Platzbestreiterin glucksend. Antonia hatte dasselbe gedacht, hätte es aber niemals ausgesprochen. Es ging sie ja nichts an, oder? Außerdem hatte sie sich nach dem Tod von Christine abends auch oft einen Wein gegönnt. Manchmal konnte man den Schmerz nicht anders betäuben. Trotzdem war sie heilfroh, dass sie es aus dieser Phase der Trauer herausgeschafft hatte. Nun trank sie seit mehr als einem Monat gar keinen Alkohol mehr und fühlte sich wie ein neuer Mensch. Noch immer unendlich traurig, aber wieder Herrin über ihr Leben.

»Komm mal mit«, bat Paula sie, zog aber bereits an Antonias Arm. Somit hatte sie keine andere Wahl, als mit zur Rezeption zu eilen. »Wir müssen Informationen sammeln. Zum Beispiel, wann wer welche Schlüsselgewalt hatte.« Sie sprach zwar leise, trotzdem glitt Antonias Blick immer wieder zu der Köchin. Mit einem Nicken signalisierte sie Paula, dass sie nicht frei sprechen konnten. Paula schien es egal zu sein, dass es mitten am Tag war, eine Hotelmitarbeiterin in unmittelbarer Nähe verweilte und keiner von ihnen das System des Hotels verinnerlicht hatte. Sie ging hinter den Tresen und schlug die erste Kladde auf, die sie finden konnte.

»So geht das nicht.« Antonia bemühte sich, leise zu sprechen, und kam sich dabei wie eine Souffleuse beim Theater vor – jeder hörte sie, aber keiner kommentierte es. Sie weigerte sich auch, Paula weiter zu folgen oder zu helfen. Dieses Mal war sie diejenige, die die alte Frau mit sich zog. Hinter dem Tresen hervor und durch die Eingangstür, um sich draußen ungestört unterhalten zu können. Das Vogelgezwitscher, das sie in Empfang nahm, raubte der Situation die Ernsthaftigkeit.

Paula riss sich vehement los. »Ich habe neue Informationen.« Ihre hellen Augen waren wach. In ihnen konnte man eisige Schärfe erkennen.

»Gesicherte Fakten oder nur Hirngespinste?« Antonia verschränkte die Arme. Sie blinzelte, doch die Sonne stand so, dass sie nicht erkannte, was im Inneren des Hotels vor sich ging.

»Wir haben bei der Polizei angerufen«, ging die Platzbestreiterin dazwischen.

»Annegret sagt die Wahrheit. Ich habe mit einem Commissario gesprochen. Er hat berichtet, dass die Obduktion bereits erfolgt ist.«

»Und was sagen sie?« Nun war sie doch neugierig. Ihre Haltung lockerte sich.

»Tanja ist ertrunken, aber nicht einfach so. Es gibt Hinweise, die auf eine Fremdeinwirkung hindeuten.« Paula brach kurz den Blickkontakt ab. Sie kniff die Augen zusammen, um in den Himmel zu sehen. Antonia folgte ihrem Blick. Durch die Baumkrone der riesigen Kiefer erkannte sie weiße Streifen. Ein Flugzeug war Tausende Meter über ihnen. Wie sehr sie sich wünschte, einfach zu verschwinden. Sie brauchte dieses ganze Drama nicht.

»Sie ist also nicht ertrunken, sondern jemand hat nachgeholfen.« Annegret stemmte die Hände in die Hüften. Ihr Gesicht war eine entschiedene Mauer, die keinen Widerspruch durchlassen würde.

Ohne dass sie es wollte, glitt Antonias Blick zum Pool. Es war direkt wieder wie an dem besagten Morgen. Eigentlich friedliche Ruhe. Selbst Tanjas Körper hatte auf eine verquere Art friedlich auf dem Beckenboden gelegen. Aber ihre Augen. Die leeren Pupillen, hinter denen jegliches Leben erloschen war. Eine Gänsehaut krabbelte über ihren Körper. Sie zog an den Armen und den Rücken hinauf und breitete sich so rasant aus, dass sie erschauderte.

»Sie haben keine DNK gefunden«, wisperte Paula.

»DNA«, korrigierten Annegret und Antonia sie wie aus einem Mund. Kraftlos. Hoffnungslos.

Es war ein Dilemma. Einerseits wollte Antonia nichts anderes, als mit diesem Todesfall abzuschließen. Sie war nicht gut in diesen Dingen. Im Trauern und Erinnern, im Wiederaufstehen und Weitermachen. Das hatte sie gerade erst hinter sich. Natürlich war Tanja wie eine Fremde gewesen. Das mit Christine konnte man nicht damit vergleichen. Andererseits handelte es sich hier auch um einen massiven Gewaltakt. Christine war an ihrer Krankheit zugrunde gegangen. Diesen schmerzhaften Prozess hatten alle, auch Antonia, aus erster Reihe beobachten müssen. Tanja war einfach fort. Verschwunden. Ihre körperliche Hülle nun sicher aufbewahrt, aber es fühlte sich nach Entreißen an. Und auch darin war Antonia nicht gut – im Loslassen.

»Ohne DNA nehmen sie jemanden fest? Jemanden ohne persönliches Motiv?« Paula schüttelte den Kopf. Das sah Antonia nur aus den Augenwinkeln, denn noch immer starrte sie auf die in der Sonne glitzernde Oberfläche des Pools. Hatten sie dort neues Wasser eingefüllt, oder war es noch immer ...? Sie zuckte zusammen, als hätte ihr jemand eine Ohrfeige gegeben.

»Wie lange dauert es, bis man jemanden ertränkt hat?«

Annegret und Paula sahen sie an. Sie dachten nach, aber zogen beide die Schultern in Richtung Ohren.

»Aber das sind Dinge, die wir herausfinden können. Ich glaube, dass wir alle drei dasselbe spüren, oder? Hier ist etwas nicht in Ordnung. Und wir sollten uns nicht mit zweitklassigen Ausreden abspeisen lassen, sondern selbst ermitteln. Wir sollten –«

»Wir sollten uns damit abfinden, dass Tanja fort ist. Und daran werden wir nichts ändern. Dieser Urlaub ist vorbei. Und vielleicht sollten wir es wie die anderen machen ... Einfach gehen.« Antonias Brust durchzuckte ein Schmerz wie ein Blitzschlag.

»Und was ist mit deiner Kette?« Paulas Stimme wurde sanfter.

»Vielleicht muss ich auch die loslassen.« Sie ging einen Schritt zurück, um die beiden Rentnerinnen umrunden zu können.

»Du gibst einfach auf? Typisch für junge Dinger wie dich.« Annegrets Gesichtsfarbe änderte sich leicht und glich damit den Tomaten, die an den Büschen auf der anderen Seite der Terrasse wuchsen.

»Ich spiele hier nicht *Tatort*. Diese Situation ist ernst. Und es wurde jemand verhaftet. Eine Frau, die ein Kind hat. Meint ihr wirklich, dass sie so drastische Schritte unternehmen würden, wenn sie sich nicht sicher wären? Manchmal tut die Wahrheit weh.« Sie drehte sich zu der Tür, riss an dem massiven Knauf und atmete die etwas kühlere Luft ein. Durch das Glas sah sie, dass Paula und Annegret vor dem Hotel standen und sie beobachteten. Wie sie zu ihrem Laptop eilte, ihn zusammenklappte und, ohne das Band mit Klettverschluss zu nutzen, in die Tasche stopfte. Sie redeten nicht miteinander. Sie machten auch keine Anstalten, Antonia aufzuhalten. Die beiden sahen ihr nur nach, als sie durch den Flur eilte.

Ihr Herz schlug gegen ihren Brustkorb, denn sie rannte die Stufen hinauf. Mit dieser Energie und Entschlossenheit im Bauch sollte sie ihren Koffer packen und noch heute abreisen. Wenn Stella ihre Kette wirklich gestohlen hatte, war sie bestimmt schon an einen Hehler gelangt. Und wenn auch nur die kleinste Chance bestand, dass das Schmuckstück wieder auftauchte, dann könnte die italienische Polizei es auch einfach nach Deutschland schicken. Es gab keinen Grund mehr hierzubleiben. Sich weiter dieser Atmosphäre und Uneinigkeit der Reisegruppe auszusetzen.

Antonia erreichte ihre Zimmertür. Sie war so außer sich, dass es dauerte, bis der Schlüssel ins Schloss passte. Mit fahrigen Fingern gelang es ihr aber endlich, die Tür zu entriegeln und sie aufzustoßen. Nur mit einem Fuß im Zimmer überkam sie sofort ein beklemmendes Gefühl. Die Gewissheit, dass jemand hier gewesen war. Es roch nach einer anderen Person. Antonia nahm ihr Handy so in die Hand, dass sie mit der massiven Kante auf jemanden einschlagen konnte.

»Hallo?« Ihre Stimme war wacklig. Begannen nicht so diese grauenvollen Horrorfilme, die sie nicht mehr gucken konnte, seit sie einen besonderen viel zu jung gesehen hatte?

Niemand antwortete. Ob das eine Erlösung oder Verschlechterung ihrer Situation bedeutete, war unklar. Sie scannte den Raum. Keine Füße, die unter den Vorhängen hervorguckten. Die Balkontür war geschlossen. Das Bett ... Dort lag ein Blatt Papier. Sie war sich sicher, dass sie es nicht selbst dort hatte liegen lassen. Die Angst in ihrem Nacken nahm zu. Sie schnürte ihr beinahe den Hals zu. Luft zum Atmen kam nur noch stoßweise durch ihre Kehle. Sie sollte umdrehen. Wegrennen und die Polizei holen. Jemand war in ihr Zimmer eingebrochen. Mit einem kurzen Blick auf die Tür und insbesondere auf das Schloss änderte sie den Begriff innerlich. Nicht *eingebrochen* im klassischen Sinne, sondern *eingedrungen*. Ein weiteres Mal hatte jemand ihre Privatsphäre missachtet.

Antonia lief nicht weg. Die Angst lastete massiv auf ihren Schultern, sodass sie sich kaum nach vorn bewegen konnte. Sie tat es trotzdem. Kämpfte für jeden Schritt, weil sie tief in ihrem Inneren Antworten wollte. Nicht von anderen, sondern aus erster Hand. Als sie am Bettrand angekommen war, blickte sie sich erneut um. Hier war niemand zu sehen. Bevor sie sich nach dem Blatt Papier bückte, überwand sie die eisige Zurückhaltung, die an ihr zog. War das ihr Überlebensinstinkt? Fast schon keuchend prüfte sie das Badezimmer. Niemand war hier. Auch nicht hinter dem Duschvorhang wie in einem Film aus den Sechzigern. Zwischendurch blieb sie immer wieder stehen und lauschte. Kein anderer Atem. Nur ihrer, der so harsch war, dass er die ansonsten friedliche Ruhe des Hotels wie ein Messer durchschnitt.

Antonia wanderte weiter zum Schrank. Es dauerte einen Moment, bis sie genug Mut zusammengesammelt hatte. Mit einer energischen Bewegung riss sie an dem Henkel, doch nur ihr leerer Koffer und die makellos aufgehängte Kleidung lagen vor ihr. Hier war wirklich niemand.

Sie presste eine Hand auf ihre Brust. Ein- und ausatmen. Ein und aus. Weitermachen. Sie konnte das schaffen.

Mit zusammengekniffenen Lippen und steifen Fingern vom Umklammern ihres Handys ging Antonia zum Bett zurück. Sie nahm das Blatt Papier begierig, weil sie wissen wollte, was hier vor sich ging.

Hör auf, Fragen zu stelen, sonst passiert es auch mit dich.

Es war, als würde eine gefrorene Hand nach ihrem Herzen greifen. Langsam ging sie rückwärts. Starrte auf die Worte, die sich in ihr Hirn brannten. Wie aus einem natürlichen Reflex heraus nahm sie ihr Handy und wählte die Nummer, die sie als Letztes in das Gerät eingespeichert hatte.

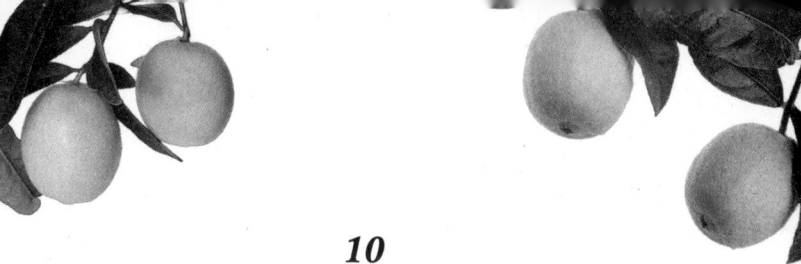

10

Obwohl es nur Rentner und Seniorinnen waren, die teilweise sehr gebrechlich und verwirrt wirkten, fühlte Antonia sich in ihrer Mitte wohler als allein. Agente Vian hatte zwar angeboten, augenblicklich ins Hotel zu kommen, doch Antonia hatte abgelehnt. Hätte die Person, von der dieser Brief stammte, ihr wirklich schaden wollen, wäre sie ein leichtes Ziel gewesen. Es war eine Drohung. Jemand wollte, dass sie nicht weiter recherchierte. Sie hatte daraus zwei Schlüsse gezogen: Zum einen war diese Person offensichtlich nicht Stella, denn der Polizist hatte ihr versichert, dass diese noch immer in Untersuchungshaft war. Es handelte sich also um eine unbekannte. Eine Person, die neu dazugestoßen und auf freiem Fuß war. Und zum anderen gab dieser Brief Antonia die Bestätigung, dass sie auf der richtigen Fährte war. Sie war vielleicht nicht der Lösung, aber dem nächsten Hinweis überraschend nahe.

Außerdem wollte sie kein polizeiliches Aufgebot. Das hätte der drohenden Person erst recht deutlich gemacht, dass Antonia den Mund nicht halten konnte. Wenn der Agente es bereits jetzt für eine unsichere Situation hielt, würde eine Polizeistaffel im Teesalon diese nicht entschärfen.

Mit Paula hatte sie sich noch nicht wirklich vertragen. Sie hatte zwar bei ihr schlafen dürfen, nachdem sie ihr davon berichtet hatte, dass sie einen Nervenzusammenbruch gehabt hatte, aber den wahren Grund behielt sie vorerst für sich. Es war zu gefährlich, dieses Wissen mit ihr oder Annegret zu teilen. Generell sprach Antonia kaum. Sie fuhr zwar mit den anderen im Bus und lächelte bei jeder Gelegenheit, damit alle den Eindruck erhielten, dass alles in bester Ordnung war, doch innerlich tobte ein Sturm in ihr. Paula und Annegret mussten sie für unzurechnungsfähig halten, denn sie entschied sich ja alle acht Stunden um. Mal wollte Antonia gehen, dann blieb sie wieder. Mal begann sie zu recherchieren, dann brach sie jede Diskussion ab. Es wirkte launisch und unzuverlässig auf die beiden Frauen, sodass sie sich sogar von ihr distanzierten. Paula lag nichts ferner, als offensichtlich feindselig zu sein. Ihre Seele war rein, deshalb verhielt sie sich zuvorkommend und gab sich verständnisvoll. Annegret ignorierte Antonia einfach.

Der kam das am heutigen Tag gelegen. Sie hatte darauf bestanden, nur mit Agente Vian zu sprechen. Nicht auf der Wache, sondern privat. Die Polizei war bei ihr unten durch. Daran konnte nur er etwas ändern. Obwohl er immer wieder betont hatte, dass es eine unsichere Situation war und sie den Vorfall offiziell melden sollte, gab sie den Ton an. Und Antonia weigerte sich. Sie hatte ihm die Information gegeben, um Geheimhaltung gebeten und einen Termin mit ihm vereinbart. Was er daraus machte, war seine Sache. Antonia war durchaus bewusst, dass er es einfach seinen Kollegen melden konnte. Sie kannte sich noch nicht mal auf der rechtlichen Ebene aus. War er dazu sogar verpflichtet? Es war jedoch egal. Anscheinend verstand Agente Vian, was Antonia wollte. Er hatte den Termin bestätigt. Das war der einzige Grund, warum sie noch nicht abgereist war, sondern mit der Reisegruppe in dem Bus saß und nach Lucca fuhr.

Gunnar ehrte seine Vorgängerin damit, dass er ebenfalls unentwegt Anekdoten zum Besten gab. Annegret, die ihren Kopf nach hinten gelehnt hatte, um vermutlich noch eine Portion Schlaf nachzuholen, schnaubte, als er von der Wichtigkeit und Einzigartigkeit einer Toilettenpapierfabrik schwadronierte, an der sie gerade vorbeigefahren waren. Antonia hatte nur Ohren für das monotone Rattern des Busses. Die Vibration, die durch den Sitz in ihren Körper floss, beruhigte ihre angespannten Muskeln. Sie sah aus dem Fenster und verlor sich in den weiten Wiesen, die grün erstrahlten. Nur ganz wenige Flecken waren durch die Hitze verbrannt und ausgewaschen. In der Ferne grüßten sie noch immer die Berge. Sie musste die Augen zusammenkneifen, um die Gipfel zu erkennen. Der Anblick der so andersartigen Häuser, die ab und an neben der Autostrada an ihr vorbeizogen, ließ sie träumen. Hier wohnte man nicht Tür an Tür. Zumindest nicht auf dem Land. Antonia hatte nie darüber nachgedacht, dass sie umziehen und noch abgeschiedener wohnen könnte – bis zu diesem Augenblick. Ein paar Gärtnereien machte sie ebenfalls aus. Die Büsche und Pflanzen waren teilweise in Form geschnitten. Die absurden Gestaltungen zauberten ihr trotz der unterschwellig wabernden Nervosität ein Lächeln auf das Gesicht.

Nach einer gefühlten Ewigkeit, weil Gunnar nur zum Luftholen den Redefluss unterbrach, wurde es urbaner. Die Häuser aus hellem Stein und mit dunkelgrünen Fensterläden, üppig verzierten Eingangstüren und Balkonen sahen wie gemalt aus. Sie verbanden sich fließend zu ganzen Straßenzügen, die an eine imposante Mauer grenzten. Antonia stellte mit leicht geöffnetem Mund fest, dass Menschen auf der Stadtmauer spazierten. Nun hörte sie dem Reiseleiter doch zu, der von der Entstehungsgeschichte der Stadt Lucca berichtete. Dort oben wuchsen Bäume, Wiese und Blumenbeete. Alles wirkte wie aus der Zeit gefallen. Andrej manövrierte den Bus durch die engen Straßen, Torbögen und Gassen. Teilweise war es eine Geduldsarbeit. Antonia schloss zwischendurch die Augen, weil sie einen Zusammenstoß mit einem anderen Fahrzeug oder einer Hauswand befürchtete. Der Busfahrer hatte aber alles unter Kontrolle. Er hielt an einem weißen Gebäude, das mit seinen Buntglasfenstern, Holzrahmen und Bögen an eine Kirche erinnerte.

Die Reisegruppe hatte einen straffen Zeitplan. Gunnar erklärte ihnen, dass sie erst einen zweistündigen Stadtrundgang machen würden und danach die Villa Reale di Marlia besichtigen würden. Besonders die Seniorinnen tuschelten, denn sie freuten sich auf die großen Gärten. Antonia konnte diese Liebe zu Gewächsen nicht ganz nachvollziehen. Natürlich fand sie Blumen auch schön. Wer nicht? Aber dass es eine solche Aufregung im Bus auslöste, verwunderte sie. Kurz bereute sie es, den Ausflug sausen zu lassen. Aber sie hatte einen wichtigen Termin und musste sich wegschleichen.

»Wann treffen wir uns wieder am Bus?« Sie war bereits aufgestanden. Der Busfahrer öffnete die Türen, und die ersten Senioren wuselten durch den schmalen Gang. Sie versammelten sich alle, wie von Gunnar angewiesen, unter dem Straßenschild am Wegrand.

»Wieso? Wollen Sie an unserem gemeinsamen Ausflug nicht teilnehmen?« Er strich sich eine dünne graue Strähne hinter das Ohr. Normalerweise band er die paar Haare, die sich noch auf seinem Kopf befanden, zu einem Zopf, der einem ausgefransten Pinsel glich. Heute trug er sie offen, was den Hippielook zusätzlich unterstrich.

»Ich bin doch hier, oder?« Antonia versuchte sich an einem Lächeln, doch sie wollte sich nur noch auf den Weg machen. Dafür benötigte sie aber die Abfahrtszeit für die Rückfahrt.

»Dann kommen Sie mit uns?« Gunnar erwiderte das Lächeln.

»Natürlich. Aber was, wenn man die Gruppe verliert?« Sie blieb bei ihrem falschen Grinsen.

»Wir treffen uns um 16 Uhr wieder hier«, verkündete der Busfahrer und nahm Gunnar damit den Wind aus den Segeln.

Das war alles, was Antonia hatte wissen wollen. Sie schnappte sich ihren Laptop, den kleinen Rucksack und folgte Hans und Linda aus dem Bus. Ihr eigentlicher Plan war es gewesen, die Gruppe vorerst zu begleiten und sich dann irgendwann unbemerkt davonzuschleichen. Doch Gunnar hatte sie durchschaut, und seine Art, damit umzugehen, passte ihr nicht. Es war ja schließlich ihr Urlaub und nicht seiner. Aus diesen Gründen beschloss Antonia, es einfach direkt durchzuziehen. Sie stieg aus dem Bus, setzte ihre Sonnenbrille auf und ließ die Gruppe hinter sich. Annegret kommentierte ihren Abgang, doch sie ignorierte es. Die erste Kreuzung hatte sie bereits hinter sich gelassen. Den halben Morgen hatte sie mit der Recherche des optimalen Fußweges zum Treffpunkt verbracht, damit sie sich nun orientieren konnte.

Immer weiter lief sie in die Stadt, in der einige Menschen unterwegs waren. Vornehmlich Schulkinder, aber auch ein paar Fahrzeuge und sogar eine andere Reisegruppe, um die sie einen weiten Bogen machte. Sie marschierte an Pizzerien, Boutiquen und Krämerläden vorbei. Die Straßen und Bürgersteige wurden immer voller. Antonia quetschte sich voran. Die Sonne brannte erbarmungslos, und ohne durch eine einzige Wolke am Himmel gehindert zu werden, auf die Stadt nieder. Manchmal musste sie auf der Fahrbahn gehen, weil die Fußgängerwege mit Tischen und Stühlen blockiert waren. Die Gäste unterhielten sich und aßen. Über das Gläserklirren hinweg tönte Musik zu ihr herüber. Ein Straßenmusiker performte mit seiner Gitarre und einem melodischen Tippen auf den Rumpf des Instruments auf einem kleinen Platz, den sie erreicht hatte. Auf der linken Seite befand sich eine Eisdiele, auf der rechten das besagte Geschäft, in dem sie sich mit Agente Vian treffen wollte. Mit einem Blick auf ihr Handy stellte sie fest, dass sie eine ganze Stunde zu früh war. Diese Konsequenz hatte sie beim Abweichen von ihrem ursprünglichen Plan nicht bedacht. Als hätte man ihr den Stecker gezogen, blieb sie stehen. Das Geschäft hatte noch nicht mal geöffnet. Ein älterer Herr brummte, denn Antonia blockierte den eh schon schmalen Weg. Für Eiscreme war es eigentlich noch zu früh, aber ihr fiel keine bessere Beschäftigung ein. Außerdem war sie in Italien, und da sollte man wohl Gelato essen.

Die Auslage war beeindruckend. Das lag nicht nur an dem schier unendlichen Angebot von Eissorten, sondern auch an der Aufmachung. In dem Nusseis steckten Pralinen und ganze Nüsse. Das Bananeneis hatte eine halbe Staude als Verzierung neben dem Behälter. In den verschiedenen Schokoladensorten steckten ganze Tafeln. Antonia wusste nicht, wohin sie zuerst sehen sollte. Die Italiener nahmen die Sache mit der Süßspeise außerordentlich ernst. Genau wie die Aussprache der Sorten. Das stellte sie bei der Bestellung fest. Der Eisverkäufer mit der schwarzen Schürze und den vielen Lachfalten gab sich besonders große Mühe, damit sie die korrekte Betonung von Stracciatella und Nocciola lernte. Erst schoss Antonia die Hitze in die Wangen, doch der ältere Herr versuchte sich sogar an ein paar Brocken Deutsch, um ihr die Scham zu nehmen. Mit seiner Hilfe glitten ihre die Wörter leichter über die Lippen. Grinsend wanderte sie über den Marktplatz und ließ sich auf eine der Bänke nieder. Das Eis schmeckte ganz anders als zu Hause. Auch auf ihrem Marktplatz gab es ein italienisches Eiscafé, und sie wollte sicherlich nicht die Herkunft der Inhaberfamilie infrage stellen – aber hier war es etwas anders. Lag es an dem Flair? Den ihr freundlich zunickenden Italienern oder dem Urlaubsgefühl, das aufkam, als die Stadt sich mit immer mehr Touristen füllte?

Eine ganze Stunde zu überbrücken, war eigentlich ihr schlimmster Albtraum, doch hier gelang es ihr mühelos. Sie beobachtete die Gäste des Eislokals und die Besitzer der umliegenden Geschäfte, die sie nach und nach öffneten. Ein Laden für Kinderkleidung, einer für Andenken und die typischen Touristendinge wie Magnete, Holzbretter und Schlüsselanhänger. Und irgendwann auch der besagte, in dem sie sich mit dem Polizisten treffen wollte. Eine junge Frau mit dunklen Locken schloss ihn auf und begann sofort, kleine Körbe auf dem Boden vor dem Geschäft zu positionieren. Bis zuletzt war Antonia davon ausgegangen, dass es sich um eine Art Café handeln würde. Sie hatte online sogar eine Karte mit Teesorten gesehen. Doch die Dinge, die herausgestellt wurden, trübten diese Annahme. Abgelenkt von der Eisdiele hatte sie sich das Geschäft nicht richtig angeguckt. Sie legte die Tasche wieder um, schulterte den Rucksack und näherte sich langsam. Unter keinen Umständen wollte sie der Mitarbeiterin Stress bereiten, aber die Neugierde trieb sie voran. Betont lässig ging sie langsam an dem Laden vorbei. In den Körben auf dem Boden befanden sich Kerzen, Edelsteine und Räucherstäbchen. Durch die Glasscheibe erhaschte sie einen flüchtigen Blick in das Innere. Dort hingen Traumfänger, Halsketten, und überall standen Figuren von Buddha und anderen Gottheiten herum. War sie hier überhaupt richtig? Sie ging an dem Laden vorbei, bog um die Ecke und lehnte sich gegen die Hauswand. In ihr Handy tippte sie erneut den Namen des Geschäfts ein. *Mente.* Irgendwie war Antonia davon ausgegangen, dass es sich um ein Bistro handelte. Hieß das nicht Minze? Ging es nicht um Tee? Eine etwas genauere Googlesuche führte dazu, dass Antonia sich mit der flachen Hand vor den Kopf schlug. Hatte sie wirklich alles aus dem Lateinunterricht vergessen? *Mente* stand natürlich für »Geist« und war offenbar kein Café, sondern ein Bedarfshandel für Yoga- und Spiritualitätszubehör. Die einzige Frage, die blieb, war ... Warum?

Als auch die letzten zwanzig Minuten vergangen waren, löste sie sich von der Hauswand, die ihr den Rücken gestärkt hatte. Bei all dem Chaos wollte sie trotzdem nicht zu spät sein, deshalb atmete sie tief ein, ließ ihre Schultern kreisen, richtete den Rucksack und den Träger der Laptoptasche und umrundete die Hausecke ein weiteres Mal. Zielstrebig näherte sie sich dem Laden. Sie musste sich überwinden, die Tür aufzustoßen. In einem Café konnte man sich einfach an einen Tisch setzen und auf die Person warten, mit der man verabredet war. Aber wie sollte sie sich in diesem Laden verhalten?

Ihr schlug direkt ein süßlicher Duft entgegen. Mindestens drei Räucherstäbchen brannten in verschiedenen Vorrichtungen an unterschiedlichen Orten ab. Antonia würden diese ätherischen Öle noch Kopfschmerzen bereiten. Außerdem hoffte sie inständig, dass sie nicht gegen einen der Bestandteile allergisch war. Ihre Tabletten lagen im Rucksack bereit, doch sie wollte es vermeiden, diese einnehmen zu müssen. Der Laden war winzig und zusätzlich verschachtelt. Die Gänge waren so schmal, dass sie dauerhaft Gefahr lief, mit ihrem Gepäck eine der edlen Figuren umzuschmeißen. Antonia war keine Riesin, aber trotzdem musste sie hier und da den Kopf einziehen, weil sie sonst Gefahr lief, dass sich ihre Haare in einem Strauch Lavendel oder einer Pendelhalskette verfingen.

»Buongiorno!«, begrüßte sie die Dame, die sie bereits beobachtet hatte.

»Buongiorno«, wiederholte Antonia lahm. Die Frau stellte ihr eine weitere Frage, doch sie zuckte nur mit den Achseln.

»Ah, dann sind Sie bestimmt Antonia.« Die Fremde strahlte ihr mit einer Reihe perfekter Zähne entgegen. Ihre Locken waren dick und glänzend, das runde Gesicht makellos mit ebener Haut, gerader Nase und vollen Lippen.

»Woher wissen Sie das?« Antonia zog eine Braue hoch.

»Kommen Sie mit«, forderte die Fremde sie auf. Mit einem eleganten Hüftschwung umrundete sie das kleine Pult, auf dem eine Registrierkasse stand, und ging dann vor. Sie verschwand in einem Gang, der allerhöchstens in einen winzigen Lagerraum führen konnte. Kurz erwog Antonia die Option, sich vom Acker zu machen. Aber der Termin war wichtig. Sie folgte der Frau in den schummrigen Flur, dessen Decke ebenfalls mit allerhand Krimskrams behangen war. Hinter diesem Durchgang tat sich tatsächlich ein Raum voller

Kisten und Kartons auf, doch er war schlauchartig und machte eine Kurve nach rechts. In einer Nische stand ein kleiner Tisch mit zwei Stühlen. Auf einem davon saß Agente Vian.

»Deine Freundin«, säuselte die Fremde und deutete auf Antonia, als sei sie ein Präsent.

»Signorina Oedt«, begrüßte er sie nickend.

Antonia starrte von der Verkäuferin zu dem Polizisten. Ihr Hirn versuchte, die Zusammenhänge herzustellen, doch alles, was sie bekam, war eine Fehlermeldung. Error. Antonia sagte kein Wort.

»Was darf ich euch bringen?« Die Frau sprach, ähnlich wie der Polizist, fast ohne Akzent.

»Wie wäre es mit frischem Minztee?« Er lächelte die Verkäuferin an, dann glitt sein Blick zu Antonia. Mit einem Nicken bat er sie, sich hinzusetzen. Sie folgte seinem Wunsch im Schneckentempo. Was zum Teufel ging hier vor?

»Kommt sofort«, erwiderte die Fremde und verschwand wieder in dem Zwielicht des gewölbeartigen Raumes.

»Danke, Schwesterherz!«, rief Agente Vian der Schönheit hinterher. Das erklärte einiges.

11

»Es ist ein ungewöhnlicher Ort, das ist mir bewusst. Aber wir werden über vertrauliche Dinge sprechen, deshalb war es mir wichtig, dass wir ausreichend Privatsphäre haben. Unter anderen Umständen hätte ich Sie natürlich chic ausgeführt ...« Er legte eine Hand in den Nacken. Antonia rutschte auf ihrem Stuhl herum. Die ganze Situation war absurd. Erst jetzt machte sie sich darüber Gedanken, dass derart pikante Themen nicht in ein öffentliches Restaurant gehörten. Agente Vian hatte recht. Doch im Hinterzimmer eines Hippiegeschäftes Geheimabsprachen zu treffen, war ihr ebenso nicht geheuer.

»Ich verstehe«, murmelte sie. Ihre Augen mussten sich erst an die spärliche Beleuchtung gewöhnen, deshalb blinzelte sie ein paarmal.

»Okay«, raunte der Polizist und faltete die Hände auf dem Tisch vor ihr. »Haben Sie den Brief dabei?«

»Ja.« Doch Antonia machte keine Anstalten, ihn aus ihrem Rucksack zu fischen.

»Darf ich ihn sehen?«

»Das weiß ich noch nicht, ehrlich gesagt.« Dieses Mal war Agente Vian derjenige, der blinzelte.

»Scusi?«

Antonia atmete tief ein. In ihrem Kopf herrschte Chaos, das sie nun unbedingt zur Raison rufen musste. »Bitte nehmen Sie es nicht persönlich«, begann sie. Diese Aufforderung war natürlich kompletter Mist, denn wie sollte er das, was nun kam, nicht persönlich nehmen? »Ich weiß nicht, ob ich Ihnen trauen kann. Ihnen und Ihren Kollegen. Ich habe in diesem Fall einige Bedenken. Da es, besonders im Hinblick auf diesen Brief, um meine eigene Sicherheit geht, möchte ich erst herausfinden, wie Sie zu einigen Dingen stehen.« Sie biss sich auf die Lippe. Mit aller Kraft zwang sie sich, den Blickkontakt aufrechtzuerhalten. Das war wichtig, sonst würde er sie wahrscheinlich nicht ernst nehmen.

Der Polizist kniff die Augen zusammen. Er beobachtete sie genau. Es kam ihr vor, als würde er jedes Detail aufnehmen. Unter dem Tisch krallte sie sich an dem Stuhl fest, damit sie Halt hatte und bloß nicht aufhörte, ihm ebenso in die Augen zu starren. Irgendwann lehnte er sich zurück.

»Was wollen Sie wissen?«

»Es wurde keine DNA gefunden. Ist das nicht ...?«

»Merkwürdig?«, ergänzte er ihre Frage. Antonia nickte. Ihre Finger schmerzten.

»Da haben Sie recht. Es ist merkwürdig. Wenn wir davon ausgehen, dass das Opfer ertränkt wurde, sollten wir Spuren finden. Es kann zwar sein, dass das Chlor in dem Poolwasser mit der desinfizierenden Wirkung DNA beschädigt hat und die Stränge damit geschwächt wurden, doch dieses Phänomen hängt von der Dauer der Exposition des Körpers in dem Wasser und von dem Gehalt des Chlors ab. Proben sollten somit analysierbar sein. Profile sollten erhalten bleiben. Ich bin kein Forensiker, aber war durchaus überrascht, dass nichts Brauchbares dabei war.« Er hatte wieder diesen undurchdringlichen Blick.

»Ist es möglich, dass der Täter ein Profi war? Dass er genau wusste, was er tat?« Antonias Puls beschleunigte sich.

»Durchaus. Entweder wusste der Täter, dass Chlor diese Wirkung haben kann, oder er hat vorher Maßnahmen ergriffen, um keine DNA zu hinterlassen.« Er strich sich eine seiner dunklen Locken von der Stirn und klemmte sie hinter sein Ohr.

»Wurde der Chlorgehalt gemessen?«

»Nein.«

»Warum nicht?« Antonia merkte nur unterbewusst, dass sie sich immer mehr zum Tisch lehnte.

»Diese Frage habe ich meinen Kollegen auch gestellt. Ich habe keine Antwort erhalten.« Etwas blitzte in seinen dunklen Augen auf. Antonia konnte die leichten Änderungen in seiner Haltung noch nicht einschätzen, aber sie nahm Witterung auf. Es entstand eine kurze Pause. Fragen und Vermutungen brausten durch Antonias Kopf. Sie benötigte eine Minute, um sich zu sammeln und das nächste Problem anzusprechen.

»Was bedeutet eigentlich ›ertränken‹? Was denken Sie, wie es passiert ist?« Sie spürte den Puls auf ihrer Zunge.

»Da wir keine Anzeichen für Gewichte oder Ähnliches gefunden haben, gehen wir davon aus, dass das Opfer manuell ertränkt worden ist.« Er räusperte sich. Vor Antonias innerem Auge lief sofort ein grauenvoller Film ab.

»Manuell? Also händisch?«

»Ja, mit den Händen. Ihr Kopf wurde wohl gewaltsam unter die Oberfläche gedrückt.« Er rutschte auf seinem Stuhl herum. Antonia schloss kurz die Augen. Was für eine furchtbare Vorstellung.

»Wie lange dauert so was?«

»Pauschal ist das schwierig zu beantworten. Es kommt darauf an, wie das Opfer reagiert hat. Bei Panik wird Wasser geschluckt. Wenn die Person in der Lage ist, den Atem anzuhalten, hat sie mehr Zeit. Manche Menschen atmen sogar das Wasser ein, weil sie verwirrt sind. So oder so kann man zwischen zwei und fünf Minuten von Bewusstlosigkeit ausgehen, nach fünf bis zehn Minuten hört das Herz auf zu schlagen, und nach zehn Minuten ohne Sauerstoffzufuhr hat man so irreversible Hirnschäden, dass es zum biologischen Tod führt.« Seine Miene war wie eine Maske. Nur seine Augen verrieten ihn. Sie zeigten, dass er voller Mitgefühl war.

»Gab es einen Kampf?«

»Gut möglich«, brummte er.

»Warum wurden dann nicht alle Personen aus dem Hotel auf Kratzer und Ähnliches untersucht?«

»Wieder eine exzellente Frage, auf die ich keine Antwort für Sie habe.«

Bevor Antonia fragen konnte, warum das so war, klimperte es hinter ihnen. Die Schwester des Polizisten kam mit einem kleinen Tablett zum Tisch, servierte ihnen breit grinsend zwei dampfende Tassen Tee und stellte sogar eine kleine Schüssel mit Keksen auf die Holzplatte.

»Viel Spaß!« Sie zwinkerte Antonia zu, dann machte sie kehrt und verschwand im Verkaufsraum. Spaß machte dieses Unterfangen nicht, aber immerhin bekam sie Antworten. Oder eben keine, was jedoch auch Aufschluss gab.

»Was haben Sie noch für Fragen?«

Antonia nahm den Löffel und rührte in dem heißen Wasser. Es knarzte, weil sich unten brauner Zucker in Zeitlupe auflöste. Grüne Blätter wirbelten in dem Strudel, den sie kreiert hatte.

»Ich glaube, dass wir das Ganze abkürzen können …« Sie nahm eines der Plätzchen und legte es auf die Untertasse neben das Glas. »Glauben Sie, dass es Stella Golino war?« Sie sah hoch. Der Polizist hatte seine Lippen zu einer dünnen Linie verzogen. Sie schob sich den Keks ganz in den Mund. Das Gebäckstück war so trocken, dass sie kleine Krümel davon einatmete. Ganz automatisch setzte der Hustenreflex ein. Sie hustete so stark, dass Agente Vian aufstand, sich an dem Tisch vorbeischob und ihr auf den Rücken klopfte. Immer fester, bis sich der Übeltäter löste. Antonias Augen waren mit Tränen gefüllt, als sie nach dem Teeglas griff und einen großen Schluck trank. Das machte es nur noch schlimmer. Zum einen war der Minztee viel zu heiß, sodass sie sich die Zunge verbrannte. Die Schmerzen ließen ihre Augen weiterhin brennen. Zum anderen wurde die Wüstenmasse durch die Flüssigkeit zu einem Moor. Es wurde immer mehr in ihrem Mund. Sie hatte Angst, dem Erstickungstod doch noch zum Opfer zu fallen, deshalb stellte sie die Tasse auf das Holz und spuckte den Keksattentäter auf das Porzellan. Hitze schoss in ihre Wangen. Sie überdeckte den Haufen mit der Serviette, doch der Polizist hatte eh mitbekommen, was sie soeben getan hatte. Tränen liefen ihr über das Gesicht. Schnell wischte sie sie weg. Als sie zu ihm hochsah, lächelte er sie sanft an.

»Nein.«

»Nein?« Ihre Stimme war wie das erste Krächzen eines Jungvogels.

»Nein, ich glaube nicht, dass es das Zimmermädchen war.« Das Lächeln nahm ab. Er setzte sich wieder auf seinen Platz. Antonia sah zur Seite, um ihm nicht auf den »guten Po« zu starren. Er hatte auch einen. Und anders als beim Kellner war ihr das sofort aufgefallen.

»Warum?« Sie beugte sich hinunter und öffnete den Rucksack.

»Die Beschuldigte und das Opfer hatten keine Beziehung zueinander. Dieser Mord war jedoch eine Tat aus Leidenschaft. Jemanden fünf Minuten lang unter Wasser zu drücken … Können Sie sich das vorstellen?« Er strich sich die Haare nach hinten. »Es muss Kraft aufgebracht werden. Man muss es wirklich wollen. Es muss ein starkes Motiv geben.«

»Und eine alte Kette und ein paar andere Schmuckstücke reichen nicht aus, oder?«

Agente Vian nickte. »Ich bin jetzt ganz offen mit Ihnen. Und ich hoffe, dass Sie mit diesen Informationen vertraulich umgehen.« Er wirkte fahrig. Etwas lag ihm auf der Seele.

»Versprochen.« Antonia versuchte sich an einem Lächeln. Sie würde ihn nicht bloßstellen. Wozu auch? Er war immer ehrlich zu ihr gewesen, und das war eine Tugend, die sie sehr zu schätzen wusste.

»Ich habe auch all diese Fragen gestellt. Und noch mehr.

Es ist mein Job. Ich brenne für genau solche Fälle. Aus diesem Grund habe ich diese lange Ausbildung überhaupt erst begonnen und auch mit viel Schweiß und Mühe beendet.« Nun lehnte er sich ganz auf den Tisch. Er stellte die Ellbogen auf die Platte, faltete die Hände und legte sein Kinn darauf ab. »Ich bin skeptisch. Mehr als das. Und ich ermittle. Heimlich. Denn meine Kollegen ... Sie ...« Er kämpfte mit sich. Gerade hatte seine Miene noch vor Ehrgeiz gestrahlt, nun nahm der Schein ab und war höchstens noch ein blasses Glimmen. »Egal, was ich vorschlage oder beginne, sie unterbinden es. Für sie ist die Sache klar. Es gibt nicht mal eine Handvoll Indizien, die für Signora Golino sprechen, trotzdem verhaften sie die Frau direkt. Sie wollten einen Täter und haben die nächstbeste Person in Haft gesetzt. Obwohl viele Dinge dagegensprechen, stoße ich nicht auf offene Ohren.« Er rieb sich die Stirn. Das schien ihm wirklich zuzusetzen.

»Warum nicht?«, fragte Antonia erneut und kam sich damit wie ein verdammter Papagei vor.

»Ich bin der Neue.« Er lächelte schief. »Sie vertrauen mir nicht. Ich habe dort keine Macht. Niemanden interessiert es, was ich denke.«

»Doch. Mich.« Ihre Blicke verbanden sich miteinander. Sie erhielt diese fragile Verbindung aufrecht, während sie den besagten Brief aus dem Rucksack fischte. Das Papier raschelte zwischen ihren Fingern. Sie legte es auf den Tisch und schob es zu ihm hinüber. Erst als sie es vor seine Nase befördert hatte, sah er nach unten. Antonia beobachtete den Wechsel der Emotionen auf seinem Gesicht. Die Eigenschaft, dass man ihm die Gefühle aus der Miene ablesen konnte, war für einen Polizisten sicherlich ungünstig, doch sie wusste das in diesem Moment zu schätzen.

»Und Sie haben nichts beobachtet?« Er sah sie an. Antonia schüttelte den Kopf. »Das war kein Deutscher«, murmelte er.

Sie nickte. »Rechtschreib- und Grammatikfehler.«

Er sah sie mit hochgezogenen Brauen an. Hitze durchströmte sie, als er sich auf die Unterlippe biss. »Hm«, machte er. Wieder begutachtete er das Papier.

»Ein Hotelbriefbogen«, kam sie ihm zuvor. Wieder einer dieser Blicke. Antonia trank einen Schluck von dem nun mäßig abgekühlten Tee, denn ihr Hals war trocken.

»Was mache ich nur mit Ihnen?«

Antonia setzte das Teeglas etwas zu heftig auf der Holztischplatte ab.

»Wie bitte?«

Der Polizist ließ sich nach hinten fallen und strich sich mit beiden Händen durch die wilden Locken. »Sie sind keine Polizistin. Sie sind eine Zivilistin. Nein, schlimmer. Sie sind selbst betroffen.« Überflüssigerweise deutete er auf den Brief. »Ohne die Unterstützung meiner Kollegen werde ich niemals Sicherheitsmaßnahmen für Sie erwirken können. Allein dieses Treffen stellt eine Gefahr für Sie dar. Ich kann das nicht zulassen. Das spricht gegen meinen Kodex.« Er sah zur Decke. Seine Arme hingen kraftlos am Stuhl herunter.

Antonia öffnete den Mund, schloss ihn aber wieder. Er hatte recht. Widerworte zu geben, brachte sie nicht weiter, weil sie sich dann selbst etwas vormachte. Es war gefährlich. Dieser Drohbrief war kein Scherz. Doch das Kribbeln tief in ihr setzte wieder ein. Lag es an seiner Anwesenheit oder an der Tatsache, dass sie sich einer brenzligen Situation aussetzte? Und war das überhaupt wichtig? Fest stand, dass sie sich wichtig fühlte. Und schlau. Und fähig. Sie konnte das hier. Obwohl sie keine Ahnung hatte, woher sie dieses Talent hatte, aber Indizien und Hinweise miteinander zu kombinieren, fiel ihr nicht nur leicht, sondern versetzte sie in ein Summen, das tief in ihr mit ihrem gesamten Sein resonierte. Zuletzt hatte sie sich so gefühlt, als sie das große Dartturnier gewonnen hatte.

»Na und?« Sie rückte mit dem Stuhl näher.

»Scusi?« Agente Vian tat es ihr gleich.

»Ich brauche keine Sicherheitsmaßnahmen, weil ich nicht allein bin. Zwei Freundinnen werden auf mich aufpassen. Zu dritt sind wir nicht so ein leichtes Ziel. Wir werden uns zu wehren wissen.« Sie bemerkte selbst die kleinen Hopser in ihrer Stimme.

»Zwei Rentnerinnen sollen Sie beschützen?« Er strich sich über den Dreitagebart.

»Unterschätzen Sie niemals Seniorinnen. Außerdem ... Was ist Ihr alternativer Vorschlag? Ohne mich hätten Sie diesen Hinweis nicht. Wollen Sie weiter ganz allein ermitteln? Oder hätten Sie gern eine engagierte Partnerin an Ihrer Seite?« Sie lehnte sich kilometerweit aus dem Fenster und setzte damit alles auf eine Karte. Aber in ihr brodelte der Tatendrang. War das diese Abenteuerlust, von der Christine stets gesprochen hatte?

»Sie wollen mit mir diesen Fall aufrollen?« Er stand auf. Antonia war davon überrumpelt, aber erhob sich ebenfalls. Dabei stieß sie so heftig gegen den Tisch, dass der Tee aus ihrem Glas schwappte. Agente Vian zog im letzten Moment das Beweisstück weg, damit es nicht nass wurde.

»Ja«, antwortete sie kleinlaut.

»Kann es sein, dass Sie auf Gefahr stehen?« Er stützte sich mit beiden Händen auf den Tisch und kam ihr näher. Antonia wich nicht aus. Im Gegenteil. Sein Geruch legte sich um sie und zog sie beinahe magisch an. Was geschah hier nur mit ihr?

»Eigentlich nicht.« Sie musste grinsen, weil er so ernst wirkte. Dass er wirklich dachte, sie sei eine Draufgängerin, brachte sie zum Lachen.

»Ich bin der Polizist und habe deshalb das Kommando.«

»Nein«, entgegnete sie. Er zog eine Braue hoch, doch sie ignorierte diesen entzückenden Ausdruck auf seinem makellosen Gesicht. Nur das Muttermal an seinem Kinn durchbrach die perfekte Haut. Es war damit eine erfrischend unperfekte Schönheit, die ihn nicht wie ein Männermagazinmodel, sondern einen echten Menschen wirken ließ. Antonia stützte sich ebenfalls auf dem Tisch ab. »Ich ermittle im Hotel und innerhalb der Seniorengruppe, Sie übernehmen alles Externe. Wir sind gleichberechtigte Partner, Agente Vian.«

Er zog sich zurück. Hatte Antonia jetzt alles vermasselt? War sie zu weit gegangen? Und wäre das vielleicht sogar besser? Sie war dafür wohl doch nicht gemacht. Ein wenig zu alt, aber nicht auf gute Weise. Außerdem war sie eine Frau. Wer sollte schon auf sie hören? Aber war das nicht ihr großer Vorteil? Sie ging in der Masse unter.

Agente Vian streckte ihr die Hand entgegen. Über sein Gesicht zog sich ein spitzes Grinsen. »Nennen Sie mich Frederico.«

»Antonia.« Sie ergriff seine Hand und schüttelte sie. Als sich ihre Haut berührte, knisterte es ihren Arm hinauf bis in die Schulter.

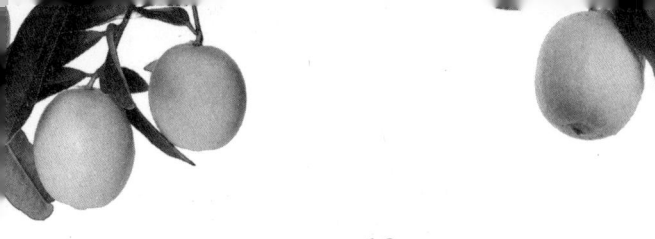

12

Die Tomatensoße erinnerte sie an die von Oma Böcker. Sie hatte immer Tomaten aus dem eigenen Anbau gekocht, die Haut abgezogen und daraus frisch die Grundlage zur perfekten Soße gemacht. Dazu hatte es Spaghetti gegeben. Zum Leidwesen von Opa Böcker. Na ja, zumindest hatte er immer so getan. In Wahrheit hatte er sich gefreut, denn ein Spaghetti-mit-Tomatensoße-Tag war ein Tag gewesen, an dem Antonia zu Besuch gewesen war. Das hatte das ältere Ehepaar immer gefreut. Opa Böcker war eigentlich nicht ihr Opa gewesen und Oma Böcker auch gar nicht ihre Oma, aber das hatte die beiden Nachbarn nicht daran gehindert, auf sie aufzupassen, mit ihr durch den Garten zu toben und ihr ein Eis auszugeben. Und genau danach schmeckte die Soße, die üppig auf ihrer Pasta verteilt war – nach Kindheit. Die Köchin höchstpersönlich hatte ihr die Mahlzeit gebracht und versichert, dass es sich bei den sichtbaren Kräutern nur um frisches Basilikum handelte. Antonia aß die Spaghetti al Pomodoro mit doppelter Begeisterung, denn es war nicht nur lecker, sondern vollkommen ungefährlich. Dass diese Köstlichkeit nur die Vorspeise war, konnte sie kaum glauben. Der italienische Lebensstil sagte ihr Tag für Tag mehr zu. Nudeln als Amuse-Bouche waren verboten frivol und dekadent. Diese Lebenslust der Toskana färbte langsam, aber stetig auf sie ab.

Ein Grinsen befiel Antonias Gesicht, doch sich allein zu freuen, war nur halb so schön. Sie beobachtete Paula, die ziemlich ruhig war, schon eine ganze Weile. Ab und an unterhielt sie sich mit Annegret und den Schmallochs über die vielen Kamelien, die sie in dem Garten in Lucca gesehen hatten, und tauschte sich über Tipps zum Anpflanzen und der Pflege aus. Ansonsten war sie still und schien ihren eigenen Gedanken nachzuhängen.

All das Wissen, das Antonia heute erlangt hatte, brannte auf ihrer Zunge. Sie wollte es mit Paula teilen. Genau genommen hatte sie es Frederico sogar versprochen, damit sie nicht allein dastand. Doch hier waren zu viele Menschen.

Die Hauptspeise war eigentümlich, aber lecker. Köchin Guilia hatte es sich nicht nehmen lassen, ein ganz spezielles Gericht für Antonia zu kreieren. Neben den Kartoffelspalten und dem Spinat, die auch die anderen Gäste auf ihren Tellern hatten, krönte ihr Porzellan ein rundes wackliges Etwas. Sie bedankte sich, begutachtete es und stach dann mit der Gabel hinein. Es war eine Masse aus Ei, Zucchini und Aubergine, die durch Braten und Stocken zu einem kleinen Törtchen geworden war. Der erste Bissen war konsistenztechnisch ungewohnt, doch der Geschmack herrlich. Ihr war nicht danach, sich an der Konversation über Bewässerungssysteme für Gärten zu beteiligen, deshalb aß sie stumm. Die Hauptspeise und zuletzt den Nachtisch, der Cantuccini hieß. Das waren extrem harte Stücke Gebäck, die mit einem Kaffee serviert wurden. Um diese Uhrzeit würde sie sicherlich kein Koffein mehr zu sich nehmen, deshalb dippte sie die Kekse nicht wie die anderen in die Tasse, sondern verspeiste sie so. Das gestaltete sich jedoch schwierig, denn diese Dinger waren so hart, dass ihre Krone womöglich jeden Moment abspringen oder zerbersten würde. Nach ein paar hoffnungslosen Versuchen gab sie auf. Dann eben kein Nachtisch. Antonia empfand es generell als viel zu spät für ein Abendessen. Immerhin hatten sie halb zehn, die Senioren hingen auf ihren Stühlen und gähnten. Alle, sie eingeschlossen, gehörten ins Bett. Paula kippte sich den Kaffee rein, als wäre sie gerade erst aufgestanden. Linda Schmalloch beschwerte sich zum wiederholten Male über Kopfschmerzen, sodass es nun auch endlich ihr Mann begriff. Sie verabschiedeten sich zügig. Es blieben nur noch Paula, Annegret und Antonia.

»Es tut mir leid«, brachte Antonia endlich hervor. Sie hatte ein schlechtes Gewissen den beiden Frauen gegenüber.

Annegrets Antwort war nur ein Schnauben. Paula sah Antonia jedoch an.

»Was genau?«

»Dieses Hin und Her meinerseits tut mir leid. Ich habe mich dazu entschieden zu bleiben.« Sie sah sich kurz zu den anderen Gästen um. Niemand schien ihrem Tisch Beachtung zu schenken. »Und wegen Tanja zu ermitteln. Wir können meinen Laptop nehmen. Ich habe auch neue Informationen und eine fortlaufende Quelle.« Ihr Blick wanderte von Paula zu Annegret. Ihre Gesichtszüge waren hart. Doch wurden die von Paula nicht langsam weicher?

»Wenn ich eins nich leiden kann, dann is dat ein ewiges Rumgeeiere.« Annegret trank einen Schluck Wasser. »Ich bin müde. Lasst uns morgen darüber reden. Für heute bin ich raus.« Sie erhob sich ächzend, schulterte ihre unscheinbare Handtasche und entfernte sich langsam vom Tisch. »Gute Nacht«, rief sie in die Runde, bevor sie den Speiseraum verließ.

Antonia sah ihr nach. Ihr Herz sank ein Stück hinab, denn sie war davon ausgegangen, noch heute Frieden mit den Damen zu schließen, damit sie bereits morgen mit ihrer Arbeit beginnen konnten. Für einen kurzen Moment zog sie es in Erwägung, Annegret nachzueilen. Vielleicht sollte sie sich der miesepetrigen Seniorin allein stellen, um endlich jedes Problem, das zwischen ihnen bestand, aus der Welt zu schaffen. Doch wie so oft fand Antonia nicht den Mut. Was war das überhaupt für ein merkwürdiger Ausdruck? Als würde der Mut nur auf den Gehwegen herumliegen und sie wäre einfach zu faul, sich nach einer Portion zu bücken.

»Neue Informationen?« Paula setzte ihre Tasse an, stellte dann jedoch blinzelnd fest, dass sie bereits leer war.

»Ja«, wisperte Antonia. Wieder galt ihre Sorge den umliegenden Tischen. Die anderen unterhielten sich zwar angeregt, aber hörten sie auch wirklich nicht zu? »Ich erzähle es dir hinterher auf dem Zimmer, ja?« Sie lächelte leicht und bangte, ob ihre indirekte Frage positiv beantwortet werden würde. Paula zögerte kurz, nickte aber. Antonia schloss sich an. Ihr fiel ein riesiger Stein vom Herzen. Dass sie wieder bei Paula schlafen durfte, gab ihr Sicherheit. Vermutlich vollkommen unrealistisch, denn wenn die Person schon in ihr Zimmer hatte eindringen können, um den Drohbrief auf ihrem Bett zu hinterlassen, was hielt sie dann davon ab, auch in Paulas Zimmer einzudringen?

Die Stimmung zwischen ihnen war noch immer getrübt. Antonia hatte das Bedürfnis, es zu kitten, wusste aber nicht, wie sie das hinbekommen sollte. Sie nahm ihr Glas Cola und trank viele kleine Schlucke, damit ihre Finger beschäftigt waren. Ein letzter Eiswürfel stieß gegen ihren Schneidezahn. Der scharfe Schmerz, der durch den Schmelz zog, echote in ihrem Kiefer.

»Was hältst du von Joey?« Paula nickte zu dem Oberkellner. Antonia riss die Augen auf. Plante Paula eine peinliche Verkupplungsaktion? Davon hatte sie genug in der Vergangenheit ertragen müssen, weil ihre Mutter sich nie damit abgefunden hatte, dass Antonia Single war. Mit verzogenem Mund sah sie Paula nur an. Als diese ihre Frage wiederholte, zuckte Antonia lediglich mit den Achseln.

Paula kniff die Augen zusammen. Sie sah an Antonia vorbei. Die würde darauf schwören, dass sie den Kellner anstarrte.

»Er hat wohl einen guten Po«, nuschelte sie, weil die Konversation mit Paula nicht absterben durfte.

»Mag sein«, brummte sie. Ihre Miene war ungewöhnlich steinern. »Am ersten Abend hat er sich mit Tanja gestritten. Hast du das mitbekommen?«

Antonia verkniff es sich, vor Erleichterung auszuatmen. »Ja, am Rande.«

»Sie haben über Wein gestritten, und es wurde sehr unschön. Er hat sie am Ende ziemlich beleidigt.« Noch immer starrte sie zur anderen Seite des Raumes.

»Das mit dem Wein habe ich auch mitbekommen ...« Antonia lehnte sich etwas nach vorn. »Aber sie haben doch irgendwann ins Italienische gewechselt.« Ihre Braue zuckte. Das passierte immer, wenn sie entweder zu wenig Wasser trank oder eine große Überraschung erwartete.

»Ja, und?«

»Kannst du Italienisch?«

»Selbstverständlich.« Paula sah sie nun doch an. In ihren Augen lag Unverständnis.

»Das wusste ich nicht.« Antonia kam sich vor wie die schlechteste Mitreisende der Welt. Paula war immer zuvorkommend gewesen. Sie hingegen hatte kaum auf ihre Mitmenschen geachtet, weil sie viel zu sehr mit sich selbst beschäftigt gewesen war. Damit war jetzt Schluss. Vor allem in Bezug auf Paula, denn sie hatte auch zu Antonia gestanden.

»Jetzt weißt du es.« Sie knöpfte den obersten Knopf ihrer eigentümlich braun-bunten, wohl selbst gestrickten Jacke zu. »Wir sollten mit ihm reden. Ihn befragen.«

»Denkst du, dass er als ...?« Antonia sah sich wieder um. Sie senkte ihre Stimme so weit, dass Paula näher rückte. »Ist er ein Verdächtiger?« Sie bemühte sich um einen neutralen Gesichtsausdruck, obwohl ihr diese Theorie sehr weit hergeholt vorkam. Der Oberkellner soll die Reiseleitung ertränkt haben, weil sie sich über den passenden Wein zum Essen uneinig gewesen waren? Das klang wenig plausibel. Doch der Frieden mit Paula war fragil, deshalb gab sie ihr einen Vertrauensvorsprung.

»Natürlich.« Sie verschränkte die Arme vor der Brust. »Wir sollten mit ihm sprechen.« Ihre Stirn lag in tiefen Falten.

Das Motiv war viel zu schwach, und unter normalen Umständen hätte sie gegen Paulas Vorschlag argumentiert, doch um des Friedens willen nickte Antonia. Paula verstand das als ein Zeichen. Sie stand auf, zupfte ihre rosafarbene Stoffhose zurecht und starrte Antonia an.

»Jetzt?«

»Ja, wann denn sonst?«

Antonia zuckte mit den Achseln und tat es ihr nach. Sie folgte Paula durch den Speisesaal. Die meisten verabschiedeten sie, weil sie davon ausgingen, dass sie lediglich zu Bett gingen. Hoffentlich würde das gleich im Anschluss auch geschehen. Antonia strich sich die Haare glatt, denn der Tag hatte Spuren an ihr hinterlassen. Joey stand nicht mehr neben dem Salatbüfett in Habachtstellung für ein Handzeichen. Antonia betrachtete das als Omen. Ihr Bauchgefühl sagte ihr, dass das ganz doll schiefgehen würde. Paula ließ sich aber nicht abhalten. Sie marschierte aus dem Raum, bog links ab und steuerte die Küche an. Gerade als Antonia ihre Schritte beschleunigte, um mit der Rentnerin mithalten zu können, kam ihnen der Oberkellner entgegen. Das Knirschen ihrer Schuhe verstummte.

»Wir müssen mit Ihnen reden«, kündigte Paula an. Antonia hob die Brauen, denn es war keine Frage, sondern eine Feststellung. Das schien das Ding der alten Dame zu sein – warum fragen, wenn man auch einfach machen konnte?

»Wie kann ich Ihnen helfen?« Joey zog die buschigen Brauen zusammen. Auf seinen Lippen lag wieder dieses oberflächliche Servicelächeln.

»Vielleicht sollten wir das etwas privater besprechen.« Antonia trat vor Paula, weil sie hoffte, mit ihrem Lächeln dem Kellner das Gefühl zu geben, dass sie ihm nichts Böses wollten. Außer dass ihre Komplizin das schon wollte. Ohne Grundlage. Seine Brauen schoben sich noch weiter zu dem vollen Haaransatz. Andere Männer würden für diese Haarlinie töten. Obwohl ihm die Verwunderung und Skepsis ins Gesicht geschrieben stand, deutete er auf den Flur weiter hinunter. Paula ließ sich nicht zweimal bitten. Antonia war weniger euphorisch, schloss sich aber an. Es war ein merkwürdiges Gefühl, dass Joey hinter ihnen herlief. Obwohl sie es für äußerst unwahrscheinlich hielt ... Was, wenn er wirklich Tanjas Mörder war? Wenn er ihr den Drohbrief ins Zimmer gelegt hatte? War das hier nicht die perfekte Gelegenheit, zwei Nervensägen zu eliminieren? Antonia schluckte und war sich sicher, dass ihre beiden Weggefährten es gehört haben mussten.

Joey überholte die Damen. Antonia fuhr kurz zusammen, als seine Schritte schneller und damit lauter wurden. Das Klatschen seiner Lederslipper auf dem Marmorboden klang wie eine Drohung. Vor ihnen öffnete er eine Tür und gab ihnen zu verstehen, dass sie eintreten sollten. Antonia zögerte, doch Paula betrat den Raum, obwohl das Licht in den Leuchtstoffröhren noch flackerte.

Es handelte sich wohl um einen Aufenthaltsraum für das Personal. Ein Tisch und vier Stühle luden zu einer kurzen Pause ein. Die kleine Küchenzeile war mit einem Gaskochfeld und einer Mikrowelle ausgestattet, und in der Ecke des Raumes war ein kleiner Fernseher an der Decke befestigt. Von Gemütlichkeit konnte man nicht sprechen, aber der Pausenraum schien funktional zu sein. Joey öffnete den Kühlschrank, nahm eine Dose Cola heraus und öffnete sie. Antonia hatte keinen Durst, empfand sein Verhalten aber trotzdem als unhöflich. Es gab Menschen, die Kinder hassten und Grundschullehrer wurden. Es gab Menschen, die Tiere hassten und Tierpfleger wurden. Joey schien ein Mann zu sein, dem es keinerlei Spaß bereitete, für andere zu sorgen. Kellner war er trotzdem irgendwie geworden. Er schmiss sich förmlich in den Sessel in der hintersten Ecke des Raumes. Es zischte, als er die Dose öffnete und einen großen Schluck nahm. Mit weit ausgestreckten Beinen machte er es sich bequem.

»Wie kann ich dienen?« Das letzte Wort betonte er dabei

auf eine merkwürdige Art und Weise. Antonia war diese Situation komplett zuwider. Sie trat neben Paula, die den Kellner mit dünnen Lippen betrachtete.

»Wo waren Sie in der Nacht und am Morgen des Mordes von Tanja?«

Antonia riss die Augen auf. Sie war davon ausgegangen, dass Paula das Thema behutsam anging, doch damit lag sie vollkommen daneben.

»Wie bitte?« Seine Miene sollte selbstsicher wirken, aber an seinen zuckenden Mundwinkeln erkannte Antonia, dass etwas nicht stimmte. Er war nicht kurz vor dem Lachen. Da lagen keine Freude und kein Amüsement in der tieferen Ebene. Seine Augen huschten von Paula zu ihr und wieder zurück. Zum ausgeschalteten Fernseher. Zur Tür. Zu dem Feuerlöscher an der Wand beim Fenster.

»Haben Sie ein Alibi?« Sie musste sich einschalten. Wenn sie Paula jetzt nicht den Rücken stärkte, würde diese sich zum einen hintergangen fühlen, und zum anderen könnte Joey merken, dass sie planlos und ganz am Anfang waren.

»Ich wüsste nicht, was Sie das angeht.« Er stand auf. Antonia hatte damit gerechnet, dass er außer sich sein würde. Vielleicht sogar bedrohlich auf sie zukommen und ihnen klarmachen, dass sie ihm körperlich unterlegen waren. Aber das geschah nicht. Er nestelte an seinem Jackett herum, strich sich die elegante Frisur zurecht und verzog das Gesicht derart, dass selbst seine Schönheit schwand.

»Dann haben Sie etwas zu verbergen? Sagen Sie es doch einfach.« Paula machte einen Schritt auf ihn zu. Sofort riss er den Kopf herum. Wie ein panisches Tier fixierte er sie mit seinen dunklen Augen.

»Wer sind Sie? Privatermittler?« Sein abfälliges Auflachen hatte bei seiner angespannten Körperhaltung und den zitternden Händen höchstens die Hälfte der Wirkung. Wenn überhaupt.

»Sozusagen«, bestätigte Paula. »Wir wollen herausfinden,

wer einer wehrlosen Frau diese Gräueltat angetan hat. Und Sie haben ein Motiv!« Sie ging noch einen Schritt auf ihn zu.

»Sie haben sich vor ihrem Tod mit Tanja gestritten.«

Tatsächlich wich er ein Stück zurück. Paulas Art war so entschieden, dass er sich zurückzog. Sein Gesicht war wie ein offenes Buch. Angst war präsent. Sie manifestierte sich in der Falte zwischen seinen Augenbrauen. Aber auch Skepsis und Verwirrung.

»Was zum Teufel?« Er fluchte auf Italienisch. Paula schnalzte mit der Zunge, als würde sie ihn für diese Ausdrücke rügen. »Ich habe nicht mir ihr gestritten! Wir waren vielleicht nicht beste Freunde, aber ...« Er raufte sich die Haare und zerstörte damit tatsächlich seine Frisur.

»Sie haben über Wein gestritten.« Paula ließ nicht locker. Sie hatte einen Plan, und diesen wollte sie unbedingt einhalten.

Nun entglitten ihm die Gesichtszüge vollkommen. Wie eine Karikatur seiner selbst. Er ging auf Paula zu. Antonia baute sich neben ihr auf. Planlos, was sie tatsächlich machen sollte, wenn er handgreiflich wurde. Doch noch immer wirkte er nicht aggressiv. Eher mitgenommen.

»Nur weil ich einen Streit hatte? Sie sind doch *matto*. Alle beide.« Allmählich kroch die Arroganz zurück an die Oberfläche. Er warf ihnen einen Blick zu, der deutlich machte, was er in Wirklichkeit von ihnen hielt. »Ich war bei meiner Familie. Ich bin Ehemann und Familienvater. Meinen Sie, dass ich freiwillig hierbleibe nach Feierabend? Um mich mit alten Schachteln zu unterhalten, wenn zu Hause meine Familie auf mich wartet?« Er wartete nicht auf eine Antwort, weil es nicht notwendig war. Die Abneigung in seinen Augen sprach für sich. Und trotzdem bebten seine Lippen. Es gelang ihm nicht, seine Gereiztheit lückenlos zu überspielen. Das wurde ihm wohl auch selbst bewusst, denn er schoss an ihnen vorbei und verließ den Raum mit einem lauten Türenknallen.

Antonia benötigte einen Moment, um diese Begegnung zu verarbeiten. Kraftlos ließ sie sich auf einem der Stühle am

Tisch nieder. Sie legte die Arme auf die Tischplatte und bettete ihren Kopf darauf. Die Holzvertäfelung an den Wänden war genauso in die Jahre gekommen wie der Rest des Baus.

»Er war zu nervös für eine unschuldige Person.« Damit traf Paula den Nagel auf dem Kopf.

»Da stimme ich dir zu.« Antonia seufzte. Paulas Gesicht erschien in ihrem Sichtfeld.

»Wirklich?«

»Natürlich. Er war außer sich. Nicht wütend, als hätte er wirklich etwas zu befürchten. Aber er hat die Nerven verloren. Viel zu passiv-aggressiv. Viel zu abwehrend und aufgebracht für jemanden, der sich nichts hat zuschulden kommen lassen.« Sie hob den Kopf an, um Paula besser sehen zu können. Die nickte immer nur wieder.

»Wir sollten sein Alibi überprüfen«, schlug Paula vor. Auch damit war Antonia einverstanden. Und sie wusste auch schon genau, wie sie das hinbekam. Sie setzte sich endgültig gerade hin, nahm ihr Handy und tippte eine Nachricht an Frederico.

Antonia: Hat der Kellner Joey ein bestätigtes Alibi?
Sie wollte das Smartphone gerade wieder in ihre Tasche stecken, da blinkte es bereits auf.
Frederico: Moment. Joey Gallo?

Paula trat hinter sie, sodass sie auf ihr Display gucken konnte.

»Oh, der Polizist hat mit dir engeren Kontakt?«

»Ja, wir arbeiten zusammen.« Sie hielt es kurz, weil das hier nicht der richtige Ort war für eine ausschweifende Erklärung.

»Mhm«, machte Paula nur, als würde sie alles darüber wissen. »Er heißt Gallo mit Nachnamen. Das ist korrekt.« Sie tätschelte Antonia die Schulter. Dieses Mal wich sie der Geste aus. Frederico schickte sie nur einen Daumen.

»Ich finde sein Motiv zu schwach. Wein? Das ist nicht

plausibel.« Antonia stand auf, weil sie Paulas Blicke nicht ertrug. Wie damals ihre Mutter sah die alte Frau sie nun an. Allwissend, obwohl sie wirklich keinen Durchblick hatte.

»Du hast recht. Das ist mickrig. Aber vielleicht ein erster Hinweis. Es kann ja sein, dass noch etwas viel Wichtigeres herauskommt.«

Ihr erster Reflex war dagegenzusprechen. Doch ihr Handy leuchtete genau im richtigen Moment.

Frederico: Er war zu Hause bei seiner Familie. Seine Frau hat als Zeugin ausgesagt und die Angaben unabhängig von ihm bestätigt. Warum willst du das wissen?
Antonia: Das Alibi ist doch schwach, oder? Die eigene Frau sagt natürlich alles, damit man nicht verhaftet wird.
Frederico: Diese Verbindung könnte man ziehen. Offiziell gesehen ist er damit aber erst mal raus.
Antonia: Find ich merkwürdig.

Sie schüttelte den Kopf.

»Was ist los?«

Wortlos gab sie Paula das Handy. Die las nur den Chat, dann schüttelte auch sie den Kopf.

»Also ist Joey eine Sackgasse?« Paula kniff die Augen zusammen.

Dieses Mal ging es Antonia nicht um den Frieden zwischen ihnen. Ihr war es kurzzeitig egal, ob sie bei Paula schlafen durfte oder nicht. Was in diesem Moment zählte, war ihr Bauchgefühl. Und das sagte, dass Joey keine Sackgasse war. Nicht im klassischen Sinne.

»Irgendetwas geht bei ihm vor. Und wir werden herausfinden, was das ist.«

13

Das Gebäude vor ihr wirkte wie aus der Zeit gefallen. Oder von der Landkarte, denn mit dem hellen Stein, der dunkelorangen Schrift, den Spitzen auf dem Dach und den bunt zugemauerten Fenstern im ersten Stock, wenn man davon überhaupt sprechen konnte, fügte es sich nur mäßig in die Umgebung ein. Einzig die dunkelgrünen Fenster- und Türläden machten deutlich, dass es hier in Montecatini Terme nicht vollkommen falsch erbaut worden war. Insgesamt erinnerte es Antonia an das Brandenburger Tor in Klein, Bunt und Mediterran. Je näher sie der Destination kamen, desto klarer wurde, dass es kein normales Bauwerk war. Durch das große runde Tor trat man nicht in einen Innenhof oder ein Haus, sondern man gelangte zu den Gleisen, auf denen sie gleich nach Montecatini Alto fahren würden.

Die Tickets für die Funicolare hatte Gunnar bereits besorgt. Nun verteilte er sie an die Reisegruppe mit weisen Worten wie: »Da oben ist es viel kühler, deshalb trage ich einen Schal«, oder: »Seid für den Rückweg rechtzeitig wieder an der Bahn, sonst müsst ihr den Bus nehmen, und der Ausblick ist nicht so spektakulär wie hier.« Allein die Art, wie er diesen Ausflug angepriesen hatte, versprach, das Ereignis des Jahrtausends zu werden. Antonia stieg die Aufregung bis zur Kehle. Ihr Magen war überreizt, sodass ihre Unsicherheit in Sodbrennen umgewandelt wurde. Sie hasste Bimmelbahnen, weil es dort drinnen immer furchtbar ruckelte. Christine hatte sie schon mal in Köln dazu überredet, mit einer zu fahren, und es war keine angenehme Erinnerung. Dieser knallrote Wurm, für den sie sich nun anstellte, versprach ein ähnliches Erlebnis. Die Senioren drängten sich wie Schulkinder vor, weil sie es kaum erwarten konnten, endlich einzusteigen und die Aussicht auf den Berg und hinab zu genießen. Antonia fragte sich viel mehr, ob da überhaupt alle Gäste hineinpassten. Das Innere der Bahn war einfach ausgestattet. Schmale Bänke dienten dazu, sich niederzulassen, und alle Seiten waren mit Fenstern versehen, damit den Gästen nichts entging. Am Ende des Zuges konnte man auf einer kleinen Plattform stehen, doch das kam für Antonia nicht infrage. Sie setzte sich in Fahrtrichtung, um ihren Magen zu schonen. Paula nahm neben ihr Platz. Annegret wählte natürlich todesmutig das Stehen.

»Dat is der beste Ausblick. Ich sachs euch!« Sie deutete nach vorn, was genau genommen die Rückaussicht der Bimmelbahn war. Bevor Antonia ihre Sicherheitsbedenken äußern konnte, machte das Gefährt seinem Namen alle Ehre. Es bimmelte laut, sodass sie zusammenzuckte. Leider gab es keine Anschnallgurte. Lediglich die Türen wurden geschlossen. Und dann ging es auch schon los. Unerwartet leise bewegte die Bahn sich. Wer gar nicht leise war, war Gunnar. Er erklärte lautstark über zwei Waggons hinweg die Funktionsweise der Standseilbahn, sprach von anderen Exemplaren, beispielsweise in Neapel, und stimmte ein neapolitanisches Volkslied namens »Funiculì, Funiculà« an. Nur Annegrets Stöhnen war zwischenzeitlich lauter. Antonia blendete seine Stimme aus. Sonst machte sie das nur auf der Arbeit mit nervigen Kollegen, aber dieses Talent kam ihr genau jetzt zugute.

Die Bahn fuhr schnell. Zu ihrer Erleichterung wackelte sie aber kaum. Das führte dazu, dass die Anspannung und auch das flaue Gefühl in ihrem Magen langsam abnahmen. Büsche und Sträucher zogen in verschiedensten Grüntönen an ihr vorbei. Am Fuße des Berges passierten sie ab und zu ein paar Häuser mit kleinen Gärten und Terrassen. Auf einer

Liege erkannte Antonia ein eigentümlich aussehendes Huhn, das es sich auf dem Polster gemütlich gemacht hatte. Irgendwann pendelte sich die Bahn bei einer angenehmen Reisegeschwindigkeit ein. Es war bereits jetzt heiß, und der rote Lack der Kabinen verstärkte die Wärme. Zikaden zirpten um sie herum, sodass aus dem monotonen Fahrgeräusch, den Insekten, Gunnars Vortrag und dem Getuschel der Rentner eins wurde. Paula genoss die Fahrt. Sie deutete immer wieder auf Bäume, Blumen oder anderes Grünzeug.

»Guck mal! Ein Feigenbaum!« Sie stieß Antonia in die Seite. »Oh, eine Passionsblume!« Antonia nickte nur. Natürlich war es ein schöner Anblick, aber sie interessierte der Name der Gewächse nicht. »Zypressen, herrlich!« Paula strahlte über das ganze Gesicht. Und das war dann auch die immer steigende Höhe wert, die Antonia eigentlich nicht geheuer war. Der Duft entlohnte sie ebenfalls für ihren Mut. Wenn sie die Nase aus dem offenen Fenster steckte und somit den scharfen Rasierwassern und den Tonnen 4711 der Damen entging, drang ein zitrischer, waldiger Duft in ihr Riechorgan. In der Kombination mit dem Zirpen bildete sich ein warmes Gefühl in ihrer Brust.

Zumindest bis Annegret durch das geöffnete Rückfenster brummte: »Tanja hätte das auch gefallen.«

Sofort legte sich ein dunkler Schleier über alles. Antonia wusste nicht, was genau Tanja gefallen hätte. Dafür hatte sie die Frau nicht ausreichend gekannt. Aber Annegret hatte recht. Es war falsch, dass Gunnar in seinen Jesuslatschen nun ganz vorn in der Funicolare einen Vortrag hielt. Obwohl es Antonia und einige andere tierisch genervt hatte, vermisste sie die Ordnung, die Tanjas Anwesenheit ausgestrahlt hatte. Die Toskana zeigte sich trotzdem von ihrer schönsten Seite. Hohe und vielblättrige Bäume säumten ihren Weg und versperrten immer mal wieder den Ausblick. Sie fuhren sogar unter kleinen Brücken entlang, durch Weinberge hindurch, auf denen das Sonnenlicht herrlich schimmerte, und einmal kam ihnen das Gegenfahrzeug entgegen. Paula winkte den Menschen zu, die Montecatini Alto bereits wieder verließen.

Wieder sah Antonia Berge in der Ferne. Und wieder hatte sie das Gefühl, dass ihre Emotionen sie zu überrollen drohten. Sie fragte sich, wie weit es bis zu der hohen Gebirgskette wohl war. Ein Tagesausflug würde sicherlich für eine Erkundung nicht reichen. Außerdem hatte sie keine Wanderschuhe, weil sie noch nie ernsthaft gewandert war. Konnte sie das überhaupt? Ihr Fitnesszustand ließ durch die viele Büroarbeit eher zu wünschen übrig. Der einzige Sport, den sie regelmäßig ausübte, war Dartsspielen, und das hatte eher den Ruf einer Kneipenaktivität als einer ernst zu nehmenden körperlichen Ertüchtigung.

»Das mit Joey bringt uns nicht weiter.« Paula hatte ihr Pflanzenratespiel nach Annegrets Kommentar aufgegeben. Sie sprach in normaler Lautstärke, damit über die Geräuschkulisse hinweg bei Antonia überhaupt etwas ankam. Die nickte.

»Frederico sieht dort vorerst kein Weiterkommen, und ich denke, dass er recht hat.« Antonias Blick glitt zu Annegret. Das bedeutete, dass sie ihren Nacken verrenken musste, um die Seniorin zu beobachten. Sie tat unbeteiligt, aber Antonia hätte ihre Lieblingsbluse darauf verwettet, dass sie genau zuhörte. Gestern Abend noch hatte sie Paula auf den aktuellen Stand gebracht, und diese hatte wiederum Annegret nach dem Frühstück davon berichtet. Die streng guckende Rentnerin hatte sich noch nicht geäußert – weder positiv noch negativ. Antonias Gefühle waren gemischter Natur. Je mehr mitmachten, desto größer war das Sicherheitsempfinden. Aber zu viele Köche konnten auch die Suppe verderben. Oder den Brei versalzen. Oder wie auch immer dieser Spruch ging.

»Wer kommt noch infrage?« Paula änderte ihre Sitzposition so, dass sie mehr zu Antonia als zu der Flora vor dem

Fenster gewandt war. Auf diese Frage hatte Antonia keine Antwort. Seit Tagen ging sie mittlerweile jede Theorie durch und kam immer zu dem Schluss, dass es nicht stichhaltig war. Wie sollte sie das auch hinbekommen, wenn sie keine ausgebildete Polizistin war?

»Lass uns das gleich mit Frederico besprechen.« Ihr Lichtblick war das Treffen mit dem Polizisten in Montecatini Alto. Paula und sie hatten beschlossen, eine bestimmte Taktik zu ihrem Schutz zu fahren. Sie versuchten, wie ganz normale Reisegäste zu wirken, nahmen an den Ausflügen teil und machten gute Miene zum bösen Spiel, dabei ermittelten sie für Agente Vian als Insider. Ihre Ohren waren weit geöffnet. Ihre Sinne waren geschärft. Deshalb fiel Antonia auch auf, dass das Ehepaar vor ihnen genau zuhörte. Es waren die Ehmanns. Holger brummte seiner Frau Maike immer wieder etwas zu, das sie dann abstritt.

»Alles gut da vorn?« Paula hatte wohl ebenfalls gemerkt, dass dort etwas im Busch war.

»Ja, ja. Alles ganz wunderbar.« Der Senior drehte sich nicht um, sondern sah weiter nach vorn. Sein weißes Haar wellte sich im Wind. Seine Frau drehte sich jedoch um. Sie glänzte mal wieder durch ein perfektes Styling. Ihr Make-up war natürlich, aber frisch. Lediglich ihre dunkelrosa glänzenden Lippen waren ein Hingucker. Die goldenen Haare waren perfekt geföhnt und bewegten sich in der Brise keinen Millimeter. Wieder trug sie riesige goldene Ohrringe, die ihre Ohrläppchen drastisch nach unten zogen. Antonia konnte kaum hingucken, denn sie befürchtete, dass sie abreißen würden. Frau Ehmanns Outfit war heute sommerlich, aber trotzdem erkannte Antonia das eine oder andere Markenemblem. Sie wollte gar nicht daran denken, wie viel die Dame dafür ausgegeben hatte.

»Ihr redet über den *Zwischenfall*?« Frau Ehmann zog eine perfekt nachgezogene Augenbraue hoch.

Annegret am Ende des Waggons grunzte so laut, dass es trotz Zikaden niemandem entging.

»Ähm, ja«, bestätigte Antonia. Sie empfand es zwar auch als eine merkwürdige Bezeichnung für einen Mord, aber vielleicht brachte die Seniorin das Wort nicht über die Lippen. Herr Ehmann schüttelte den Kopf.

»Also wir kennen hier ja niemanden wirklich«, begann seine Frau erneut. Kurz sahen die beiden sich an. Ihr Blickwechsel war wie ein komprimierter Streit. Es stand außer Frage, dass er ihr am liebsten den Mund zugehalten hätte. Sie leistete ihm aber mentalen Widerstand und fuhr fort. »Deshalb wage ich es nicht, fremdes Verhalten zu beurteilen oder Behauptungen aufzustellen ...« Sie blickte erst Paula, dann Antonia in die Augen. »Aber zwischen der Reiseleiterin und dem Busfahrer herrschte eine überaus schlechte Stimmung. Er war die ganze Zeit genervt von ihr. Während einer Pause sind die beiden im Bus geblieben und haben sich richtig angegiftet. Ich habe das nur mitbekommen, weil ich mein Handy an meinem Platz vergessen hatte.« Ihr Gesichtsausdruck war irritierend. Einerseits wirkte es, als würde sie die Miene verziehen, und andererseits bewegten sich ihre Züge kaum. War das die Magie von Botox?

»Maike, wir sollten uns da raushalten.« Das erste Mal, seit sie in die Funicolare gestiegen waren, sah er über die Schulter zu der Bank hinter sich. Die Lippen hatte er fest aufeinandergepresst, als hätte er Sorge, dass ihm zu viele Informationen entschlüpften.

»Die Stimmung zwischen den beiden war wirklich unangenehm. Sie mochten sich nicht besonders.« Paula nickte. Maike lächelte mild, ignorierte damit aber auch ihren Mann. »Ich bin ja nur eine Hausfrau. Völlig inkompetent, was Ermittlungen, Beweisführung und Polizeiarbeit betrifft. Ich kenne nur ein paar gute Krimis.« Ihr Mann nickte, während sie sprach. »Aber das kam mir komisch vor. Ich würde gern wissen, was die Carabinieri dazu sagen.« Frau Ehmanns

Blick wurde intensiver. Antonia hielt ihm gerade so stand, knibbelte aber an dem Nagel ihres rechten Daumens herum.

»Wir werden diese Informationen berücksichtigen. Danke, dass Sie diese mit uns geteilt haben.« Antonia bemühte sich um ein Lächeln. Es würde nichts bringen, jeden Hinweis direkt zu Grabe zu tragen. Vielleicht war es eine bessere Strategie, erst mal jedes Indiz zu sammeln. Irgendwann würde daraus womöglich ein großes Bild werden, das Aufschluss über die Tat gab.

Frau Ehmann erwiderte das Lächeln und wandte sich wieder ihrem Mann zu, der sie mit einem strengen Blick strafte, aber kein Wort sagte.

Viel Gelegenheit für Streit und Diskussionen gab es ohnehin nicht, denn über ihnen erschien die Stadtmauer von Montecatini Alto. Rot, pink und gelb blühende Oleanderbüsche empfingen die Reisegruppe. Ihre Äste waren so massiv und ausufernd, dass sie an den Waggons entlangstrichen. Oben angekommen, fuhr die Bimmelbahn in das Gegenstück des Bahnhofes am Fuße des Berges. Ein heller Raum diente als Ankunftsort, in dem die Bahn zum Halt kam. Es gab einen Ruck, der alle Insassen aufnicken ließ. Mit einem Bimmeln wurde die Fahrt für beendet erklärt. Die Senioren erhoben sich augenblicklich. Auf den städtischen Mitarbeiter, der ihnen die Türen öffnen wollte, warteten sie gar nicht erst. Schnatternd strömten sie aus den Wagen und verbreiteten dabei so ein Chaos, dass Gunnar kaum Anweisungen durchgeben konnte. Er wiederholte eh nur das bereits Besprochene. So wurden er und der Busfahrer, der die Reisegruppe ebenfalls begleitete, förmlich von aufgeregten Rentnern fortgespült. Alle freuten sich auf einen selbstbestimmten Ausflug, bei dem sie das Örtchen auf eigene Faust erkunden konnten. Gunnar hatte erst eine geplante Tour vorgeschlagen, doch die Gruppe hatte gegen ihn gestimmt. Mit einer solchen Meuterei hatte Antonia nicht gerechnet, aber nun freute sie sich darüber.

Der Wind zog an Antonias Haaren, als sie das unscheinbare Gebäude verließ und mit den anderen auf die Straße trat. Das Erste, was sie von dem Städtchen sah, war eine riesige verwitterte Wand. Hier zeigte Montecatini Alto sich nicht von der besten Seite. Auch Paula und Annegret war die Enttäuschung von den Gesichtern abzulesen. Sie benötigten einen Moment, um die vielen kargen Bauten und den Mangel an Grün zu überwinden. Gunnar wollte trotz allgemeinem Desinteresse der Gruppe eine Walkingtour durchführen, deshalb zog Antonia die beiden Frauen mit sich. Sie hielten sich rechts und blieben abrupt stehen, als sich vor ihnen der Ausblick auf die umliegenden Ortschaften auftat. Vergessen waren vergilbte Wände und wirre Stromleitungen. Der Himmel war strahlend blau und unendlich. Er küsste am Horizont die Bergkuppen und bildete mit einer Art Dunst ein Bündnis. Das Grün der Bäume und Büsche stand im Kontrast dazu. Die Massen an Natur wurden hie und da von Häusern unterbrochen, die Antonia nur von Postkartenmotiven kannte. Wie konnte das überhaupt die Realität sein? Die Sonne schien ihr ins Gesicht. Kurz schloss sie die Augen. Die Reisegruppe hatte sich zerstreut, sodass Ruhe einkehrte. Nur die Vögel sangen eine Melodie, die mit dem Dauerzirpen der Zikaden einen ganz eigenen Rhythmus bildete. Sie atmete tief ein. Der Geruch von Sommer erfüllte ihre Nase. Als sie die Augen wieder öffnete, sah sie auf der hüfthohen Mauer eine Echse. Auch sie genoss die Sonne und Atmosphäre. Vielleicht war das Städtchen doch gar nicht so schlecht.

»Wo treffen wir ihn?« Paula gesellte sich zu Antonia. Auch ihre Gesichtszüge hatten sich aufgehellt. Antonia sah auf die Armbanduhr. Es war Zeit, die Piazza Giuseppe Giusti zu suchen.

Antonia führte das Dreiergespann an, denn sie hatte vorab die ideale Route studiert. Leider ging ihr Plan nicht auf. Die vielen teilweise so schmalen Gassen, dass sie von Fahrzeugen kaum oder gar nicht befahren werden konnten, bildeten eine Art Labyrinth, in dem nicht nur ihre Pläne, sondern auch Paula, Annegret und sie verloren gingen. Paula erwies sich dabei als besonders nützlich, denn sie fragte sich auf Italienisch bei den wenigen Einheimischen durch, die sie trafen. Das Kopfsteinpflaster forderte nach mehreren Umwegen seinen Tribut. Annegret knickte um. Im letzten Moment konnte Antonia die Seniorin noch abstützen, sodass sie nicht zu Boden fiel. Sie schrie auf, aber nach ihren eigenen Angaben mehr aus Schock als vor Schmerz. Danach waren sie noch langsamer unterwegs. Und sie achteten intensiver auf den Untergrund und die hohen Bordsteine, die regelrechte Todesfallen darstellten.

Als sie endlich den Marktplatz im Herzen des Örtchens erreichten, atmete Antonia lange aus. Zu ihrer Rechten befand sich eine Statue, die ein Kriegerdenkmal darstellte. Nun vermisste Antonia den Reiseleiter doch, denn er hätte ihnen sicherlich den Ursprung des Monuments erklären können. Den Platz umrandeten ein Theater und mehrere Restaurants und Bars. Die Häuser hatten entweder die typisch toskanische Optik mit grünen oder braunen Fensterläden und hellem Putz oder bestanden aus schweren, urtümlich aussehenden Steinen. Eines der Gebäude zur rechten Seite war sogar in einem Terrakottaton gestrichen. Um die Tische herum und auf der einen oder anderen Bank tummelten sich Menschen mit Cocktails und herrlich duftenden Speisen. Wenn Antonia sich festlegen müsste, tippte sie auf hauptsächlich Touristen. Sie hatte durch Gunnar am Rande mitbekommen, dass hier weniger als fünfhundert Menschen lebten. Die Hälfte von denen hatte sie wohl bereits nach dem Weg gefragt.

Erst als sie um die Statue herumging, entdeckte sie ihn. Cool lehnte er an einer Hauswand und beobachtete die Menschen, die sich hier tummelten, miteinander scherzten und einander umarmten.

»Antonia«, grüßte er sie. Er nahm die schwarze Sonnenbrille von der Nase und steckte sie in seine dunklen Locken. Es war das erste Mal, dass sie ihn in so lässiger Freizeitkleidung sah. Er trug ein lockeres Hemd, dessen Ärmel er hochgekrempelt hatte. Sie musste sich zwingen, nicht auf seine Oberarme zu starren. Verdammt, was war bloß mit ihr los?

»Frederico.« Seinen Namen auszusprechen, machte ihr viel zu viel Spaß. Es war wie Gesang in ihren Ohren. Da konnten die Vögel mit ihrem Gezwitscher nicht mithalten.

»Paula«, stellte sich die alte Dame vor und reichte dem Polizisten in Zivil die Hand. »Wir hatten schon das Vergnügen bei der Befragung.«

»Ja, genau.« Er nickte lächelnd. Annegret war durch den Knöchel langsamer. Vorsichtig humpelte sie auf ihn zu.

»Annegret«, brummte sie nur. Auf ein Händeschütteln verzichtete sie.

»Wie ist der Plan?« Paula sah sich auffällig unauffällig um. »Sollen wir Frederico nicht von unserem neuesten Verdächtigen berichten?«

»Dem Kellner?«

»Nein, nein.« Sie zog an den Gurten ihres Rucksacks. »Dem Busfahrer.«

Frederico sah Antonia mit hochgezogenen Brauen an. Natürlich hatte sie dieses Thema ebenfalls ansprechen wollen, aber es hatte ihrer Meinung nach nicht oberste Priorität. Vermutlich hatte er eh ein Alibi, deshalb war er bei den Polizeiermittlungen nicht weiter ins Visier genommen worden. Und sein Motiv war auch schwach. Streitereien während der Arbeit? Diskrepanzen bezüglich der Lautstärke eines Mikrofons? Hatte man dann wirklich spontan eine Mordlust? Antonia verzog den Mund.

»Maike und Holger Ehmann haben uns auf den Busfahrer aufmerksam gemacht.« Antonia gab mit knappen Worten das wieder, was die beiden behauptet hatten. Frederico nickte zwischendurch, Annegret setzte sich etwas weiter weg auf eine Bank und streckte das Bein aus, und Paula stemmte die Hände in die Hüften, als könnte sie nicht verstehen, warum sie hier noch immer herumstanden und den Mann nicht direkt verhafteten. Nachdem Antonia geendet hatte, blieb Frederico ruhig. Er nahm sein Smartphone zur Hand und tippte darauf herum. Kurz bevor sie ihn fragen wollte, ob er aus Langeweile ein Handyspiel spielte, grunzte er auf. Der kehlige Laut schoss wie ein Blitz durch Antonias Körper. Sie biss die Zähne aufeinander, um jedes Gefühl zu unterdrücken. Vielleicht würde sie krank werden.

»Er hat kein Alibi. Tatsächlich.« Er sah erst Paula an, sein Blick blieb jedoch an Antonia hängen. Für einen Moment schauten sie sich nur an. Alles um sie herum wurde leiser. Die Stimmen, das Klirren der Gläser und das Kratzen der Gabeln auf den Tellern traten in den Hintergrund. Sie hörte ihren eigenen Atem. Sie spürte ihren Puls in ihren Fingern und auf der Zunge. »Kein Zeuge konnte bestätigen, dass er tatsächlich auf seinem Zimmer gewesen ist.«

»Also wie bei uns allen«, gab Annegret zu bedenken, die sich uns nach ihrer kleinen Verschnaufpause wieder angeschlossen hatte.

Frederico kniff die Augen zusammen. »Gut erkannt.«

»Ich bin dafür, dass wir ihn befragen«, schlug Paula vor. Antonia graute es vor einem erneuten Gespräch mit einem Verdächtigen.

»Dieses Mal sollte aber ein Erfahrener die Fragen stellen.« Sie lächelte Frederico zu. Er hob eine Augenbraue und verstand erst viel zu spät, dass sie ihn meinte.

»O ja. Ja, natürlich.« Als würde er einen Stift suchen, klopfte er seine Hemd- und Hosentaschen ab. »Wir sollten ein Diktiergerät mitlaufen lassen. Ich habe leider keins. Hat einer von euch –?«

»Ein Handy?« Annegret sah ihn an, als wäre ihm ein zweiter Kopf gewachsen.

»Genau.« Er nickte und nahm sein Handy wieder in die Hand. »Das Handy, na klar.«

Antonias Lächeln wurde breiter. Wenn sie etwas an Menschen faszinierte und sie kurzzeitig ihre soziale Angst vergessen ließ, waren das Gegensätze. Frederico wirkte in der einen Sekunde wie ein abgeklärter Profi und in der nächsten wie eine verlorene Seele, die keinen Plan hatte, was hier überhaupt vor sich ging. Er war der gegensätzlichste Mensch, den sie in der letzten Zeit getroffen hatte, und sie wollte mehr über ihn erfahren. Warum war er so? Was sorgte für diese Ambivalenz? Frederico hielt das Smartphone in die Luft, als hätte er es soeben erfunden.

»Dann suchen wir jetzt Andrej?« Paula stellte sich auf die Zehenspitzen. Ihre kleinen Hände formte sie zu einer Fläche und legte sie zur Abschirmung der Sonnenstrahlen an die Stirn.

»Nicht nötig«, zischte Antonia. Nur ein paar Tische von ihnen entfernt saßen der Gesuchte und Gunnar. Als die anderen nicht verstanden, nickte sie zu den beiden Mitarbeitern von Zimmermann-Reisen.

14

Frederico ging voraus. Mit jedem Schritt über die Piazza wurde seine Haltung aufrechter und sein Blick gezielter. Antonia und Paula folgten ihm, nur Annegret hielt sich zurück. Generell wirkte sie weniger begeistert von der gemeinsamen Spurensuche. Sie setzte sich an den Nachbartisch und legte ihren Fuß auf einen Stuhl hoch.

»Oh, guten Tag!«, begrüßte Gunnar das Trio.

»Guten Tag! Ich bin Agente Frederico Vian und ermittle in dem Mordfall Tanja Lambrecht.« Anstelle seiner Hand reichte er ihnen seinen Dienstausweis.

»Ich erinnere mich.« Gunnar rückte lautstark mit dem Stuhl zur Seite, sodass genug Platz für eine weitere Person war. Für Frederico. Paula und Antonia schenkte er keinerlei Beachtung. Doch der Polizist lehnte das Platzangebot mit einem simplen Handzeichen ab.

»Signor Kaminski, darf ich Ihnen ein paar Fragen stellen?« Er wartete auf eine Reaktion, denn der Busfahrer war bisher vollkommen unbeteiligt geblieben. Dieser rückte auf seinem Stuhl herum und kniff die Augen zusammen. Viele kleine Fältchen bildeten sich in seinen Zügen.

»Warum denn das?« Er verschränkte die Arme vor der Brust.

»Es gab einen Hinweis, dass Sie sich vor dem Tod mit dem Opfer gestritten haben.« Fredericos Stimme war viel neutraler und gelassener als Antonias schüchternes Gestammel.

»Aha.« Andrej lehnte sich nun über den Tisch. Gunnar

beobachtete den Wechsel wie bei einem Pingpongturnier, und Paula hatte sogar den Mund leicht offen stehen.

»Erinnern Sie sich an die Auseinandersetzung? Es ist sogar die Rede von mehreren Wortgefechten auf der Hinfahrt. Können Sie mir berichten, um was es da genau ging?« Frederico fummelte an seinem Handy herum. Antonia hoffte, dass er die Sprachaufzeichnungsfunktion problemlos gefunden hatte.

»Wer erzählt denn so was? Die drei Omas?« Er nickte Paula, Annegret ... und auch Antonia zu. Sie blinzelte. Ein Prickeln erstreckte sich von ihren Wangen runter zum Nacken und ihrem Hals. Zum einen war sie sicherlich keine *Oma*, und zum anderen hatte er kein Recht, so mit einer von ihnen zu sprechen.

»Meine Quellen schütze ich selbstverständlich.« Frederico war die Ruhe in Person. Als würde er ständig dumm von der Seite angemacht werden, ließ ihn das Getue des Busfahrers kalt. Dieser spießte erst Antonia, dann den Polizisten mit Blicken auf.

»Sind Sie gerade im Dienst?« Andrej stand auf. An seiner Schläfe bildete sich eine Ader, die zu pochen schien. Seine Gesichtsfarbe bekam einen kleinen Hauch Pink, und seine Muskeln wirkten alle angespannt.

»Ich bin in Zivil«, beantwortete Frederico die Frage schlicht. Das war nicht das erste Mal für ihn, dass er auf Ablehnung stieß. Immerhin ging es hier auch nicht um die Besprechung der anstehenden Wochenendpläne.

Andrej trat näher. Gunnar stand nun ebenfalls auf und stellte sich zwischen Fahrer und Polizisten.

»Hey, das kann man doch friedlich und komplikationslos klären, oder?« Der Reiseleiter wartete die Reaktionen der beiden Männer ab. Es wurden zwar noch keine Fäuste erhoben, aber sie rückten auch nicht voneinander ab.

»Ts, ts«, machte Annegret. Sie schüttelte nur den Kopf und zeigte beiden, ohne dass sie es merkten, einen Vogel.

Antonia hätte das auch gern gemacht. Warum verhielten sich männliche Wesen stets wie testosterongesteuerte Haudegen, die einen ordentlichen Schluck aus der Flasche des Größenwahns genommen hatten?

»Ich stelle nur Fragen und erwarte Antworten. Mehr nicht.« Frederico war vielleicht kein Riese, nicht so breit wie ein Bodybuilder und manchmal planlos, aber er rückte keinen Zentimeter von Andrej ab, der wie ein Stier seinen Kopf senkte. Wollte er gegen den Polizisten stoßen und ihn so umhauen?

»Ich mache dasselbe. Wenn Sie nicht im Dienst sind und keinen Haftbefehl oder eine andere Anordnung von Ihrem Vorgesetzten vorweisen können, rede ich kein Wort mit Ihnen. Auf derartige Fragen antworte ich prinzipiell nicht. Das sind untragbare Unterstellungen, die Sie hier äußern.« Andrej starrte ihn einen Augenblick nieder, dann warf er wieder den Damen bedeutungsschwangere Blicke zu. Vielleicht war diese Konfrontation nicht die beste Idee gewesen. Annegret, Paula und Antonia würden so noch zu Zielscheiben werden. Doch was war die Alternative? Herumsitzen und nichts tun? Alles einfach geschehen lassen? Davon hatte Antonia das Maß gestrichen voll.

Andrej wandte sich ab. Mit seinen dunkelblauen, leicht blutunterlaufenen Augen starrte er Antonia direkt in die Seele. »Was soll das hier überhaupt darstellen? Ist euch ein Teekränzchen nicht spannend genug, deshalb gebt ihr jetzt eine Performance als *Tatort*-Ermittler für Arme? Das kommt davon, wenn man prüde ist und eine graue Maus wird. Man steckt die Nase in zu viele Krimis. Und das ist dann der einzige Höhepunkt im Leben einer alten Jungfer.«

Es war wie eine Ohrfeige. Antonia zog den Kopf zurück, als hätte sich seine Hand auf ihrer Wange verewigt. Selten hatte sie so eine Hitze in ihrem Gesicht gespürt. Es war nichts Neues, dass Menschen schlecht über sie redeten. Achtunddreißig Jahre alt, alleinstehend und keine Kinder –

als Frau. Da fiel man auf. Besonders negativ. Ihre Kolleginnen tuschelten, ihre Verwandtschaft belächelte sie, und manchmal gab es sogar einen fiesen Kommentar. Aber sie eine Oma, graue Maus und alte Jungfer zu nennen ... Das war ein völlig neues Ausmaß. Eines, das ihr mehr als bitter aufstieß. Sie öffnete den Mund, um ihm etwas entgegenzuschleudern. Das konnte sie nicht auf sich sitzen lassen. Aber es geschah wieder das, was sie am allermeisten an sich hasste. Sie verließ der Mut. Die Wut verpuffte, und übrig blieben nur Selbstmitleid und Trauer.

Der Busfahrer zog siegesgewiss einen Mundwinkel hoch, doch er hatte die Rechnung nicht mit Annegret Schulz aus Essen-Schonnebeck gemacht.

»Hömma, haste eigentlich noch alle Latten am Zaun oder wat?« Ihre Reibeisenstimme trug sich über die ganze Piazza. »Getz is' hier abba Schicht im Schacht! Lass dat Mädel in Ruh, oder ich tu dich durchwalgen wie 'nen ollen Schlübber!«

Nicht nur Antonia, sondern auch Paula, Gunnar, Andrej, Frederico und alle auf dem gesamten Dorfplatz starrten sie ungläubig an.

»Dat du so reagierst, is' dat beste Zeichen dafür, dat du 'n Aggressionsproblem hast, mein Freund. An deiner Stelle wär ich ma janz klein mit Hut.« Annegret stand auf. Ihre Miene war zu einer Grimasse verzogen, die keine Widerrede duldete. Brauen und Lippen waren jeweils zu dünnen Linien gekniffen.

Antonia rückte automatisch nach hinten. Stück für Stück, bis sie neben Annegret zum Stehen kam. Die legte tatsächlich einen Arm um sie. Antonia hatte mit vielem gerechnet, aber nicht mit Schutz oder gar Zuneigung. Der Umarmung lehnte sie sich gern entgegen, denn ihr Herz schlug noch immer bis zu ihrer Kehle. Mit Andrejs Sprüchen hätte sie vielleicht leben können, aber sie vor versammelter Mannschaft ertragen zu müssen, war ein Stachel in der Brust, den sie erst ganz allein auf ihrem Zimmer durch kräftiges Weinen entfernen könnte.

Sie beobachtete, wie Frederico Andrej hinterherging. Er packte ihn an der Schulter. Plötzlich standen die beiden Männer sich erneut direkt gegenüber. Nur ein Papier hätte zwischen ihre Nasenspitzen gepasst. Gunnar war das wohl auch zu heiß, denn er wich in die entgegengesetzte Richtung zurück.

»In meiner Anwesenheit wird hier niemand beleidigt, haben Sie das verstanden?«

Andrej wirkte nicht besonders beeindruckt. »Lassen Sie mich gefälligst los, ist das klar?«

»Wenn Sie weiterhin nicht kooperieren wollen, zeige ich Sie an. Das hier grenzt an Widerstand gegen Vollstreckungsbeamte. Kann übel für Sie enden.« Er ließ den Busfahrer los und trat zurück. »Ich werde mit meinen Kollegen sprechen. Sie erhalten eine offizielle Einladung zur erneuten Befragung. Außer bei Ihnen besteht Fluchtgefahr. Das werde ich natürlich sofort überprüfen lassen. Sie können vorerst gehen. Aber noch einmal ein solcher Angriff auf unschuldige Damen, und Sie lernen mich von einer anderen Seite kennen. Capisce?« Wie er dort stand und diese unangenehme Situation nicht nur meisterte, sondern wieder an sich riss und kontrollierte, ließ Antonias Augen größer werden. Es kribbelte überall. War das noch immer die durchdringende Peinlichkeit oder ...?

»Capisce.« Andrejs Stimme war wie das Grollen eines Frühlingsgewitters. Die anschließende Klarheit blieb jedoch aus. Er stiefelte entschlossen in die Richtung, aus der Antonia und Co. gekommen waren.

Gunnar murmelte ein paar kaum verständliche Floskeln, suchte seine Habseligkeiten zusammen und eilte in eine Seitengasse, die in die entgegengesetzte Richtung führte.

Auf dem Platz herrschte Stille. Sogar die junge Frau, die vorher Gitarre gespielt hatte, beobachtete die Gruppe genau.

Die Saiten blieben stumm. Frederico sah Andrej hinterher. Es war, als würde es nur ihn und den Busfahrer geben. Die Leidenschaft, mit der er seinen Job ausübte, faszinierte sie. Und natürlich die Art und Weise, wie er sie verteidigt hatte. Sie brauchte keinen Ritter auf einem weißen Ross. Obwohl sie als Kind viele Disneyfilme gesehen hatte, wusste sie mittlerweile genau, was sie vom Leben erwarten konnte. Ein Mann als Retter war die übelste Sache, die einem passieren konnte. Trotzdem konnte Antonia nicht verhindern, dass es in ihrem Nacken prickelte, als er sie endlich ansah.

»Ist bei Ihnen alles in Ordnung?« Er trat näher. Seine Augen waren im Sonnenschein haselnussbraun. Warm.

»Ja«, hauchte Antonia, obwohl es kaum eine größere Lüge hätte geben können. Der Drang, einfach davonzurennen, war immens. Nur Fredericos Lächeln hielt sie hier. Und Annegrets Umarmung. Sie hatte sie noch immer nicht losgelassen.

»Ich lade die Damen auf ein Getränk ein«, verkündete Frederico und deutete auf den Tisch nebenan. Antonia zögerte, doch Annegret zog sie mit sich. Sie sorgte dafür, dass alle einen Platz fanden. Nachdem Antonia sich niedergelassen hatte, löste Annegret die Umarmung und bettete ihren Fuß auf den übrig gebliebenen Stuhl. Paula reichte Antonia eine Getränkekarte, die vollständig auf Italienisch war. Kopfschüttelnd gab sie diese direkt an Frederico zu ihrer Linken weiter. Sie hatte weder Lust, die Übersetzungs-App ihres Smartphones zu bemühen, noch war ihr nach einem Kaffeeklatsch zumute. Zügig kam ein Kellner, der ihre Bestellung aufnahm. Als er Antonia erwartungsvoll ansah, zuckte sie nur mit den Schultern. Paula sprang ein und bestellte einen Kaffee für sie. Tatsächlich war dies das einzige Nahrungsmittel, auf das sie sich in diesem Moment einlassen würde.

Die Servicekraft ging vor sich hin nuschelnd an den Tisch, wo vor wenigen Minuten noch Andrej und Gunnar gesessen hatten. Tief brummend räumte er die halb geleerten Tassen auf ein kleines Tablett. Unentwegt sah er sich um.

»Kennen Sie die beiden Männer?«, fragte er mit einem schweren Akzent auf Deutsch. Offenbar war ihm, wie halb Montecatini Alto, nicht entgangen, dass sie Deutsche waren.

»Ja«, bestätigte Paula.

»Sie zahlen für die Herren?« Er kam an ihrem Tisch vorbei und präsentierte ihnen die Rechnung, um deren Bezahlung sich keiner der beiden geschert hatte.

»Nein«, entgegnete Annegret bestimmt. Paula wollte sich einmischen, doch die Seniorin hob zur Warnung einen Finger. An den Kellner gewandt sagte sie: »Aber wir geben Ihnen gern Namen und Adressen, damit Sie wissen, an wen Sie sich wenden können.«

Frederico grätschte dazwischen. Er sprach einige Takte mit dem Kellner. So schnell, dass anscheinend sogar Paula Probleme damit hatte, den Sinn dahinter zu verstehen. Es führte allerdings dazu, dass der Kellner zufrieden nickte und abzog.

Es entstand eine merkwürdige Stille am Tisch. Um sie herum erwachte der Marktplatz wieder zum Leben. Gitarrenklänge schwangen wieder über die Piazza. Stimmen und Vogelgezwitscher vermischten sich und erzeugten in völliger Verbundenheit mit dem Klirren der Gläser auf den Bistrotischen und dem Knarzen der Stühle auf dem Kopfsteinpflaster einen wohligen, belebten Lärm. Nur hier sprach niemand. Alle sahen sich verstohlen an, aber niemand redete über das, was soeben geschehen war. In Antonia brannte es. Die Scham war kaum zu verdrängen. Sie hatte zwar keine konkreten Fluchtpläne mehr, aber auch keine große Lust, hier schweigend herumzusitzen, damit alle noch mehr Zeit hatten, Andrejs Worte zu verarbeiten. Gerade als sie ihre Beine angespannt hatte zum Aufstehen, rückte Frederico mit seinem Stuhl näher.

»Ich glaube nicht, dass Andrej es war.«

Die Damen schauten ihn an, als hätte er den Verstand verloren.

»Warum, wenn ich fragen darf?« Paula richtete ihre Frisur. Die leichte Brise durchfuhr fast dauerhaft ihre glänzenden Haare.

»Dat würde mich auch interessieren, schließlich hat er sich gerade ja nicht von seiner besten Seite gezeigt. Dieses Rumgezetere ist doch ein klares Zeichen dafür, dass er Probleme hat.« Annegret deutete mit dem Daumen über die Schulter, genau in die Richtung, in die der Busfahrer verschwunden war.

»Selbstverständlich dürfen Sie Fragen stellen. Und auch Ihre Meinungen äußern. Dafür sind wir ja hier.« Frederico räusperte sich. Seine Stimme wurde leiser, aber eindringlicher. »Signor Kaminski hat ganz sicher Aggressionsprobleme. Und natürlich sind diese beim Profiling eines Täters von Interesse.« Er unterbrach seine Einschätzung der Situation, weil der Kellner kam. Er überreichte Annegret und Antonia einen Kaffee, Paula bekam ihre Limonade und Frederico einen doppelten Espresso.

»Grazie«, murmelten alle wie aus einem Mund. Der Kellner blieb etwas zu lange in ihrer Nähe. Frederico gab ihm ein Handzeichen, und er verschwand wieder. Die Gruppe war wieder ungestört. Zumindest so weit das an einem sonnigen Nachmittag in einem Touristenort möglich war.

»Mir fehlt das Motiv«, raunte Frederico. Antonias Herz machte einen Satz. Das war Musik in ihren Ohren, denn ihr ging es ebenso.

»Genau. Ein Streit über die Lautstärke der Durchsage? Über die beste Route? Den geeignetsten Rastplatz? Das sind doch keine Gründe, jemandem wehzutun. Nein, zu ermorden.« Auf einmal rückte das heiße Gefühl in den Hintergrund. In ihr tobte es. Aber nicht vor Selbstzweifeln oder Sorgen, sondern da war wieder dieses Kribbeln, das sie zum einen erdete und ihr Sicherheit gab und zum anderen den

nötigen Tritt versetzte, um den Mund aufzumachen und los-
zulegen.

»Richtig! Es fehlt die Leidenschaft!« Er sagte das wiederum so leidenschaftlich, dass Antonia lächeln musste. Sein
Blick kam auf ihr zum Ruhen. Sie wich ihm nicht aus, weil
sie jede Emotion von seiner Miene ablesen wollte. Sah er es
wie Andrej? Hielt er sie auch für eine Oma, die nur nervte?
Warum grinste er dann immer, wenn sie neben ihm war?
Und zwar nicht so wie früher die Typen in der Disco, weil
sie sich darüber lustig gemacht hatten, wie Antonia tanzte.
In Fredericos Augen lag kein Spott.

»Sie denken mit«, stellte er fest. Sein Mundwinkel hob
sich. Aber freudig. Vielleicht sogar beeindruckt. Nicht gehäs-
sig oder abwertend.

»Sie sagten, dass Leidenschaft das Wichtigste ist.« Sie
blinzelte. »In diesem Fall«, schob sie hinterher. Die Hitze
stieg wieder in ihr auf. Frederico schreckte das nicht ab. Im
Gegenteil.

»Leidenschaft ist generell das Wichtigste im Leben«,
raunte er. Sie waren sich sehr nah. Das wurde Antonia jetzt
erst bewusst. Der Duft seines Parfums legte sich um sie wie
eine weiche Decke. Sie musste damit aufhören. An ihn zu
denken. Ihn so anzusehen. So mit ihm zu reden. Das alles.
Sie würde das sonst bitter bereuen. Und eine weitere Enttäuschung dieser Art würde sie vermutlich nicht verkraften
können.

»Ich kenne einen Fall aus den USA. Da hat ein junger
Mann einen anderen jungen Mann für eine Schuld von zehn
Dollar getötet. Es gibt viele Menschen auf dieser Welt, die
nicht unserem Wertesystem folgen. Für manche ist ein Men-
schenleben nichts wert. Oder nur zehn Dollar. Oder halt
eben ...« Paula brach ächzend ab, weil Annegret ihr einen
Ellbogen in die Seite gerammt hatte. »Hey!«, beschwerte sie
sich röchelnd. Annegret deutete nur auf Antonia und Frede-

rico. Wenn das so weiterging, würde Antonias Gesicht heute noch wie Lava zerlaufen.

»Nein, das machst du nicht!«

Aus all den Stimmen und dem Gewimmel auf dem Marktplatz tat sich eine besonders hervor. Es war Linda Schmallochs Ermahnung an ihren Ehemann. Antonia drehte sich um und sah das Pärchen in wenigen Metern Entfernung bei der Statue. Die beiden standen einander zugewandt. Sie hatte die zierlichen Arme in die Hüften gestemmt, er blickte drein wie ein Straßenhund. Voller Hoffnung, aber auch traurig, weil er mit der bevorstehenden Ablehnung nicht mehr umgehen konnte. Obwohl Hans Schmalloch ein Shirt einer teuren Marke trug, eine krasse Flatrate für alles hatte und mehrmals erzählt hatte, was für ein tolles Auto er fuhr, tat Antonia der Senior leid. Wie immer meckerte seine Frau mit ihm. Dieses Mal gab es wohl Unstimmigkeiten darüber, was er erzählen durfte und was nicht.

»Aber sie ermitteln«, flüsterte er, doch Antonias Ohren waren gespitzt. Alles in ihr war so auf Empfang eingestellt, dass ihr keine Silbe entging. »Mit unserer Hilfe könnten –«

»Nein«, zischte die Seniorin. Sie zog ihren Mann mit sich, ohne Rücksicht auf Verluste. Niemals hatte Antonia damit gerechnet, dass eine Rentnerin wie sie so eine Kraft haben konnte. Nicht nur mental, sondern auch körperlich.

»Sie brauchen uns.« Seine Stimme wurde lauter. Das verwunderte nicht nur Antonia so sehr, dass sie sich hinter einem der Pflanzenkübel versteckte, sondern auch seine Frau.

»Das ist Quatsch. Wir wissen doch gar nicht, was wir da gesehen haben.« Lindas Blick glitt durch die Menge und blieb an Antonia haften. Die atmete tief ein und sah, so schnell sie konnte, weg. Doch sie würde ihre Kaffeemaschine darauf verwetten, dass sie zu langsam gewesen war. Mist! Als sie sich das nächste Mal traute, waren die beiden verschwunden. Doppelt Mist!

Paula und Annegret diskutierten noch immer mit Frederico über Motive. Antonia kam gar nicht mehr mit, weil die beiden immer wieder Referenzfälle benannten. Ob diese echt und von ihnen vorab recherchiert waren oder eher aus Film und Fernsehen stammten, war ihr nicht klar. Sie hielt sich mit Argumentationen zurück, wich Fredericos Blicken aus, damit er sie nicht wieder verwirrte, und scannte die Piazza. Jede Ecke, jeden Seiteneingang und jede Nische, in der Hoffnung, dass sie die Schmallochs noch mal entdecken würde. Aber Fehlanzeige. Die beiden waren wie vom Erdboden verschluckt.

Antonia stand auf, um die Toilette aufzusuchen. »Bitte entschuldigt mich.« Die anderen nickten, machten ihr Platz und waren dann wieder in ihre Theorien und Spinnereien verwickelt. Niedergeschlagen schlurfte sie zum Eingang der Bar. Im Augenwinkel sah sie ein bekanntes Stoffmuster. Dieses Markenemblem hatte sie bisher nur bei einer Person gesehen. Sie blieb stehen und beobachtete, wie Hans im Souvenirshop an der Kreuzung verschwand. Allein. Mehr musste Antonia nicht wissen. Sie folgte ihrem Bauchgefühl, denn mit Logik kam man hier ausnahmsweise wohl nicht weiter.

15

Die Tür des Ladenlokals war so schmal, dass sie Sorge hatte, die vielen Schlüsselanhänger und Magnete runterzuwerfen, die an einem Brett im Türrahmen hingen. Antonia wartete auf die Dame, die ihr entgegenkam, ließ ihr den Vortritt und quetschte sich dann ins Innere. Von außen wirkte das Geschäft winzig klein, doch innen führten mehrere Gänge tief in das Gebäude. Sie folgte ihrer Intuition und hielt sich rechts. Nicht zuletzt, weil ihr ein Zeitungsartikel in den Sinn kam, in dem es hieß, dass Menschen sich bei der Ankunft automatisch rechts hielten. Oder war es doch links gewesen?

Je weiter sie hineinging, desto unsicherer wurde sie. Nur im Vorbeigehen nahm sie die vielen Dekoartikel und Mitbringsel wahr. Es war nicht einer dieser typischen Shops, in denen es immer den gleichen Krempel gab: Wandschilder, Schneidebrettchen mit »Bella Italia« drauf oder die typischen Monumente der umliegenden Städte als Miniaturen. Dieser Souvenirshop wirkte beinahe künstlerisch. Aus Porzellan gefertigte und handbemalte Teller schmückten die Wände. Antonia verlangsamte das Tempo, denn vor den Regalen auf dem Boden standen Karaffen aus Ton und große Körbe mit Flaschenkorken, die kleine Zitronen darstellten. Das war wohl auch das Thema des Ladens. Zitronen als Ohrringe, als Kettenanhänger und als Schmuck auf diversen Schalen und Bechern. Die Regalbretter voll mit Tassen und Figuren – manchmal sogar eine Kombination daraus. Eine Müslischüssel, aus der ein kleines Wildschwein guckte, das in der Schnauze – natürlich, wie sollte es auch anders sein –

eine Zitrone trug. Durften Schweine überhaupt Zitrusfrüchte fressen? Die Hühner ihrer Großmutter hatten das niemals gedurft. Das war eine ihrer obersten Regeln gewesen. Aber Antonia hatte keine Zeit dafür. Immer wieder sah sie nach hinten, für den Fall, dass Linda doch noch auftauchte. Sie wollte Hans unbedingt allein sprechen.

Als sie das nächste Mal abbog, rannte sie ihn fast um. Er stand einfach nur im Gang, starrte Löcher in die Luft und machte eine Miene, als hätte der Anbieter ihm die Super-Flatrate gekündigt. Doch Antonias Auftauchen setzte auch ihn in Bewegung. Er griff sich etwas aus dem Regal, das er vorher noch nicht mal betrachtet hatte, und inspizierte es genau.

»Herr Schmalloch?«

Bemüht überrascht sah er hoch. »Ach, Sie sind das. Guten Tag!« Sein Blick heftete sich wieder auf das Porzellanstück. Es hatte einen kleinen Griff und war mit Zitronenzweigen, Früchten und schwarzen Oliven verziert.

»Suchen Sie etwas Bestimmtes?« Antonia fiel es schwer, so aufdringlich zu sein. Hans' Körperhaltung machte ganz klar, dass er nicht mit ihr sprechen wollte.

»Ja«, entgegnete er, als wäre es ein Angriff ihrerseits gewesen. »Ja, ja. Natürlich.« Er nickte, weil er sich wohl selbst überzeugen musste. »Ich benötige eine ...« Er sah sie mit zusammengekniffenen Augen an. »Eine Seifenschale.« Er hob den Deckel des Porzellanstücks in seinen Händen ab und setzte ihn wieder auf, ganz so, als wollte er ihr präsentieren, wie eine Seifenschale zu verwenden war.

»Das ist aber eine Butterdose.« Antonia zwang sich zu einem Lächeln.

»Eine was?« Hans schüttelte den Kopf. Er führte das Teil näher zu seinem Gesicht.

»Eine Aufbewahrungsform für Butter«, erklärte sie ein wenig atemlos. Die Situation war so absurd, dass sie ihr beinahe die Stimme kostete. In ihr wuchs der Drang, hysterisch zu kichern.

»Ich weiß ja wohl, wie eine Butterdose aussieht. Und so ganz sicher nicht!« Um ihr zu beweisen, dass er im Recht war, drehte er sich um, nahm eine der Zitronenseifen aus dem kleinen Korb und legte sie in die Dose. Es raschelte, als er den Deckel draufsetzte.

Antonia hätte es nun gut sein lassen können. Sie hätte akzeptieren können, dass er ein sturer und alter Mann war. Diese Sorte kannte sie von der Arbeit zur Genüge. Aber sie wollte Antworten. Sie wollte sein Geheimnis, und dazu musste sie ihn etwas aus der Reserve locken.

»Seifendosen sind nur für den Transport. Auf Reisen.« Es war Ironie des Schicksals, dass ausgerechnet sie über Reisezubehör sprach. »Dinge in Porzellan zu transportieren, ist eher unpraktisch.«

»Warum?« Seine Augen waren nur Schlitze.

»Weil Porzellan zerbrechlich ist.« Sie blinzelte. »Deshalb sind Seifendosen oft aus Metall oder Plastik. Es gibt auch umweltschonendere Varianten aus –«

»Ich will damit ja nicht reisen. Also einmal werde ich es tun. Zurück nach Hause. Aber danach soll sie dann neben dem Waschbecken stehen. Als Seifenschale.« Er grinste sie an.

Auch das kannte sie von ihren Kunden. Menschen lächelten auf diese Art und Weise, wenn sie sich überlegen fühlten. Wenn sie sich ganz sicher waren, dass sie den Durchblick hatten und das Gegenüber verwirrt war. Antonia war aber nicht verwirrt.

»Warum dann der Deckel?« Sie bemühte sich um ein neutrales Gesicht, weil sie nicht selbst dieses herablassende Lächeln spiegeln wollte.

»Hm?« Hans sah sie mit gerunzelter Stirn an. Zu seinen Altersfalten kamen weitere dazu.

»Eine Seifenschale hat keinen Deckel.« Sie beobachtete,

wie sich Erkenntnis auf seinem Gesicht ausbreitete. Er wusste, dass sie recht hatte.

»Was wollen Sie überhaupt von mir? Sie schnüffeln mir hinterher, dabei gibt es Personen, denen Sie viel eher mal auf den Zahn fühlen sollten!« Sein Gesicht änderte die Farbe.

Antonia kostete es ihren letzten Rest Selbstbeherrschung, nicht »Ha!« oder Ähnliches zu rufen.

»Ach ja?« Sie sah zu Boden, dann wieder in sein verzerrtes Gesicht.

Die Hand, in der er die Butterseifenschale hielt, zitterte so sehr, dass sie förmlich schon das Klirren der Scherben hören konnte.

»Und wen?« Sie wusste, dass die Unschuldsmiene ihr bestes Manöver war.

»Na ja«, brummte Hans. Er sah sich um.

Antonia atmete auf, als er die Dose auf eines der Regalbretter zurückstellte.

»Vielleicht haben wir etwas Ungewöhnliches beobachtet.«

»Sie und Ihre Frau?«

Er nickte. »Was hat es mit dem Polizisten auf sich, den Sie immer im Schlepptau haben?«

Antonia brach den Blickkontakt ab. *Immer.* Warum neigten die alten Herrschaften zu Übertreibungen?

»Wir arbeiten zusammen.« Sie wollte nicht zu viele Details preisgeben, deshalb erklärte sie die Situation nicht weiter.

»Also ermitteln Sie?«

Antonia wiegte den Kopf von einer zur anderen Seite. »Das könnte man so sagen.«

Hans nickte. Für einen Moment wirkte er weit entfernt. Versunken in seinen Gedanken. Sein Auftreten unterschied sich deutlich von Holgers. Hans fehlten das neckische Grinsen, der Witz und auch ein paar Haare.

»Ich schnüffle Ihnen nicht hinterher«, verteidigte Antonia

sich ein wenig zu spät. Auch wenn es unglaubwürdig wirkte, griff sie nach einem kleinen gehäkelten Püppchen. »Ich brauchte nur ein Souvenir.« Sie betrachtete die kleine Zitrone mit dem Grinsen. Das Püppchen hielt ein Schild, auf dem etwas in Italienisch stand. Doch so weit war sie in ihrer Sprachlern-App noch nicht gekommen. »Aber wenn Sie meiner Gruppe und mir einen Hinweis geben möchten, sind wir ganz Ohr. Uns fehlt die zündende Idee, um ehrlich zu sein.« Eigentlich hatte sie das sagen wollen, um ihm Honig ums Maul zu schmieren. Männer wie er mochten es, wenn eine Frau Hilfe brauchte. Es gab ihnen ein gutes Gefühl, sie zu erleuchten. Bitter war, dass Antonia überhaupt nichts vorspielen musste. Darin war sie eh nicht gut. Es war die Wahrheit, dass ihnen ein entscheidender Hinweis fehlte.

»Ich soll mich raushalten«, nuschelte er.

Antonia trat einen Schritt auf ihn zu. Sie hatte nicht damit gerechnet, dass er ihr gegenüber so ehrlich sein würde. Von der eigenen Frau bevormundet zu werden, kratzte sicherlich am Ego. Doch Hans überraschte sie, indem er darüberstand. »Meine Frau will nicht, dass ich von unserer Beobachtung erzähle, doch ich finde es wichtig. Wenn ich Ihnen aber davon berichte, komme ich in Teufels Küche.« Er grinste, aber nur ganz schwach. Auf einmal merkte Antonia, wie müde er wirkte.

»Wissen Sie, was?«

Hans schüttelte den Kopf.

»Sie sollten auf Ihre Frau hören. Es ist den Streit vermutlich nicht wert.« Sie meinte es ernst und von Herzen. Die beiden waren ein ungleiches Paar, und von Zeit zu Zeit nervten sie auch, aber Antonia hatte mitbekommen, dass sie seit dreißig Jahren verheiratet waren. Kein Hinweis der Welt sollte dieses Glück zerstören.

Hans sah das allerdings etwas anders.

»Dieses Mal glaube ich, es ist den Streit wert.« Er nahm

wieder diese grässliche Porzellandose und verzog das Gesicht, als hätte er Schmerzen.

In Antonia rauschte es. Sie war dem nächsten Hinweis zum Greifen nahe.

Hans hatte bereits den Mund geöffnet, da ertönte eine grelle Stimme.

»Hans Cornelius Schmalloch!«

Beide drehten sich um.

Seine Frau kam mit kleinen, aber entschiedenen Schritten auf sie zugeeilt. Sie achtete nicht auf ihre Umgebung, deshalb schmiss sie kurz vor ihrer Ankunft bei Antonia und Hans einen Ständer um, an dem allerhand Schmuckstücke hingen. Zum Glück handelte es sich nicht um Porzellan. Einen Höllenlärm machte es dennoch.

Automatisch verkrampften sich Antonias Finger um das kleine Zitronenpüppchen in ihrer Hand.

»Ach du liebe Güte!«, rief Hans und eilte seiner Frau zu Hilfe.

Linda lag auf dem Rücken wie ein Käfer, der nicht mehr hochkam. Zusätzlich war sie unter Ketten, Anhängern, Armbändern und Postkarten begraben.

»Verschissener Mist!«

Antonia traute ihren Ohren kaum. Ein solcher Ausruf aus Lindas Mund – damit hätte sie niemals gerechnet. Sie setzte sich ebenfalls in Bewegung. Gemeinsam mit dem Senior brachte sie die noch immer fluchende Dame wieder auf die Beine. Linda strich Poloshirt und Caprihose glatt. Da keine Verkäuferin herbeigerannt kam, hob Antonia den Ständer auf. Die meisten Schmuckstücke waren noch nicht mal von dem Metallständer gefallen, sondern nur furchtbar miteinander verheddert. Mit größter Mühe versuchte sie, die Armbänder und Ketten voneinander zu trennen und in Reih und Glied zu ordnen, aber entweder war das schier unmöglich, oder sie stellte sich ungeschickt an.

»Das alles nur, weil du nicht auf mich hören wolltest.«

Lindas Anklage klang eher schwach. Sie hielt sich das Knie. Antonia half Hans beim Stützen.

»Jetzt ist aber mal gut«, brummte dieser nur kopfschüttelnd. »Ich habe nichts gesagt. Noch nicht.«

»Noch nicht?« Lindas Stimme war schrill.

»Herrje, jetzt setzen wir dich erst mal auf einen Stuhl. Dann reden wir weiter.«

In Zeitlupe bewegten sie sich als Dreiergespann vorwärts. Antonia hatte ein schlechtes Gewissen, weil sie die Unfallstelle so hinterließen, aber von einer Bedienung war weit und breit auch nichts zu sehen.

»Was wolltest du denn hier? Dich mit ihr treffen?« Sie strafte erst ihren Mann, dann Antonia mit einem missfälligen Blick.

»Selbstverständlich nicht.« Kurz hielt er ihr Trio an, ging einige Meter zurück und nahm erneut die Butterseifendose zur Hand, die er zuvor liegen lassen hatte. »Das hier. Wir brauchen diese Seifenschale für zu Hause.«

»Das ist eine Butterdose.« Linda sah ihren Mann an, als hätte er ihren Hochzeitstag vergessen.

»Fang du nicht auch noch damit an!« Hans rieb sich, mit der Dose in der Hand, die Stirn, während er seine Frau zum Weitergehen animierte.

Sie irrten zu dritt durch das ewige Labyrinth des Souvenirgeschäfts. Linda humpelte noch immer, benötigte aber keine Unterstützung mehr. Als sie bei der Kasse ankamen, sahen sie auch das erste Mal eine Angestellte. Hans ließ Antonia den Vortritt. Die bezahlte das kleine Püppchen, das ihr in den letzten Minuten ans Herz gewachsen war. Es sollte eigentlich nur ein Ablenkungsmanöver sein, doch die kleine Zitrone wirkte so niedlich, dass Antonia sie behalten wollte.

Hans kaufte seine Butterseifenschale. Der Kassiererin, die vorher nur gelangweilt und Kaugummi kauend eine Zeitschrift durchgeblättert hatte, fielen jetzt beinahe die Augen aus dem Kopf. Sie murmelte etwas auf Italienisch, als sie die

Seife aus der Butterdose nahm und beides separat einscannte.

Linda stützte sich kopfschüttelnd an der Wand ab.

Hans war unbeirrt. Wie selbstverständlich verstaute er die Zitronenseife wieder in der Butterdose und reichte die Kombination seiner Frau, damit diese sie in ihrer Handtasche verstauen konnte. Der Senior trug nämlich nur die obligatorische Bauchtasche, in die zwar nichts hineinpasste, die zu einem perfekten Touristenoutfit aber natürlich dazugehörte.

Mehrere Dutzend Euro ärmer verließen sie den Laden. Hans und Linda steuerten den erstbesten freien Platz in einer der Bars auf der Piazza an. Antonia folgte ihnen, denn sie gab die Hoffnung auf die entscheidende Information noch nicht auf. Als hätten sie sie persönlich eingeladen, setzte sie sich dazu. Linda wirkte irritiert, doch Antonia zwang sich zu ihrem freundlichsten Lächeln.

»Wir sollten es ihr sagen«, brummte Hans, der sich eine Sonnenbrille auf die Nase gesetzt hatte, mit der er wie ein pensionierter Pilot aussah.

»Jetzt hör doch auf!« Linda machte eine Handbewegung, als würde sie eine besonders lästige Fliege abwehren wollen.

»Ich werde es tun«, drohte Hans. Das war wohl sein Ding. Antonia hätte allmählich eine Zählung mit unerfüllten Versprechungen seinerseits beginnen können.

»Es geht uns doch nichts an.« Sie sah ihren Mann ernst an, dann blickte sie zu Antonia. »Wir sind uns ja gar nicht sicher, was wir da überhaupt beobachtet haben.«

»Womöglich kann ich Ihnen bei der Einordnung behilflich sein?« Antonia rutschte mit ihrem Stuhl näher. In ihrem Kopf rasten die Gedanken. Sie suchte nach dem entscheidenden Argument, dem die Schmallochs nicht mehr ausweichen konnten. Es musste doch etwas geben, das sie überzeugte. »Wer ist eigentlich Peer?« Ein Versuch, über dessen Ausgang sie keine Theorien aufzustellen vermochte. Es war beinahe an den Haaren herbeigezogen. Aber der Name war im

Bus gefallen, und es schien ein Verwandter des Ehepaars zu sein.

»Das ist unser Sohn. Wieso?« Hans lehnte sich ebenfalls vor.

Linda zog eine Augenbraue in die Höhe. »Suchen Sie einen Mann?«

»Äh, nein. Nicht direkt. Ich wollte nur Small Talk machen.« Natürlich nicht. Antonia verabscheute viele Dinge, und das gelangweilte Austauschen von unwichtigen Informationen zählte definitiv dazu. Doch hier ergab es Sinn.

»Ach so«, brummte Hans. Er nickte. »Peer ist unser einziges Kind. Er hat meinen Elektrobetrieb übernommen und wohnt mit seiner Frau und unserer Enkeltochter Fiona gleich nebenan.«

Linda warf ihm einen genervten Blick zu.

»Das klingt doch zauberhaft. Schön, wenn die Familie so nah beieinanderbleibt.«

»Haben Sie Familie?« Lindas Augenbrauen wurden zu einer durchgehenden Linie.

»Nein. Meine Eltern sind leider beide nicht mehr.« Antonia lächelte. Das tat sie in solchen Situationen immer, weil sie versuchte, sich ausschließlich an die schönen Momente mit ihren Eltern zu erinnern. Oft fanden ihre Mitmenschen das befremdlich. Für sie ergab das hingegen Sinn, denn warum trauern, wenn es schon Jahre her war? Liebevolle Erinnerungen an gute Zeiten erleichterten das Herz viel mehr, als bedrückenden Szenarien der letzten Wochen vor ihrem Tod nachzuhängen.

Lindas abschätzige Miene löste sich auf wie Cantuccini in warmer Milch. »Das tut mir leid.«

»Danke.« Noch immer lächelte sie sanft. »Wie alt ist Peer?«

»Er wird nächstes Jahr schon vierzig.« Linda schüttelte den Kopf.

Hans fasste sich an die Stirn. »Wie schnell die Zeit vergeht.«

Dieses Gefühl war auch Antonia bekannt. Sie nickte. »Sie zerrinnt einem in den Händen.« Ihre Gedanken waren bei Christine. Auch ihre Zeit war so schnell vorbei gewesen. Von der Diagnose bis zu dem Tag, der alles für Antonia verändert hatte, hatten nur einige Wochen gelegen. Christines Schwester hatte von einem kurzen, aber schmerzlosen Ende gesprochen. Sie hatte schließlich ausreichend Medikamente erhalten. Eine gewisse andere Person nicht. Die war ebenso aus dem Leben gerissen worden, aber ohne Vorbereitung, Betreuung und Fürsorge. Kaltblütig. Gewaltsam.

»So alt wie ich.« Antonia sah auf die Tischplatte. »So alt wie Tanja.«

Die Stimmung änderte sich augenblicklich. Antonia sah nicht auf, denn sie wollte weiterhin in Gedanken versunken wirken. Sie war ihnen ja auch gefolgt, aber dann war ihr eine Idee gekommen.

»Furchtbar«, kommentierte Linda. Sie schlug die Getränkekarte auf, als könnte sie so Antonias Plan entkommen. Hans hing ihr aber bereits an den Lippen.

»Wie es wohl ihren Eltern jetzt gehen muss.« Antonia blickte auf und Hans direkt in die Augen. »Wenn sie wenigstens Gewissheit hätten.«

»Aber es wurde doch jemand festgenommen.« Linda schlug die Karte wieder zu.

»Schon, klar.« Sie sah zu den anderen hinüber, die noch immer in der Bar gegenüber waren. »Aber ich weiß aus sicherer Quelle, dass diese Theorie zum Scheitern verurteilt ist. Das Zimmermädchen ist ein Bauernopfer. Tanjas Eltern werden so niemals herausfinden, was wirklich mit ihrer Tochter geschehen ist. Noch nicht mal dieser Frieden ist ihnen vergönnt.« Aus den Augenwinkeln sah Antonia, wie sich Linda und Hans einen Blick zuwarfen.

»Das Zimmermädchen ist unschuldig?« Hans richtete sich auf.

»Davon ist auszugehen«, hielt Antonia sich bedeckt. Sie wollte Agente Vian schließlich nicht in die Bredouille bringen.

»Also laufen die Ermittlungen noch?« Linda steckte die Karte in den dafür vorgesehenen Halter. Als ein Kellner auf sie zusteuerte, gab sie ihm ein Zeichen, dass sie noch einen Moment brauchten.

»Selbstverständlich. Aber sie liegen auf Eis. Niemand interessiert sich mehr für den Fall, weil er als gelöst gilt. Dabei wissen wir drei ja, dass hier etwas nicht mit rechten Dingen zugeht.« Das war schamlos gepokert. Antonia hatte die Erfahrung gemacht, dass je älter ihre Mitmenschen wurden, desto skeptischer gaben sie sich auch. Einen gesichtslosen Fremden als Feindbild zu etablieren, war eine valide Technik.

Wieder sahen die beiden sie an. Auf ihren Gesichtern zeichnete sich eine Emotion ab, die Antonia nur selten sah: Einsicht. Mit dem Wissen, ganz kurz vor einem Durchbruch zu stehen, erhob sie sich von ihrem Stuhl.

»Gut, ich muss dann mal wieder zu meinem Ermittlerteam.« Sie deutete auf das kleine Grüppchen um Agente Vian.

»Moment.« Dieses Mal war es Linda höchstpersönlich, die sich einschaltete. »Wir müssen Ihnen etwas sagen.« Sie sah zur Seite.

Hans nickte. Das war das Startzeichen. »Wie bereits angedeutet, haben wir gestern Abend etwas beobachtet, das uns merkwürdig vorkam.« Er wartete ihre Reaktion ab.

Antonia musste nicht mehr schauspielern. Gott sei Dank, denn das war eh nicht ihre Stärke. Die geweiteten Augen, das Entgegenlehnen zum Tisch und die geballten Fäuste waren eine natürliche Reaktion auf das, was sie kaum noch erwarten konnte. Sie schluckte.

»Dieser Kellner ...« Hans sah in den Himmel und runzelte die Stirn.

»Der Oberkellner? Joey?« In ihren Handinnenflächen sammelte sich Feuchtigkeit.

»Genau der!« Hans kniff die Augen zusammen. »Er hat von den Ehmanns Geld bekommen.«

Antonia wartete. Auf den Skandal. Auf die große Enthüllung. Auf den alles entscheidenden Hinweis. Sie legte den Kopf schräg, doch keiner der beiden sprach weiter oder machte Ausführungen, die ihr einen Anhaltspunkt dafür gaben, wieso sie in der letzten halben Stunde um diese Information einen derartigen Eiertanz vollführt hatten.

»Trinkgeld?« Sie bemühte sich, dass die beiden an ihrer Stimme nicht die Enttäuschung erkannten, die durch ihre Brust strömte.

»O nein.« Hans verzog das Gesicht zu einem Ausdruck, der beinahe verschwörerisch wirkte. Große Augen, leicht grinsend und auffallend unauffällig umhersehend. »Richtig viel Geld. Scheine.«

Antonia begriff es nicht.

Nun schaltete Linda sich ein. »Es war kein Fünfer für den netten Service. Es waren zig Scheine. Tausende von Euro.«

»So viel?« Antonia wartete das Nicken der beiden Senioren ab. Das Bauchgefühl kam zurück. Dieses Anzeichen, dass sie wieder auf dem richtigen Weg war. »Schmiergeld?«

Hans und Linda zuckten nur mit den Achseln, aber ihre Augen verrieten, dass sie an genau dasselbe dachten.

Antonia stand auf. »Würden Sie das auch dem Polizisten mitteilen?«

Beide nickten. Antonia hatte noch nie in ihrem Leben so schnell einen Marktplatz überquert, dabei wohnte sie in ihrer Heimat direkt an einem.

16

»Wo sind die Ehmanns?« Agente Vian verzog das Gesicht zu einer Grimasse, die eine klare und zufriedenstellende Antwort einforderte.

Anna Rossi, die Hotelierin, stand hinter dem Empfangstresen. Antonia war schon ein paarmal aufgefallen, dass die Chefin keine Aufgabe scheute. Und das, obwohl sie immer perfekt geglättete und glänzende Haare hatte, elegantes Make-up trug und ihr Kostüm, das sie unter dem Blazer der Arbeitsuniform trug, sicherlich mehr gekostet hatte als Antonias kompletter Kleiderschrankinhalt. Frau Rossi sprang überall ein, wo Hilfe benötigt wurde. In der Küche, im Service oder beim Säubern des Pools – sie war sich für nichts zu fein.

»Scusi?« Auf ihrer sonst so glatten Stirn bildete sich eine einzelne zarte Falte.

Der Polizist redete auf Italienisch auf sie ein. Schnell. So schnell, dass Antonia noch nicht mal mehr verstand, wo ein Wort aufhörte und das nächste anfing.

Anna Rossi antwortete ihm ruhig, doch an ihrem Hals pochte eine Ader. Wie bei Christine. Antonias Freundin hatte das Phänomen gehabt, dass auf ihrer Stirn eine Ader zu pulsieren begonnen hatte, wenn die Emotionen sie zu überwältigen gedroht hatten. Ob es der Hotelierin ebenso erging? Über was diskutierten die beiden?

Das Wortgefecht endete abrupt. Agente Vian wirkte eher unzufrieden.

Die Frau verschwand. Ihre Absätze klackerten über den Marmorboden.

Mit erhobenen Brauen sah Antonia den Polizisten an.

»Was hat das zu bedeuten?«

Er legte sich eine Hand in den Nacken. »Das bedeutet, dass die Ehmanns sich vor zwei Stunden spontan dazu entschieden haben, doch auszuchecken.« Eine Furche durchzog seine Miene.

»Mist«, hauchte Antonia. Sie waren zu langsam gewesen. Ihre Hoffnung schwand. Hans' und Lindas Geheimnis hätte noch mal Tempo in die Sache bringen sollen, doch jetzt sah es so aus, als müssten Agente Vian und sie die Ermittlungen endgültig abgeben. Es war unklar, ob das Ehepaar Ehmann sich noch immer in Montecatini und Umgebung aufhielt oder bereits die Rückreise nach Deutschland angetreten hatte. So oder so – wie sollten sie Holger und Maike aufspüren? Und war das überhaupt ein Indiz und somit eine Flucht oder nur ein ungünstiger Zufall?

Der Polizist nahm sein Smartphone und wählte eine Nummer. »Ich informiere die Kollegen.«

»Und wenn sie das überhaupt nicht interessiert? Was, wenn sie unseren Hinweis als lächerlich abstempeln?« Antonia fummelte an dem Saum ihres T-Shirts herum.

Agente Vian hob einen Finger und redete dann auf Italienisch. Er entfernte sich sogar ein paar Meter von ihr.

Sie wanderte zur Glasfront und sah nach draußen auf die Terrasse. Der Rückschlag bereitete ihr ein Ziehen im Kopf. Ihre Nase begann zu kribbeln. Sie nieste. So heftig, dass sie gerade noch so verhindern konnte, ihre Stirn gegen das Fenster zu schlagen. Ihre Katzenhaarallergie meldete sich. Mit brennenden Augen sah sie sich um. Kein Tier war zu sehen. Weder hier, im Foyer, noch draußen. Niemand war am Pool. Das traute sich auch keiner. Nur Annegret stand bei den Zitronenbäumen und rauchte eine Zigarette. Um ihre

Beine schlängelte sich eine Katze. Das Tier, das sie bereits in der Abstellkammer gesehen hatte.

»Was ist hier los, meine Herrschaften?« Diese klangvolle Stimme mit dem schweren Akzent konnte nur einer Person gehören.

Antonia drehte sich zu dem Hotelier um, dem seine Frau langsam folgte. Sie nahm wieder ihren Platz hinter der Theke ein und sortierte Unterlagen, während Leonardo Rossi beinahe den Polizisten umwarf. Seine Gestik war außer Rand und Band. Er wirkte aufgeregt bis verstimmt.

Agente Vian legte auf. »Haben Sie neue Informationen für mich?«

»Dasselbe wollte ich Sie gerade fragen.« Der sonst so strahlende Mann wirkte ernst. »Meine Frau sagte mir, dass Sie ein Ehepaar suchen. Sie hätten neue Hinweise und würden eine Fahndung rausgeben. Was meinen Sie damit?«

Antonia war froh, dass er weiterhin deutsch sprach und nicht ebenfalls ins Italienische wechselte. Sie musste sich dringend um diese Sprachbarriere kümmern. Das war ja kaum auszuhalten.

»Augenzeugenberichten zufolge ist in diesem Hotel etwas passiert, das mit Tanjas Mord in Verbindung gebracht werden könnte.« Agente Vian steckte sein Handy in die hintere Hosentasche seiner Jeans. »Es betrifft drei Personen, mit denen wir gerne sprechen würden. Das Ehepaar Ehmann, das unter anderem befragt werden soll, befindet sich laut Angaben Ihrer Frau nicht mehr hier im Hotel. Deshalb habe ich mit meinen Kollegen gesprochen.«

Antonia wurde das Gefühl nicht los, dass er bei den anderen Ermittlern nicht gerade auf offene Ohren gestoßen war. Die Art, wie er sprach, zeugte von der Enttäuschung, die sie schon vorher in seiner Stimme vernommen hatte.

»Und wer ist die dritte Person?«

»Joey Gallo. Mit ihm möchte ich sprechen, doch Ihre Frau ist nicht bereit dazu, mir seine Dienstzeiten oder den Wohnort zu nennen.« Er änderte seine Körperhaltung. Auf einmal wirkte der Polizist viel größer.

»Mein Joey?« Leonardo hielt sich die Stirn. »Was soll er gemacht haben?« In seiner Stimme schwang echte Sorge mit.

»Das würden wir lieber mit ihm persönlich besprechen.«

Leonardo verzog die Brauen. Er sah zu seiner Frau hinüber, die in ihrer Sortierarbeit innehielt und ihm einen ablehnenden Blick zuwarf. Die sonst so warmherzig wirkende Frau war mit einem Mal das personifizierte Eis.

»Wir wollen ihn nicht in die Pfanne hauen. Oder direkt verhaften. Wir gehen davon aus, dass er auch eher eine Art Opfer ist. Mit seiner Hilfe können wir Tanjas Tod womöglich aufdecken.« Antonia konnte nicht anders. Sie musste sich einmischen, weil es hier nicht voranzugehen schien.

Anders als bei Linda und Hans musste sie ihnen nicht erst erklären, dass das Zimmermädchen die falsche Kandidatin war. Das hatte das Ehepaar wohl bereits durchschaut. Und Agente Vian machte es zu unpersönlich. Bereits bei Hans und Linda hatte die emotionale Aufarbeitung Wirkung gezeigt, warum dann nicht jetzt?

Entgegen ihrer Erwartung war Anna diejenige, die einknickte. »Joey ist hier im Hotel.« Ihr Deutsch klang grob wie ein ungeschliffener Diamant.

»Er ist ein feiner Kerl«, beschwor Leonardo den Polizisten augenblicklich. »Seine Weste ist sauber. Er hat kleine Kinder und eine Frau.«

»Das tut alles vorerst nichts zur Sache«, brummte Agente Vian.

»Oder gerade eben deswegen. Wenn seine Frau betroffen wäre, würde er sich ja auch eine Aufklärung der Gegebenheiten wünschen.« Antonia trat näher. Sie nahm ihren Platz ein, auch wenn es ihr außerordentlich schwerfiel. Ihre Handinnenflächen waren so feucht, dass sie jederzeit mit Tropfen auf dem grauen Boden rechnete.

»Aber es gibt eine Verdächtige. Es wurde jemand verhaftet.« Leonardo strich sich eine Strähne aus dem Gesicht.

»Leo, ich bitte dich!« Anna Rossi umrundete kopfschüttelnd die Theke. Antonia war froh, dass ihr eiserner Blick nicht ihr galt. Der Hotelier sah zu Boden. »Ich bringe Sie zu ihm.« Mit einem leichten Hüftschwung setzte sie sich in Bewegung. Sie hätte auch auf einem Laufsteg die neueste Haute Couture präsentieren können.

Agente Vian nickte. Er folgte ihr. Leonardo eilte ihnen ebenfalls hinterher, und wie immer bildete Antonia das Schlusslicht. Für sie war das okay, denn manchmal sah man aus dieser Perspektive die Dinge anders. Ihr fiel beispielsweise auf, dass Anna und Leonardo Distanz zueinander suchten. Nicht bewusst oder offensichtlich, sondern eher als ganz natürlich gegebene Sache. Für ein Ehepaar eher ungewöhnlich. Sie nahmen die Küche in Beschlag. Die Köchin Giulia sah mit zusammengekniffenen Augen auf.

»Kann ich Ihnen helfen?«, fragte sie in einem Ton, der deutlich machte, dass sie darauf eigentlich keine Lust hatte.

»Wir suchen Joey Gallo.« Agente Vian zeigte seinen Dienstausweis, was eigentlich vollkommen überflüssig war, denn jeder in diesem Raum kannte ihn bereits.

»Der ist im Kühlraum.« Die Köchin deutete mit der Suppenkelle, die sie soeben in einen Eintopf hatte stecken wollen, auf die andere Seite des Raumes.

Die Küchenhilfen und übrigen Kellnerinnen machten dem Polizisten und ihrem Chef Platz. Anna folgte ihnen nicht. Antonia hörte bereits Agente Vians und Joeys Stimme, deshalb beeilte sie sich.

Nie hatte sie damit gerechnet, dass sich hier ein weiterer Raum dieser Größe verbarg. Rechts ging es in einen schmalen Gang, der um eine Art stillgelegte Küche aus Edelstahl führte. Links befanden sich deckenhohe Regale mit haltbaren Lebensmitteln. Reis, Getreide und Mehl lagerten dort in großen Säcken. Der Rest des Lagerplatzes war gefüllt mit

Einmachgläsern, die handschriftlich etikettiert waren. Antonia bekam das Gefühl, dass Giulia hier ihr Lebenswerk verwaltete. Sie war nicht nur eine Köchin. Diese Frau vergötterte alles, was mit Lebensmitteln zu tun hatte.

Gerade vor ihnen befand sich ein silberner Kasten. Wie ein kleiner Raum in diesem riesigen. Eine Tür mit massivem Griff, einer Art Apparatur und einem roten Knopf zeigte sich hinter Joey, Agente Vian und Leonardo, die davorstanden und bereits auf Italienisch diskutierten. Antonia musste mit aller Macht ein Augenrollen unterdrücken.

»Könnten Sie ins Deutsche wechseln?«

Der Polizist nickte ihr sofort zu, die anderen beiden Männer wirkten irritiert. Vor allem Joey gab ihr mit einem simplen Blick das Gefühl, dass es für ihn absurd war, dass sie hier überhaupt anwesend war.

»Ich habe mit Tanjas Ermordung nichts zu tun. Das war Stella. Ich dachte, deshalb wurde sie festgenommen.« Joey verschränkte die Arme vor der Brust.

»Stella war es nicht«, brummte Leonardo. »Glaubst du das wirklich? Unsere Stella? Mio Dio!« Er legte beide Hände über das Gesicht, als würde er weinen. Oder beten.

»Ich war es auf jeden Fall nicht!« Joeys Stimme machte einen Hüpfer.

»Das glauben wir ja auch gar nicht«, nuschelte Antonia. Sie wollte unbedingt etwas zu diesem Gespräch beitragen, und ihre Natur zwang sie dazu, es auf eine beschwichtigende Art zu versuchen. Agente Vians Blick war jedoch unmissverständlich. Sie durfte nicht lügen. Und Joey war verdächtig, wenn sich das beobachtete Verhalten bestätigte.

»Was glauben Sie denn dann?« Er spießte Antonia mit seinem Blick auf.

Hier war etwas faul. So verhielt sich keine unschuldige Person. Der Oberkellner glich einem Tier, das sie in die Ecke gedrängt hatten.

»Dass Sie etwas gesehen haben«, begann der Polizist. Er

lehnte sich lässig an die silberne Tür und steckte die Hände in die Hosentaschen. So sah er eher wie ein Freund aus, der einen kleinen Plausch halten wollte.

»Gesehen?« Joey biss sich auf die Unterlippe.

»Vielleicht waren sie auch aktiv beteiligt. Das muss noch festgestellt werden. Aber uns liegen Zeugenaussagen vor, die das Bild vermitteln, dass Sie Geld erhalten haben.«

»Geld?« Das kam zeitgleich aus Joeys und Leonardos Mund.

»Viel Geld«, ergänzte Antonia. Sie versuchte, ebenfalls locker zu wirken. Als sie sich jedoch gegen einen Schrank lehnte, wackelte er gefährlich. Der Hotelier half ihr, damit sie nicht unter den Waren begraben wurde.

»Was soll das? Hören Sie auf, um den heißen Brei herumzureden!« Leonardos Gesicht wurde rot.

Agente Vian sah ihn an, dann Joey. Zuletzt wanderte sein Blick erwartungsvoll zu Antonia. Sie räusperte sich augenblicklich.

»Wir haben gehört, dass Sie gestern Abend eine große Menge Geld erhalten haben. Kein Trinkgeld, sondern eine Art Bezahlung.«

Alle Augen waren auf Joey gerichtet. Obwohl man sah, dass er sich um eine neutrale Miene bemühte, zuckten seine Mundwinkel verdächtig.

»Joey.« Es war Leonardo, der ihn nun bedrängte. »Sag mir, dass das nicht wahr ist. Du weißt doch, dass alles offiziell laufen muss. Wir bekommen Ärger mit den Behörden.« Er raufte sich die graue Tolle. »Wofür hast du dich bezahlen lassen? Sag es mir!«

Offenbar hatte der Hotelier noch nicht ganz den Ernst der Lage verinnerlicht.

»Wir müssen von Schmiergeld ausgehen. Es handelte sich wohl um mehrere Hundert, vermutlich sogar Tausend Euro. Welche Dienstleistung als Oberkellner soll das bitte aufwiegen?« Agente Vian drückte sich von der Wand ab. Er stellte sich direkt vor Joey, der abwechselnd alle Anwesenden anstarrte.

»Ich habe kein Geld erhalten. Ich wüsste nicht, weshalb ich von ihnen so viel Geld bekommen sollte.« Joeys Kiefermuskeln spannten sich an.

»Ihnen? Also haben Sie das Geld von mehreren erhalten? Wie beispielsweise einem Ehepaar?« Der Polizist legte den Kopf schräg. »Wofür haben Sie sich bezahlen lassen? Für den Mord an Tanja? Oder für Ihr Schweigen, weil Sie besagtes Ehepaar dabei beobachtet haben?«

»Nein, so ist das nicht! Es war doch nur Trinkgeld! Ich bin darauf angewiesen, weil ich kleine Kinder habe!« Joey drehte sich von Agente Vian weg. Mit einem Mal sah er nicht mehr heiß aus, sondern nur noch verzweifelt. Vergessen waren der gute Po, die tollen Haare und die breiten Oberarme. Alles, was nun zählte, waren seine zitternden Hände.

Bevor er sich endgültig aus dem Dunstkreis des Polizisten verziehen konnte, stellte sich Leonardo ihm in den Weg. Auf Italienisch sprach er mit ihm. Die Stimme des Hoteliers war ganz ruhig. Mit tiefer Klangfarbe forderte er ihn auf, die Wahrheit zu sagen. Das war so klar, da musste Antonia nicht erst ein Level in ihrer Sprachlern-App aufsteigen, um das zu verstehen.

Der letzte Rest des Widerstandes auf dem Gesicht des Oberkellners löste sich auf. Seine Züge wurden erst weich, dann verzogen sie sich zu einem Ausdruck des Schmerzes.

»Va bene! Va bene!« Er wischte sich den Schweiß von der Stirn. »Ich habe das Geld der alten Knacker genommen. Damit konnte ich meiner Frau ein tolles Geschenk machen. Ich arbeite so viel, und sie ist allein mit den Kindern, da gibt es öfter Stress, und ich ...« Er hielt inne. Kurz schloss er die Augen. Als er sie wieder öffnete, wirkte er etwas gefasster. »Sie haben recht. Ich habe in der Nacht nach Ankunft der Reisegruppe etwas beobachtet und wurde dafür bezahlt.«

Antonias Herz setzte zu einem Sprint an. Sie waren so

kurz vor der Lösung dieses Falls, dass sie es kaum noch aushielt. Mit einer Hand umklammerte sie die andere, die zu einer Faust geballt war.

»Was haben Sie beobachtet?«

Joey drehte sich zu Agente Vian. Seine Mundwinkel zogen sich deutlich nach unten. »Diese Senioren haben die anderen Gäste bestohlen. Ringe, Ketten, Bargeld. Ich habe sie dabei beobachtet, wie sie ihr Diebesgut nach draußen in ein Versteck geschafft haben.«

17

Leonardo seufzte. »Warum hast du das nicht sofort gemeldet? Joey! Wir haben einen Ruf zu verlieren! Siehst du nicht, dass dieses Hotel langsam auseinanderfällt? Wir brauchen die Reisegruppen, damit wir das Sanierungsvorhaben umsetzen können. Unser Ruf, Joey!« Leonardos Stimme wurde immer dünner. Er konnte einem in seiner Verzweiflung leidtun. Es war offensichtlich, dass er enttäuscht war. Von dem, was es für sein Geschäft bedeutete. Aber vor allem war er menschlich von seinem geschätzten Mitarbeiter enttäuscht.

»Es tut mir leid, okay? Ich bin nicht stolz auf das, was ich getan habe.« Joey und Leonardo trugen den gleichen Gesichtsausdruck.

»So was darf nicht passieren«, brummte der Hotelier.

»Ich weiß.« Joey wurde lauter. »Ich weiß, aber du darfst mir nicht kündigen. Das kannst du nicht machen!«

Antonia zählte zwei und zwei zusammen. War es das, womit Leonardo ihm gedroht hatte? War das die entscheidende Angst gewesen, die Joey zur Wahrheit bewegt hatte? Potenzielle Arbeitslosigkeit?

»Du hast zugesehen, wie unsere Gäste bestohlen wurden, und hast nichts unternommen!« Die Lautstärke des Hoteliers nahm ebenfalls zu.

Im Türrahmen erschien die Köchin. »Was schreit ihr so in meiner Küche rum? Geht es euch noch gut?«

»Halten Sie sich da bitte heraus.« Agente Vian ging auf die Köchin zu und bedeutete ihr, den Raum wieder zu verlassen. »Und Sie beide können ihren geschäftlichen und privaten Disput später noch klären. Fakt ist, dass Signore Gallo die Ermittlungen behindert hat, weil er uns etwas Entscheidendes verschwiegen hat. Das wird Konsequenzen haben. Sie müssen sich dafür verantworten.«

Joey machte einen Schritt auf den Polizisten zu. »Ich habe eine Familie, die von mir abhängig ist.«

»Das haben Sie bereits erwähnt. Trotzdem haben Sie sich nicht wie ein aufrichtiger Bürger und Familienvater verhalten.« Agente Vian rückte keinen Zentimeter ab.

»Vielleicht können Sie uns noch mehr erzählen.« Antonias Stimme war nur ein Piepsen. Bei dem ganzen Testosteron in diesem Raum fühlte sie sich leicht übersehen. Da war es eine echte Herausforderung, sich trotzdem noch einzubringen.

»Wie bitte?« Der Polizist schenkte ihr einen ungläubigen Blick.

»Na ja, wir wissen immer noch nicht offiziell, von wem Herr Gallo das Geld erhalten hat. Das ist ja ein wichtiger Hinweis, der wiederum zu den Ermittlungen beiträgt. Unter Umständen kann man das positiv berücksichtigen, wenn es um seine Bestrafung geht.«

Alle sahen sie an. Auch Giulia, die sich nicht ganz aus diesem Abschnitt der Küche hatte vertreiben lassen.

Antonia war klar, dass sie ihre Kompetenzen überschritt. Genau genommen hatte sie ja gar keine. Weder offiziell verliehene noch angeeignete. Sie arbeitete nicht für die Carabinieri – aber das bedeutete auch, dass sie sagen konnte, was sie wollte. Oder?

»Ich werde Ihnen alles erzählen.« Joey näherte sich dieses Mal Antonia, als hätte sie das Sagen.

»Jetzt erst. Das ist zu spät. Sie hätten augenblicklich zu uns kommen müssen«, sagte der Polizist entschieden und trat zwischen sie und Joey.

»Ich kann es aber nicht rückgängig, sondern nur wiedergutmachen.«

Bevor der Streit zwischen den beiden Männern eskalierte, hielt sie beide an den Schultern auseinander.

»Dann sagen Sie, von wem Sie so viel Geld erhalten haben«, forderte Antonia ihn auf.

Joey nickte. »Ja, doch. Ja.« Seine Haltung entspannte sich leicht. »Es war dieses Ehepaar, das immer so chic gekleidet ist. Erlmanns oder so.«

»Ehmann«, korrigierten Agente Vian und Antonia ihn wie aus einem Mund.

Joey nickte wieder. »Sie haben mir knapp tausend Euro dafür geboten, dass ich niemandem von ihrer Aktion erzähle. Etwas über den Mord an Tanja habe ich aber wirklich nicht erfahren.«

»War es doch ein Raubmord?« Leonardo sah noch immer nur Joey an. Seine Enttäuschung nahm seinen ganzen Körper in Besitz. Der sonst so stattliche Mann stand gebückt da, hielt eine Hand auf die Brust, als hätte er Herzbeschwerden, und verzog das Gesicht ohne die kleinste Pause.

Der Polizist sah Antonia an. Sein zweifelnder Ausdruck machte klar, dass er bei seiner Mord-aus-Leidenschaft-Theorie blieb.

»Wir müssen dem nachgehen«, antwortete deshalb sie selbst. Agente Vians Argumentation konnte sie schon folgen, doch eine direkte Beschuldigung für eine Straftat am selben Tatort stand für sich. Wieder begann ihre Nase zu kitzeln. Sie unterdrückte den Drang zu niesen. Einen Moment gelang ihr das auch, indem sie ihre Gesichtsmuskulatur verzog und anspannte, doch dann brach es doch aus ihr heraus.

»Diese verfluchte Katze«, murmelte sie.

»Werde ich jetzt verhaftet?« Joey fragte zwar Antonia, doch Agente Vian antwortete.

»Nein, wir brauchen Sie noch. Sie sagten, dass Sie das Versteck der beiden gesehen haben. Wo befindet es sich?«

Er griff wieder sein Smartphone und tippte darauf herum. »Verstärkung ist unterwegs«, raunte er Antonia zu.

Sie nickte. Es überraschte sie, dass seine Kollegen dieses Unterfangen ernst nahmen. Zumindest hatten sie durch Joey und die Schmallochs voneinander unabhängige Zeugenaussagen, die als Beweismittel eine gewisse Wirkung hatten. Das würde helfen.

»Es ist im Garten. Ich zeige es Ihnen gern.« Joey sah Leonardo an, der wohl seinen Ohren nicht traute.

»Sie haben die Beute im Garten versteckt?«

Joey nickte.

»Gehen Sie vor. Aber keine Spielchen. Zu fliehen bringt Ihnen nichts.« Agente Vian legte zur Unterstreichung seiner Worte eine Hand an die Waffe.

»Ohne meine Familie gehe ich eh nirgendwohin«, war Joeys einziger Kommentar, bevor er sich langsam und bedacht in Bewegung setzte.

Im Entenmarsch verließen sie unter den Blicken des gesamten Küchenpersonals die *Cucina*. Sie gingen den bekannten Flur entlang, an der Bar vorbei und trafen im Foyer wieder auf Anna Rossi, die noch immer Unterlagen inspizierte, ausfüllte und von einem auf den anderen Stapel umschichtete. Sie nickte ihnen kurz zu, dann lag ihr Fokus wieder auf der Arbeit.

Joey nickte zur Seitentür rechts, die zum Poolbereich führte.

Antonia strauchelte kurz. Die beiden würden doch nicht hier ihr Diebesgut versteckt haben? In der Nähe des Pools und damit an dem meistuntersuchten und unter Beobachtung stehenden Ort des Hotels? Womöglich sogar von ganz Montecatini? Das kam ihr entweder strunzdämlich oder überaus genial vor, denn hier, in der Nähe des in der Sonne glänzenden Wassers, dachte alle nur an Tanjas aufgequollenen Körper und nicht an eine fehlende Halskette.

Die warme Luft schlug ihnen entgegen. Der Geruch des

übermäßig verwendeten Chlors war der letzte Schritt der Vertreibung eines sommerlichen Gefühls, wenn man sich an diesem Tatort aufhielt. Antonia würde Pools und Schwimmbäder für immer mit anderen Augen sehen. Dass dieses kühle Nass so viel Leid vermitteln konnte, war noch immer unbegreiflich für sie.

Sie folgten Joey am Pool vorbei auf den schmalen Rasenstreifen. Auch hier standen ein paar Töpfe mit üppig behangenen Zitronenbäumen. An denen schlängelten sie sich vorbei und verließen den offiziellen, mit Steinen ausgestatteten Weg. Mücken und anderes Getier umschwirrte Antonia augenblicklich. Es war nur eine Ansammlung von Bäumen, die sie betraten, und trotzdem bot diese verschiedenen Krabbeltierchen ein Zuhause. Der Geruch von Gehölz drang in ihre Nase.

»Irgendwo hier«, verkündete Joey. Er deutete von einem Baum zum anderen.

»Wie haben Sie das hier bemerkt? Gut einsehbar vom Hotel aus ist es ja nicht.« Antonia blickte sich um. Das Gebäude war noch auszumachen, weil es höchstens zwanzig Meter entfernt lag, aber das Blattwerk war dicht. Einige Büsche verdeckten die Aussicht auf den Pool und die Wege.

»Ich wollte eigentlich in den Pool«, nuschelte er.

Leonardo wirbelte herum. »Das ist euch während der Arbeitszeit doch gar nicht gestattet!« Er schlug nach einem Insekt und ging rückwärts, bis er das winzige Waldstück verlassen hatte.

Wieder konnte Antonia nicht an sich halten und nieste. Dieses doofe Katzentier rannte anscheinend nicht nur überall im Hotel herum, sondern nahm auch den Garten regelmäßig in Beschlag. Nicht gerade erbaulich für Allergiker wie sie.

»Gesundheit«, wünschten ihr alle drei Männer.

»Danke«, hauchte sie.

»Wir haben bereits versucht, Giulias Luna einzusperren,

damit Sie und Herr Ehmann keine Probleme bekommen, aber sie entwischt uns immer wieder.« Leonardo sprach laut, damit sie ihn trotz des Geschnatters der Vögel hören konnte. Offenbar waren sie und Agente Vian so weit vorgedrungen, dass es den Bewohnern dieser Bäume nicht mehr passte.

Der Polizist nahm alles unter die Lupe. Keine Wurzel und kein Busch blieben uninspiziert. Es wurde jede Ecke genau geprüft.

»Herr Ehmann?« Antonia sah sich ebenfalls um. Der Fußboden war trocken und staubig. Da waren Fußspuren. Sie stupste den Polizisten an, der nickte, als er ihrem Blick folgte.

»Ja, er hat uns ebenfalls eine Katzenhaarallergie gemeldet. So wie Sie.« Leonardo beobachtete noch immer Joey mit verschränkten Armen.

»Ich hatte Feierabend, deshalb war es mir nicht verboten, in den Pool zu gehen«, verteidigte er sich.

»Haben Sie dort bereits Tanja im Pool gesehen?« Agente Vian bückte sich.

Antonia sah schnell weg, weil sie die Situation nicht schamlos ausnutzen wollte. Sie hatten hier eine Mission, und die bestand sicherlich nicht daraus, dem Polizisten auf den Hintern zu starren.

»Natürlich nicht! Sonst hätte ich es Ihnen gemeldet!« Joey sah Leonardo Hilfe suchend an.

Antonia sollte sich nicht immer zu ihnen umdrehen und mehr bei der Sache sein, doch die Beobachtung ihres Verhaltens war ebenso wichtig, oder?

»Na ja, da kann man sich bei Ihnen wohl nicht so sicher sein.« Agente Vian sagte das nur so nebenbei. Er schien mit dem Kopf ganz woanders zu sein.

Für Joey war das allerdings ein ganz klarer Angriff. Auf Italienisch begann er zu zetern und verließ ebenfalls den kleinen Waldabschnitt. Bevor er ganz die Biege machte, hielt Leonardo ihn auf. Sie diskutierten in ihrer Muttersprache.

Antonia schüttelte den Kopf. Kurz sah sie nach oben. Durch die Baumkronen traten einzelne Sonnenstrahlen, die sich auf dem trockenen Boden zu einem Muster verbanden. Gras wuchs hier nicht, dafür stacheliges Gebüsch und einzelne Blumen, die Antonia vorher noch nie gesehen hatte. Eine Art Kakteengewächse. Die Vögel zwitscherten ihre besonderen Melodien, und die Insekten summten um sie und den Polizisten herum. Es war friedlich, bis ein Niesen die Harmonie durchbrach.

»Gesundheit«, murmelten alle drei Männer.

Antonias Herz setzte aus. Sie sah sich um. »Danke«, hauchte sie. »Aber das war ich nicht.«

Vor ihnen raschelte es. Agente Vian stürzte darauf zu, fiel jedoch über eine Wurzel. Antonia eilte zu ihm, aber eine bekannte Stimme durchschnitt ihre Sorgen und Gedanken.

»Keine Bewegung, oder der Bulle wird durchlöchert!«

Holger erhob sich vor ihr. Sie war noch immer gebückt. Agente Vian bemühte sich aufzustehen, doch ihr Widersacher zielte mit einer Waffe auf sie.

»Herr Ehmann, Sie begehen einen Fehler!« Der Polizist hob die Hände.

Antonia konnte die Waffe in seinem Holster anstarren, die nun ungenutzt blieb. Das Bedürfnis, nach ihr zu greifen und nicht nur sich selbst, sondern auch die anderen damit zu schützen, war groß.

»O nein«, sagte der Senior. Es war ein merkwürdiges Bild. Holger war nicht der älteste Herr der Reisegruppe, trotzdem hatte er weißes Haar, tiefe Falten im Gesicht und eine zitternde Hand. In seinem Lacoste-Hemd sah er so gar nicht wie ein Gangster aus – mit einer Pistole zielte er trotzdem auf den Polizisten.

»Hände hoch! Auch ihr dahinten!«

Antonia wagte es nicht, sich ein weiteres Mal nach umzublicken.

»Ich werde mich aus dem Staub machen, und dann ist alles gut.« Holger grinste schief. Seine perfekten Dritten glänzten im Zwielicht der Schatten.

»Und Ihre Frau?« Agente Vian bewegte sich leicht.

Erst war Antonia überrascht, dass der Dieb es nicht merkte, doch dann fiel ihr ein Gespräch beim Abendessen ein. Holger hatte eine Sehbehinderung. Er konnte vielleicht gar nicht sehen, dass der Polizist ganz vorsichtig sein Smartphone in die Hand nahm.

»Die ist schon längst über alle Berge. Was glauben Sie denn?« Holger schnaubte.

»Und was machen Sie dann noch hier?« Antonias Stimme war brüchig. Trotzdem ließ sie sich nicht davon beirren. Auch wenn ihr Herz so sehr klopfte, dass sie es in der Kehle und den Fingerspitzen spürte, versuchte sie, die Aufmerksamkeit auf sich zu lenken. Agente Vian war der Profi. Es machte den Eindruck, als würde er nicht zum ersten Mal mit einer Waffe bedroht werden. Sicherlich wusste er, wie Holger zu überwältigen war. Für Antonia war das alles eine Ausnahmesituation. Wellen der Angst durchströmten ihren Körper. Der Fluchtinstinkt war stark, aber wenn sie sich jetzt umdrehen und wegrennen würde, könnte Holger ihr einfach eine Kugel verpassen. Oder Agente Vian. Oder auch den anderen. Nur Teamwork würde sie heil aus dieser brenzligen Situation bringen. Sie musste dazu beitragen.

»Ich hole unser restliches Gepäck«, sagte er und kniff die Augen zusammen.

»Sie meinen wohl eher Ihr Diebesgut«, provozierte der Polizist ihn.

Warum tat er das? Sollte man einen Mann mit erhobener Waffe nicht eher beschwichtigen?

»Halten Sie den Mund!« Holger trat einen Schritt näher.

Dabei verfing er sich mit seinen Jeansshorts wohl in einem Busch. »Ah!«, rief er.

Antonia sah nur ganz kurz, dass er sich Dornen in die nackte Wade rammte. Neben ihr sprang Agente Vian auf die Beine. Er zog seine Waffe. Antonia widerstand dem Drang, ihre Augen zu schließen, und sah zu Holger. Hinter ihm erschien eine andere Person. Antonia blinzelte. War das ...?

Holger zielte sehr wacklig auf den Polizisten. Ein Schuss löste sich. Antonia zuckte zusammen. Sie fiel auf die Knie und hielt sich die Hände über den Kopf. Hatte er auf sie geschossen? War jemand getroffen worden? Würde es wie im Film sein, dass sie ihre Wunde erst spürte, wenn sie eine Hand auf das blutige Eintrittsloch legte?

Jemand schrie. Es war Holger, denn er wurde beworfen. Es war nicht seine Frau, die hinter ihm aufgetaucht war. Annegret stand dort breitbeinig und riss eine Zitrone nach der anderen von dem Gewächs neben sich. Im Sekundentakt bombardierte die Rentnerin den Schützen mit gelben zitrischen Geschossen. Das letzte traf ihn so heftig am Kopf, dass er zu Boden ging.

»Hilfe!« Endlich war sie in der Lage, Wörter zu formen. Nach mehreren Versuchen waren sie auch laut genug, dass sie gehört wurden. Wie bestellt ertönten Sirenen in der Ferne. Das war sicherlich die Verstärkung, die Agente Vian gerufen hatte.

Sie befühlte ihren Körper, doch bis auf den Schweiß war alles trocken. Sie sah zu Holger. Annegret hatte sich auf ihn gesetzt und fixierte seine Hände. Leonardo und Joey waren zu ihr geeilt, um zu helfen. Die Waffe hatten sie in einen Busch gekickt, damit er nicht noch einmal schießen konnte. War die Kugel vielleicht in einen Baum gegangen? Antonia sah sich um, drehte sich zu dem Polizisten ... und schrie.

»Frederico!« Es war das erste Mal, dass sie ihn beim Vornamen nannte.

18

Die Kugel hatte keinen Baum getroffen, sondern steckte in Agente Vians Schulter. Vorn war ein Loch, aus dem Blut tropfte. Als der Polizist sich drehte, wurde klar, dass es keine Austrittswunde gab.

»Frederico!«, wiederholte Antonia. Sie kniete sich neben ihn und nahm seine Hand in ihre. »Hilfe! Wir brauchen einen Notarzt! Einen Krankenwagen!«

»Ist bereits verständigt!«, rief ihr Joey zu.

Das sollte den Druck von ihrer Brust nehmen, doch das geschah nicht. Sie konnte nur an Fredericos Schmerzen denken, die sie ihm von seinem schönen Gesicht ablesen konnte.

»Es ist okay«, keuchte er. Die zusammengepressten Lippen sprachen jedoch für sich.

»Du bekommst gleich Hilfe, keine Sorge. Die werden dich wieder zusammenflicken.« Ob Antonia ihn oder sich beruhigen wollte, war unklar. Jedes Mal, wenn Holger krächzte oder einen anderen Ton von sich gab, zuckte sie zusammen.

Frederico erwiderte den Druck ihrer Finger. Als wüsste er genau, dass sie Angst hatte. Als wäre nicht er angeschossen worden, sondern sie.

»Ist nicht das erste Mal. Mich kriegt man nicht so schnell tot.« Er grinste, doch die Schmerzen schienen stark zu sein.

»Was kann ich tun?« Ihre Stimme brach endgültig. Obwohl sie es vermeiden wollte, weil es weder ihm noch ihr selbst half, bahnten sich Tränen ihren Weg. Salziger Geschmack erfüllte ihren Mund. Die Angst und Trauer blockierten ihren Hals, bis sie aufschluchzte und die erste Träne floss.

Ächzend hob Frederico seinen gesunden Arm. Er strich ihr sanft über die Wange. An seinen Fingerspitzen glitzerte ihre Träne, als er die Hand zurücknahm.

»Nicht weinen«, bat er sie.

Antonia nickte. »Okay«, presste sie hervor. »Was noch?«

»Bleib bei mir«, raunte er. Seine Finger zitterten, als er sie auf ihre Lippe drückte. Sie spürte seine Nähe. Es war nicht so, als würde sie ihre Angst fortdrängen – aber neben ihr manifestierte sich auch etwas Ruhe. Ein winziges Stück Sicherheit, weil er warm war. Leben pulsierte durch seine Haut. Antonia umklammerte seine andere Hand, als würde sein Leben davon abhängen.

»Ich gehe nirgendwohin, Frederico.«

»Das klingt schön.« Er zog sich zurück. Die frei gewordene Hand legte er über ihre. Sie bauten sich sozusagen einen Turm, wie Kinder es sonst taten.

Antonias ganzes Gesicht schmerzte, als sie es zu einem Lächeln zwang. In Bezug auf Christines Krankheit hatten die Ärzte immer wieder betont, dass man dem Patienten die Wahrheit sagen musste. Man sollte nichts beschönigen oder besser reden, als es war. Antonia hielt davon nichts. Jeder Mensch brauchte Hoffnung – bis zum letzten Atemzug. Die Realität war grausam, und den meisten Menschen war das durchaus bewusst. Warum dann einer kranken Person unaufhörlich mitteilen, wie schlecht es um sie stand? Antonia log. Gerne sogar, wenn das ihren Freunden Kraft gab.

»Du wirst wieder ganz gesund.«

»Sag das noch mal.« Mit jeder Minute, die verging, wirkte er abwesender.

Die Sirenen wurden lauter. Wo zum Teufel blieben seine Kollegen?

»Du wirst wieder gesund«, wiederholte sie. Sie konnte beinahe beobachten, wie seine Kräfte schwanden. War er lebensbedrohlich verletzt? Ein Schulterschuss ... Was hatte das zu bedeuten? Im Oberkörper lagen immerhin existenzielle Organe wie die Lunge und das Herz.

»Nein, das meine ich nicht.« Er versuchte, seine Liegeposition zu ändern, zuckte dann jedoch zusammen. Ihm entwich sogar ein leises Wimmern. Antonia brach es das Herz. Einen Menschen so am Boden zu sehen, war grausam. Es erinnerte sie an den Anblick von Christine in der schlimmsten Phase ihrer Erkrankung. Als sich der Krebs durch ihre Freundin gefressen hatte wie ein gesichtsloses Monster.

»Was dann?«

»Meinen Namen.«

»Frederico?«

Er lächelte. Dieses Mal schienen die Schmerzen ihm eine Pause zu geben. War das ein gutes Zeichen? Oder war es dieses Phänomen, von dem die Ärzte kurz vor dem Tod eines Menschen manchmal sprachen? Wie hieß das noch gleich?

»Du sagst das so schön.« Er blinzelte.

»Hey, wach bleiben!« Leonardo kniete sich an Fredericos andere Seite und klopfte ihm auf die Wange. »Nicht einschlafen, Großer.«

»Frederico«, wisperte Antonia.

Seine Lider flatterten. »Toni.«

So hatte zuletzt nur Christine sie genannt. Antonias Herz wurde schwer.

»Holger ist fixiert. Er kann nicht fliehen.« Leonardo versuchte es auf die eher sachliche Schiene. Dass er einen besonderen Moment zwischen ihr und Frederico störte, schien er überhaupt nicht wahrzunehmen.

»Ich bin müde«, nuschelte Frederico.

Antonia rückte noch näher. Sie krabbelte um ihn herum, bettete vorsichtig seinen Kopf in ihren Schoß und sorgte dafür, dass er ihrem Blick nicht entgehen konnte.

»Du wirst hierbleiben, ist das klar?« Sie imitierte Leonardos Selbstsicherheit, war dabei aber nur ein blasses Abzieh-bildchen. »Schau mich an und sieh nicht weg. Nicht eine Se-kunde.«

»Nichts lieber als das.« Sein rechter Mundwinkel zog sich leicht nach oben.

Diesmal war Antonia diejenige, die blinzelte. War das die Verletzung, die ihn solche Dinge sagen ließ? Es musste so sein. Alles andere war unvorstellbar.

Sie sahen sich unentwegt an. Diese Verbindung brachte alle möglichen Emotionen an die Oberfläche. Unendliche Sorge, ob er wieder gesund werden würde. Angst, dass er es nicht schaffte – wie Christine. Aber auch ein Prickeln auf ihrer Haut, in ihrem Bauch und auf den Wangen. Etwas, das ihr das Gefühl gab, dass hier nicht etwas endete, sondern eher neu begann.

Im Holz knackte es. Es klang, als würden schwere Stiefel Wurzeln, Büsche und Steine platt mahlen oder wegkicken.

Ein halbes Dutzend Polizisten kam durch die Bäume auf sie zugestürzt. Zwei davon liefen an Holger vorbei, der noch immer von Annegret und Joey in Schach gehalten wurde, und gingen auf Antonia, Leonardo und Frederico zu. Inner-halb von einem Augenblinzeln wurde er unter ihre Fittiche genommen. So sollte es natürlich sein. Trotzdem brannte Antonias Arm dort, wo sein Kollege sie grob weggezogen hatte. Sie saß im Dreck und beobachtete, wie die Männer in der typischen blauen Uniform auf Italienisch mit Frederico sprachen. Der antwortete nur spärlich. Sie holten sich Hilfe bei Leonardo, der immer wieder mit den Achseln zuckte und auf Antonia deutete. Doch selbst das brachte die Polizisten nicht dazu, mit ihr über den Vorfall zu sprechen.

Hinter diesem Wahnsinn tat sich ein zweiter auf. Die übri-gen Polizisten hatten Not, Annegret von Holger herunterzu-bekommen. Was auch immer in sie gefahren war, es steckte fest. Die Seniorin wollte ihr Opfer nicht loslassen. Sie klammerte sich an ihn, da sie befürchtete, dass er fliehen würde. Und das tat sie auch lautstark kund.

Antonia bemerkte erst jetzt, dass es einige Schaulustige gab. Hans und Linda standen fast verborgen hinter einem der massiveren Bäume einige Meter entfernt und beobachteten das Gezeter. Paula gab ihre Deckung auf und half den Beamten, Annegret zu beruhigen. Joey schien sehr froh über die Hilfe zu sein. Er klopfte sich den Schmutz von der Uniform, als würde er jeden Moment wieder weiterkellnern.

Leonardo sagte etwas und deutete auf Joey. Der sah seinen Chef nur vollkommen entgeistert an, während ihm ebenfalls Handschellen angelegt wurden. Beide Männer wurden abgeführt.

Durch das Dickicht brachen noch mehr Menschen. Dieses Mal waren es vollkommen anders gekleidete Personen, die Antonia zuerst für Feuerwehrleute hielt. Ihre Oberteile und Jacken strahlten in einem Neongelb. Sie kniff die Augen zusammen, denn die Reflektorstreifen auf Ärmeln und Brust blendeten sie mit dem Sonnenlicht. Ein gelbes Kreuz auf blauem Grund ließ sie aber erkennen, dass es sich um Rettungssanitäter handeln musste. Dieses Symbol war der deutschen Version ähnlich. Als eine Frau und ein Mann dann auch noch eine Trage bereithielten, war ihr klar, dass Fredericos Rettung endlich gekommen war. Sie schluchzte auf und presste eine dreckige Hand vor den Mund. Es würde alles gut werden. Es *musste* alles gut werden.

Die Polizisten sprachen kurz mit ihnen, dann machten sie ihnen Platz. Antonia erhob sich schwankend. Leonardo half ihr, als sie beinahe gegen einen Baum prallte. Sie wollte aus dem Weg, damit sie Frederico bestmöglich versorgen konnten.

»Toni.« Er drehte seinen Kopf so, dass er sie ansehen konnte.

»Ich bin hier. Ich gehe nicht weg.«

Einer der Sanitäter sah zwischen ihnen hin und her. »Ilaria!«, rief er.

Sofort kraxelte eine junge Frau mit einem hohen Zopf dunkler Locken über Wurzeln, um zu ihm zu gelangen. Sie sprachen auf Italienisch miteinander. Immer wieder zwischendurch sahen sie zu Antonia, die mit aller Macht das Verlangen unterdrückte, sich wieder neben Frederico zu werfen. Doch er wurde behandelt. Ein Mann mittleren Alters maß seinen Blutdruck, den Puls und die Sauerstoffsättigung. Die Überprüfung der Vitalzeichen kannte sie von Christine. Zuletzt hatten sie das bei ihr stündlich gemacht. Geändert hatte es an der Situation damals aber nichts.

»Sind Sie seine Schwester?« Die Sanitäterin sprach mit einem deutlichen Akzent, war aber trotzdem gut zu verstehen.

Antonia biss sich auf die Unterlippe. Ihr war bewusst, dass sie ungefähr zehn Jahre älter war als Frederico, aber war das wirklich die erste Annahme der Sanitäterin? Seine Schwester? War es so absurd anzunehmen, dass ...? Antonia schüttelte den Kopf. Zum einen, um diese Art von Gedanken aus ihrem Kopf zu vertreiben, zum anderen aber auch als Antwort auf ihre Frage.

»Ich bin mit Agente Vian nicht verwandt. Ich bin nur Gast, und wir haben uns in den letzten Tagen gut verstanden.« Die Worte klangen sogar in ihren eigenen Ohren merkwürdig, dabei hatte sie nicht gelogen. Sie kamen gut miteinander aus. Die gemeinsamen Ermittlungen musste sie ihnen ja nicht auftischen.

»Haben Sie den Angriff miterlebt?«

Antonia nickte.

Die Sanitäterin lächelte milde. »War er zwischenzeitlich bewusstlos?«

Antonia schüttelte den Kopf.

»Er ist zwischendurch beinahe eingeschlafen, aber das haben wir verhindert«, ließ Leonardo sie wissen.

»Wir bringen ihn jetzt sofort ins Krankenhaus«, kündigte die Sanitäterin an. Kurz wechselte sie die Sprache und redete mit ihrem Kollegen, dann lag ihr Fokus wieder auf Antonia. »Kennen Sie seine Familie? Können Sie jemanden verständigen?«

Antonia presste die Lippen aufeinander. Mit einem Druck auf der Brust gab sie der Sanitäterin kopfschüttelnd zu verstehen, dass sie das leider nicht übernehmen konnte. Ihr wurde erst jetzt bewusst, dass sie kaum etwas über Frederico wusste. Und er auch nichts von ihr. Eigentlich waren sie zwei Fremde in einer Zweckgemeinschaft. Das Kribbeln auf ihrer Haut und in ihrem Bauch flaute ab.

»Dann übernehmen das die Kollegen im Krankenhaus.« Sie nickte Antonia zu, dann wandte sie sich ab. Gemeinsam mit den anderen Sanitätern bugsierte sie Frederico auf die Trage.

Ein Windhauch strich über Antonias Gesicht und trug eine Minznote vom Kräuterbeet des Hotelgartens zu ihr herüber.

»Stopp, ich kenne doch jemanden! Seine Schwester ...« Antonia räusperte sich. Sie waren eben doch nicht nur zwei Fremde, die nichts miteinander geteilt hatten. Frederico und sie waren Freunde – irgendwie. »Ich kann ihre Nummer herausfinden und sie informieren.«

»In Ordnung. Machen Sie das.« Keiner der Sanitäter drosselte auch nur das Tempo.

»D-darf ich vielleicht m-mit?« Antonia schloss kurz die Augen, weil ihr diese Frage unangenehm war. Doch sie hatte Frederico ein Versprechen gegeben, und sie würde es nicht brechen.

»Da Sie in keinem verwandtschaftlichen Verhältnis zu dem Patienten stehen, ist das leider nicht möglich.« Die Sanitäterin sah nur kurz über die Schulter hinweg. Auf Antonias Befindlichkeiten würde an dieser Stelle keine Rücksicht genommen werden, das sagte allein der Ausdruck auf dem Gesicht der Fremden.

Leonardo grätschte dazwischen. In seiner Muttersprache begann er, mit der Frau zu diskutieren, bis Antonia eine Hand auf seinen Arm legte.

»Fredericos Gesundheit geht vor. Lassen Sie sie einfach ihren Job machen.« Sie schenkte ihm, so gut es ging, ein Lächeln. Vermutlich hatte er sich gerade für sie und Frederico eingesetzt, und das wusste sie zu schätzen. Trotzdem erschien es ihr nicht sinnvoll, die Rettungssanitäter zu behindern.

»Wir müssen eh noch mit Ihnen reden.« Einer der Polizisten sprach auf Englisch. Offenbar war Frederico der Einzige, der Deutsch konnte. Für Antonia war dieser Sprachwechsel jedoch kein Problem.

Der Beamte deutete auf den Durchgang zum Pool und den Liegen, die dort für Badegäste bereitstanden. Nur dass niemand diese noch nutzte. Aus guten Gründen, denn hier kam im Moment wohl kein Gefühl von Entspannung und Urlaub mehr auf.

Bevor sie sich dem Polizisten und Hotelier anschloss, machte Antonia einen großen Schritt über die Wurzeln und zur Trage. Sie nahm Fredericos Hand, an der bereits ein Zugang gelegt worden war. Durch einen dünnen Schlauch bekam er Medikamente, die ihn breit lächeln ließen.

»Ich komme nach, versprochen.« Sie drückte sanft seine Finger.

Er war völlig benebelt, was vermutlich besser so für sein Schmerzempfinden war. Mit einem bitteren Geschmack im Mund ließ sie ihn los. Das Rettungsteam trug ihn davon zu einem Krankenwagen, dessen rot-blaues Licht von der herunterbrennenden Sonne verschluckt wurde.

Der Polizist hatte sie beobachtet. Sein Gesichtsausdruck sprach für sich. Dieser Mann wartete nicht gern. Ein richtiger Charmebolzen, wie er die Augen verdrehte, als sie langsam aus dem Gebüsch stakste und sich zur Sicherheit an einem Baumstamm festhielt.

»Wir haben nicht viel Zeit«, merkte er an.

Antonia beschleunigte ihre Schritte. Nicht für ihn, sondern weil sie ebenfalls Zeitdruck hatte. Sie würde Frederico nicht allein im Krankenhaus lassen. Wahrscheinlich würde das Krankenhaus wie angekündigt seine Familie verständigen, und dann war er in guten Händen. Seine Schwester würde sicherlich direkt aus Lucca hierherkommen. Aber bis dahin hatte er es nicht verdient, allein zu kämpfen. Sie hatte Christine nicht verlassen, und das würde sie auch bei Agente Vian nicht tun.

Der Polizist deutete auf zwei Stühle, die zu einem Tisch gehörten, auf dem ein Aschenbecher stand. Leonardo nahm Platz, doch Antonia blieb stehen. Dort hatte sie gesessen, als sie Frederico das erste Mal getroffen hatte. Nach dem Fund von Tanja. Diese Situation wollte sie nicht noch mal durchleben.

»Gut, dann eben so.« Der Mann schob sich die Brille auf der schmalen Nase zurecht. »Sie haben den Angriff auf unseren Kollegen beobachtet?«

»Ja«, antworteten Antonia und Leonardo gleichzeitig, allerdings in unterschiedlichen Sprachen.

Die Befragung zog sich. Fredericos Kollege nahm seinen Job sehr genau, was positiv anzusehen war, schließlich erhoffte Antonia sich dann als logische Konsequenz mehr Aufklärung in dem ganzen Fall. Doch sie musste Agente Vian recht geben. Die Carabinieri kochten hier wohl ihr eigenes Süppchen.

»Dann zeichnet sich ja ein klares Bild ab.«

»Ja?« Antonia suchte das knochige Gesicht des Beamten nach mehr Informationen ab.

»Es ist ein Raubmord, wie wir es bereits vermutet hatten. Das Ehepaar Ehmann hat mit dem Zimmermädchen zusammengearbeitet und fast einen perfekten Mord begangen.

Aber die Rechnung haben sie wohl ohne uns gemacht. Wenn wir nicht immer so bemüht gewesen wären, hätten sie es beinahe hinbekommen.« Er lächelte Antonia dreist ins Gesicht.

Leonardo öffnete den Mund, doch dieses Mal war sie schneller.

»Sie meinen, wenn Frederico nicht so erpicht darauf gewesen wäre. Wenn *er* nicht lockergelassen hätte.« Sie formulierte es nicht als Frage, sondern als Korrektur. Es war die eine Sache, wenn sie ihr für all ihre Bemühungen keinen Respekt zollten. Damit kam sie klar. Aber Frederico hatte hier sein Leben riskiert und lag jetzt im Krankenhaus. Zumindest ihm sollte das positiv angerechnet werden.

»Oh, ich verstehe.« Der Polizist grinste breit. In seinen hellbraunen Augen lag jedoch keine Freude oder aufrichtige Erkenntnis, sondern Amüsement. Der Art, die nur als boshaft bezeichnet werden konnte.

»Es wäre schön, wenn Sie das endlich verstehen würden. Dann könnten Sie vielleicht auch von Ihren falschen Fährten und hanebüchenen Theorien ablassen und auf Signore Vian hören. Es ist ein Mord aus Leidenschaft gewesen.« Sie ließ sich von ihm nicht verunsichern. Diese Art von Menschen ergötzte sich daran, wenn jemand plötzlich schwieg. Sie war nun laut, auch wenn ihr das schwerfiel. So schwer, dass sie die Hände zusammenballen musste und vermutlich später auf dem Weg ins Krankenhaus oder spätestens in Paulas Hotelbett weinen würde. Aber nicht vor ihm. Nicht jetzt. Hier stand sie für Frederico, das Opfer und sich selbst ein.

»Kann es sein, dass Sie generell die Leidenschaft zu einem gewissen Herrn geistig verwirrt? Sie sind emotional sehr aufgeladen, seit er weggebracht wurde. Möglicherweise himmeln Sie ihn so sehr an, weil –«

Leonardo ging dazwischen. Er wurde laut. Antonia verstand rudimentäre Vokabeln wie »ridicolo« und »merda«.

Diese doch eher informellen Ausrufe führten bei dem schlaksigen Polizisten zu einer entsprechenden Reaktion.

Der Beamte trat ganz dicht an den Hotelier heran. Ihre Gesichter berührten sich beinahe. Der Polizist sprach ruhiger. So gelassen, dass eine Gänsehaut über Antonias Nacken bis zu ihrem Hals und den Oberarmen kroch. Aber da war nicht nur Angst und Sorge in ihr. Eine neue Emotion gesellte sich dazu.

Sie ging zwischen die beiden Männer und drehte sich so, dass sie Leonardos Platz einnahm.

»Ich werde mich von Ihnen nicht sexistisch beleidigen lassen. Dann erhalten Sie eine Dienstaufsichtsbeschwerde, ist das klar?« All ihre Wut legte sie in einen gezielten Blick, der sogar diesen großmäuligen Polizisten zurücktreten ließ.

Sie hatte es satt, herumgeschubst zu werden. Weder er noch sonst jemand durfte so mit ihr umgehen. Sie war kein kleines Mädchen oder Vieh, sondern eine erwachsende Frau. Gast in diesem Land.

»Dürfen wir jetzt gehen? Ich habe die Karte von Ihrem Revier. Wenn mir noch etwas einfällt zu dem Fall ...« Sie machte eine bedeutungsschwangere Pause. »Oder zu anderen Gegebenheiten mit Ihrer Truppe ... dann melde ich mich.« Sie wartete auf seine Reaktion.

Erst wollte der Polizist etwas sagen. Er hatte sogar schon den Mund geöffnet, doch dann zuckte er mit den Achseln. »Sie sind beide entlassen.«

Leonardo wollte noch etwas hinterherschießen, doch da kam ein weiterer Polizist. Er schleppte einen riesigen schwarzen Müllsack mit sich. Schnaufend setzte er ihn neben seinem Kollegen ab und begann, ihn zuzutexten.

Leonardo nahm sein Handy und wählte eine Nummer. Er sprach in schnellen Phrasen ins Telefon, während er sich entfernte.

Antonia begutachtete den Beutel. Er stand sehr schief. Immer wieder hörte sie die Wörter »deposito« und »prove«.

Ihr Latein war nicht gerade fantastisch gewesen, aber sie verstand, was hier vor sich ging. Als dann auch noch im richtigen Moment ein Windstoß kam, der den oberen Teil des Müllsacks so bewegte, dass sie einen Blick auf den Inhalt erhaschen konnte, war für sie die Sache ganz eindeutig.

Leonardo kam zurückmarschiert. Auf Englisch verkündete er, dass sie gleich ein Taxi abholen würde, um sie zum Krankenhaus zu bringen. Das führte unter den drei Männern zum Streit. Antonia wurde das Gefühl nicht los, dass es darum ging, dass niemand das Gelände verlassen sollte. Das konnten sie sich abschminken. Sie kannte ihre Rechte. Ohne Haftbefehl oder anderweitigen richterlichen Beschluss würde sie niemand daran hindern können, für Frederico da zu sein. Egal, wie sehr sie sich das Maul zerrissen.

Der nächste Windstoß war wie ein Zeichen einer höheren Macht. Sie traute ihren Augen kaum. Nach einem kurzen Blick handelten ihre Hände beinahe von selbst. Alle waren so beschäftigt, dass niemand merkte, wie sie näher an den Sack trat, etwas herausfischte und dann einfach wegging. Erst langsam, um keine Aufmerksamkeit auf sich zu lenken. Dann immer schneller bis zum Straßenrand, wo sie sich hinter den Zitronenbäumen versteckte und auf das Taxi wartete. Unter ihrem T-Shirt verbarg sie Christines Schatulle. Ihr Erbstück.

19

Wie auch immer Leonardo das hinbekommen hatte, das Taxi kam schnell. Und der Fahrerin war der Zielort bereits bekannt. Vermutlich hatte der Hotelier mit seinen Diskussionen immerhin das richtige Krankenhaus herausgefunden.

Antonia hatte keine Augen für den Weg dorthin. Alles, was für sie zählte, war die Schatulle in ihren Händen. Normalerweise war sie nie so unhöflich, Dienstleistern den Small Talk zu verweigern, doch die Erinnerung an Christine nahm sie gänzlich in Besitz, sodass sie nur einsilbig antwortete. Die ältere Dame verstand ziemlich schnell, dass sie nicht über das Wetter oder die Sehenswürdigkeiten des Städtchens sprechen wollte, drehte die Musik lauter und summte leise mit.

An dem Taxi zogen die alten Bauten, die meterhohen Palmen und Denkmäler vorbei. Antonia hätte es nicht weniger interessieren können. Die Schatulle lag auf ihren Oberschenkeln, als würde sie eine Tonne wiegen. Die mit blauem Stoff überzogene Box fraß sich in ihre Haut. Ihr Stück Christine war wieder bei ihr. Ein Lichtblick. Wenn jetzt noch Frederico durchkam, war es ein Erfolg.

Mit zitternden Fingern öffnete sie die Box. Sie war leer. Die feine Kette, die Antonia sehnsüchtig erwartet hatte, lag nicht wie üblich auf dem Samt. Antonia hob das Polster, aber auch darunter versteckte sich das filigrane Schmuckstück nicht.

»Nein«, flüsterte sie und hielt sich die Stirn. Ein Kloß bildete sich in ihrem Hals. »Nein, nein, nein.«

Sie hatte dieses Beweisstück geklaut. Das war ein Fakt. Sie wusste nicht genau, wie die Straftat hieß, aber sie war sich dessen gewiss, dass sie soeben eine begangen hatte. Auch wenn sie aus ihrer Sicht gute Gründe dafür gehabt hatte, andere würden sie dafür verurteilen. Nicht jeder verstand ihre Verbindung zu dieser Kette. Wohl kaum einer konnte nachvollziehen, dass Antonia allein den Gedanken nicht ertrug, dass ihr wertvollster Besitz monatelang in der Asservatenkammer lag, nur weil die Polizei ihre Beweise zu langsam sichtete. Und das ganze Spiel auch noch auf Italienisch, sodass sie noch nicht mal irgendein ineffektives, substanzloses Formular als Beschwerde ausfüllen konnte, um der Behörde zu signalisieren, dass sie ihre Bearbeitungszeiten als eine reine Zumutung empfand.

Die Kette war ihr wichtig, deshalb hatte sie ihre Chance genutzt. Niemand würde wegen des Fehltritts Schaden erleiden. Antonia würde nachts ruhig schlafen können. Zumindest war sie davon ausgegangen.

Doch das war nun anders. Sie würde kaum ein Auge zubekommen, weil noch immer unklar war, was mit ihrer Kette geschehen war. Wo war sie? Hatten Maike und Holger sie bereits verkauft? Und wie sollte sie dieses Erbstück je wieder zurückerhalten?

In ihrem Magen rumorte es. Ein flaues Gefühl breitete sich darin aus.

»Fuck!«

Die Fahrerin sah sie im Rückspiegel an. Antonia starrte wieder in die leere Schatulle. Ein weiteres Mal tastete sie das Innere ab, und dieses Mal berührte sie etwas, das nicht in das Kästchen gehörte. Mit zusammengeschobenen Augenbrauen zog sie daran. Es war ein Papier, das so gefaltet worden war, dass es genau in den Deckel gepasst hatte. Ein weiterer Drohbrief?

Mit einem Mal wurde ihr bewusst, dass sie allein war. Nicht vollkommen, schließlich saß sie in einem Taxi und fuhr durch eine belebte Stadt – aber ohne Paula oder Annegret. Ohne Frederico. Niemand beschützte sie. Angesichts der Ereignisse des heutigen Tages hatte sie die Sorgen um sich selbst vollkommen ausgeblendet. Nun hagelten sie wie bei einem Sturm auf sie nieder.

Mit angehaltenem Atem nahm sie das Papier und entfaltete es. Es handelte sich um einen Briefbogen wie schon zuvor bei ihrem Drohbrief. Doch dieses Mal waren die Wörter nicht in gebrochenem Deutsch geschrieben, sondern auf Italienisch. Die Schrift war geschwungen und filigran. Auf dem Briefbogen prangte das Logo des Hotels. Das Papier roch nach Qualm und einer Note, die Antonia nicht zuordnen konnte. Als sie sah, an wen dieser Brief gerichtet war, hielt sie ihn sich genau vor die Nase. Egal, wie sehr sie versuchte, mit ihren rudimentären Sprachkenntnissen einzelne Begriffe zu entziffern, es gelang ihr nicht.

Was hatte das alles zu bedeuten? Sie sah nach vorn und stellte fest, dass das Taxi sich bereits zügig durch den Stadtverkehr geschoben hatte. Vor ihr tat sich ein Gebäude auf, das nicht weniger nach Krankenhaus hätte aussehen können. Dort gab es keine Glasfronten und Betonputz, sondern grün gestrichene Fensterläden und diese für die Toskana typischen cremefarbenen Hausfassaden. Trotzdem hielt die Fahrerin breit lächelnd an.

Antonia hatte eigentlich mit ihrem Handy den Brief übersetzen wollen, doch nun stand ihr erst eine andere Mission bevor. Sie verstaute den Brief sorgfältig in der Schatulle, die sie leider so mit sich tragen musste, weil sie auf einen spontanen Ausflug ja nicht vorbereitet gewesen war. Bei der Bezahlung des Taxis war sie großzügig, um ihre Unfreundlichkeit wieder auszugleichen. Bei den zehn Euro Trinkgeld wurden die Augen der älteren Dame ganz groß. Sie bestand darauf, Antonia wie einer Prinzessin die Tür zu öffnen. Höfliches Ablehnen brachte an dieser Stelle nichts, deshalb ließ Antonia es sanft lächelnd über sich ergehen und versuchte dann noch, auf Englisch von der Fahrerin Informationen bezüglich der Notaufnahme zu erhalten. Grob erklärte diese ihr einen Weg, an den sie sich halten sollte. Doch sobald sie das Gebäude betreten hatte, löste sich dieser Plan in nichts auf, weil die Gänge vollkommen anders als beschrieben waren. Vielleicht war sie durch den falschen Eingang gekommen? Aber Antonia hatte auch keine Zeit, das nun separat herauszufinden. Nachdem sie den ersten Anflug von Panik überwunden hatte, weil ihre Nase von dem Desinfektionsmittel brannte, steuerte sie zielgerichtet den Empfangstresen an. Dort saß ein junger Mann, der sie kaum eines Blickes würdigte, weil er seinen Computerbildschirm anstarrte.

»Scusi?« Antonia räusperte sich. Mehr traute sie sich auf Italienisch gar nicht zu sagen, aber das wusste der Fremde ja nicht. Er sprach so schnell, dass sie zwar lächelte, aber den Kopf schüttelte. Sie versuchte es auf Englisch, doch das schien er wiederum nicht zu verstehen. Nach einem Versuch auf Deutsch, der nur Kopfschütteln seinerseits zur Folge hatte, nannte sie einfach immer wieder den Namen.

»Frederico Vian? Vian? Frederico Vian?«

Der Mann tippte in seinen Computer und nickte dann. Wieder sprach er auf Italienisch. Dieses Mal verstand sie nur »famiglia«. Sie nickte. Zum einen wäre sie niemals imstande, ihm zu vermitteln, dass sie mit Frederico zwar nicht verwandt war, aber trotzdem bei ihm sein sollte. Und zum anderen verstand sie ja kein Wort. Okay, ein Wort. Aber das wusste ja niemand.

Er nahm einen Lageplan aus einem Fach, markierte mit einem X einen Punkt und malte dann eine Linie bis zu einem anderen Punkt, den er ebenfalls ankreuzte.

»Hai capito?«

Antonia nickte. Er überreichte ihr den Plan und widmete sich dann wieder seiner Computerarbeit.

Mithilfe des Plans erhielt sie eine grundlegende Idee des Weges. Zwar war einer der Flure, die er ihr markiert hatte, nicht ohne einen speziellen Ausweis für Personal passierbar, aber sie fand eine adäquate Alternative. Irgendwann hatte sie es zu ihrem Ziel geschafft, das sich als zentrale Notaufnahme herausstellte. Warum die Taxifahrerin sie nicht direkt hierhergebracht hatte, war ihr ein Rätsel. Hier sah es auch viel mehr nach Krankenhaus aus. Zwar keine Glasfronten, aber großzügige Wartebereiche, Schilder mit unfassbar komplizierten Fachbereichsnamen darauf und eine Klimaanlage, die für Erleichterung sorgte.

Auch hier gab es eine Anmeldung. Dieses Mal half ihr eine Frau mit langen blonden Haaren weiter. Diese konnte zum Glück auch Englisch, sodass Antonia schnell verstand, dass sie eine Etage höher musste und dort auf ihn warten konnte. Er wurde zurzeit noch operiert.

Sie nahm die Treppen, fand endlich den korrekten Wartebereich und nahm dort Platz.

Immer wieder liefen Pflegerinnen und Pfleger durch die Gänge. Manchmal riefen sie sich etwas zu, manchmal schoben sie einen Wagen mit Medikamenten oder Gerätschaften. Mal erkannte sie ein Ultraschallgerät, mal war die Maschine ihr gänzlich unbekannt. Während sie dort wartete, beobachtete sie aber nicht nur das für ein Krankenhaus typische Treiben. Sie versuchte, sich von all dem Piepsen und Scheppern, das durch die Gänge tönte, abzulenken, indem sie mithilfe ihres Smartphones den Brief übersetzte. Oder es zumindest versuchte, denn erfolgreich war sie nicht. Die Schrift war so geschwungen, dass sie sich mit dem Erkennen der einzelnen Buchstaben schwertat. Ihr Handy hatte ähnliche Probleme. Sie hatte das Gefühl, dass es sich um einen Liebesbrief handelte. Aber mehr fand sie nicht heraus.

Nach fast zwei Stunden kam Bewegung in den Flur. Mehrere Ärzte in grünen Ganzkörperanzügen, wie man es aus dem Fernsehen und Antonia es von Christines Leidensweg kannte, betraten ihn.

Sie sprach einen jungen Mann, der direkt an ihr vorbeilief,

auf Englisch an. Die anderen gingen weiter, doch er blieb stehen.

»Wissen Sie, was mit Frederico Vian ist?«

»Wer möchte das denn wissen?« Er nahm die OP-Haube von seinem Kopf und strich sich durch das hellbraune Haar.

»Seine Halbschwester«, log Antonia. Wenn andere sie schon dafür hielten, konnte sie sich das zunutze machen.

»Oh, ach so.« Er faltete die Hände vor seinem Bauch. »Wir haben ihn bis vor ungefähr einer Stunde operiert. Es ist gut verlaufen. Die Kugel ist raus, und keine Nerven, Blutgefäße oder Knochen wurden getroffen. Er wird vermutlich jeden Moment wach. Melden Sie sich dort vorn bei der Station, dann erhalten Sie die Zimmernummer.« Er rieb sich über die Stirn. Müdigkeit stand ihm ins Gesicht geschrieben.

»Grazie mille.« Antonia war nicht nach Lächeln zumute, deshalb ließ sie es. Trotzdem war die Erleichterung in ihr stark. Ihr fiel ein ganzes Arsenal an Steinen und Geröll von der Brust. Die Last hatte sie vorher gar nicht bemerkt.

Der Arzt verabschiedete sich, da war sie schon auf dem Sprung. Ohne auf ihn zu achten, steuerte sie den beschriebenen Schwesternstützpunkt an. Es dauerte einen Moment, bis dort jemand vom Personal Zeit für sie hatte. Ein älterer Herr nahm sich ihrer nach kurzer Wartezeit an. Er verstand zwar nur Fredericos Namen, führte sie aber dann in einen anderen Gang. Vor der Zimmertür Nummer 167 blieb er stehen. Er klopfte, doch niemand antwortete. Trotzdem öffnete er die Tür.

Das Zimmer war sonnendurchflutet. Eine leichte Brise zog durch die gelben Vorhänge. Der Raum war für vier Betten ausgelegt, aber nur eines war belegt.

»Frederico«, nuschelte Antonia, dann setzte sie sich in Bewegung. Ihre Schatulle legte sie auf den Tisch, der am Rand zwischen den zwei Fenstern positioniert war. Dem Pfleger reichte das wohl als Bestätigung, dass sie hier richtig war, und er schloss die Tür hinter sich.

Frederico hatte noch geschlafen. Nun öffnete er blinzelnd die Augen. Von den Betäubungsmitteln waren seine Pupillen ganz groß. Wie dunkle Monde, die im starken Kontrast zu der Helligkeit des Raumes standen.

»Toni.« Seine Stimme war kratzig. Antonia kannte das von ihrer Freundin. Vermutlich hatten sie ihn unter Vollnarkose operiert, und er war intubiert gewesen. Diese Maßnahmen konnten zu Stimmausfall oder anderen Veränderungen führen.

Sie traute sich näher an das Bett heran. »Wie geht es dir?«

Frederico wirkte auf einmal so klein. Er war nicht der Größte oder Stärkste, aber unter normalen Umständen machte sein Auftreten schon Eindruck. Vielleicht nicht auf seine Kollegen, aber auf Antonia. Ihn nun so verwirrt und hilflos zu sehen, bereitete ihr beinahe körperliche Schmerzen.

Mühsam richtete er sich auf. Sofort war sie an seiner Seite. Mit geübtem Griff richtete sie sein Kopfkissen so aus, dass er sich entspannt nach hinten lehnen konnte. Dabei nahm sie den großen Verband an seiner Schulter wahr.

»Mir geht es gut. Ich bin fit.« Er hustete. Antonia reichte ihm sein Glas mit Strohhalm an. Leicht lächelnd nahm er es entgegen und trank einen großen Schluck. »Eigentlich könnte ich auch wieder nach Hause gehen.«

Antonia lachte freudlos auf. Das war nicht sein Ernst, oder? »Das lässt du mal lieber sein.«

Sein Lächeln wurde breiter und schiefer. »Bist du jetzt hier der Boss?«

»War ich das nicht schon die ganze Zeit?« Sie wunderte sich darüber, wie schlagfertig sie bei ihm sein konnte. Das gelang ihr nur bei sehr wenigen Menschen in ihrem Umfeld.

Er blieb ihr eine Antwort schuldig, wobei sein Grinsen für sich sprach.

»Sie haben Holger verhaftet.« Antonia wusste nicht, über was sie sonst reden sollte. Sie hatte zwar das Bedürfnis, ihn privater kennenzulernen, aber etwas zu erzwingen, kam auch nicht infrage. Schweigen ebenso nicht, denn dann krochen all die Erinnerungen an Christine und ihre Zeit im Krankenhaus und Hospiz in ihren Kopf zurück.

»Das habe ich mitbekommen.« Frederico sah zu dem Schrank ihm gegenüber.

»Entschuldige, ich –«

»Schon okay. Ich war ja auch nicht ganz bei Sinnen. Erzähl mir, was danach passiert ist.«

Antonia kam seiner Bitte nach. Die Kommentare unter der Gürtellinie seines Kollegen ließ sie weg. Viel lieber konzentrierte sie sich auf die Fakten. In Bezug auf die Polizei waren diese natürlich ernüchternd.

»Sie bleiben also bei ihrem Raubmord.« Frederico wiegte den Kopf hin und her. »Holger wirkte auch aggressiv.«

Sie wollte ihm widersprechen, aber das ging ja schlecht, wenn er wegen dieses Mannes im Krankenhaus lag. Allerdings hatte das nicht wie ein richtiger Angriff gewirkt. Natürlich hatte er sie bedroht. Aber hatte er wirklich schießen wollen? Oder war das viel mehr eine Kombination aus Gehbehinderung, Sehbehinderung und Ungeschicklichkeit gewesen.

»Vielleicht haben meine Kollegen recht.« An der Art, wie er die Augenbrauen zusammenzog, erkannte sie, dass ihm diese vermeintliche Erkenntnis zusetzte.

»Nein, das glaube ich nicht.« Sie begann atemlos und passiv, wachte dann aber auf, weil er ihr widersprechen wollte. »Deine Kollegen sind ein Haufen Flaschen, die nichts hinbekommen.«

Frederico verzog das Gesicht, doch Antonia blieb dabei.

»Sie haben nicht recht. Das mit dem Raubmord ist vielleicht die praktischste, aber nicht die korrekte Lösung. Sie sind einfach zu faul, um richtig zu ermitteln.« Antonia entfernte sich von ihm, um die Schatulle zur Hand zu nehmen. »Sie sind nicht wie du.«

Frederico beobachtete genau, was sie tat. Beim Öffnen des Kästchens machte es ein schmatzendes Geräusch.

»Du darfst mich nicht verraten, okay? Ich habe es für die Ermittlungen gemacht.«

Frederico hob beide Augenbrauen. Er war zwar immer noch benebelt, schien aber allmählich die Zusammenhänge herzustellen.

»Okay, vielleicht habe ich es auch für mich gemacht. Aber glaub mir, es hat sich nicht gelohnt. Die Kette ist weg.« Die letzten Worte bohrten sich wie kleine Messer unter ihre Haut.

Sie fischte den Brief aus dem Deckel und überreichte ihn Frederico.

»Ist das deine Schatulle? War sie bei dem Diebesgut dabei?«

Antonia wusste, wie das lief. Man musste sich nicht selbst belasten, deshalb blieb sie still. So wie er es oft tat, versuchte nun sie selbst, ihre Augen für sie sprechen zu lassen.

»Und was ist das hier?« Er hatte den Brief entgegengenommen und hielt ihn nun leicht in die Höhe. Nur ein wenig, weil er durch seine Verletzung eingeschränkt war.

»Lies ihn.«

Frederico sah sie für einen Moment nur an. Ganz langsam entfaltete er dann das Papier.

»Von wem ist er?« Ihm war also auch als Erstes aufgefallen, dass kein Absender vermerkt war.

»Nicht von mir«, antwortete Antonia, weil Frederico sie noch immer so intensiv fixierte.

Für einige Augenblicke wurde es still. Nur die Schritte auf dem Flur, das Piepsen aus den anderen Patientenzimmern und die Klospülungen verursachten eine monotone Untermalung, auf die Antonia gern verzichtet hätte.

»Es ist ein Brief an Tanja.«

Antonia nickte. »Ein Liebesbrief, oder?«

»Soll ich ihn dir übersetzen?«

»Kannst du ihn lesen?« Sie runzelte die Stirn.

Frederico nickte. Er richtete sich noch ein winziges Stück auf, klärte seinen Hals und begann dann vorzulesen.

Liebe Tanja,

endlich bist du wieder in meiner Nähe. Es hat viel zu lang gedauert, dich wieder in der Stadt zu wissen.

Mir ist bewusst, dass wir unsere Liebe verheimlichen müssen, weil das, was wir beide füreinander fühlen, anderen ein Dorn im Auge ist. Sie wollen es nicht sehen. Trotzdem möchte ich Zeit mit dir verbringen.

Wir können uns außerhalb von Montecatini treffen, wenn du magst. Weg vom Hotel und all ihren Blicken. Ich bitte dich nur, ignoriere mich nicht weiterhin. Das bricht mir das Herz.

Ich bin dir noch immer verfallen. Ich hoffe, das weißt du.

»Wow«, machte Antonia. So was hatte sie noch nie gelesen. Hitze stieg ihr in die Wangen. Es kam ihr nicht richtig vor, so intime Dinge von anderen zu erfahren. Allerdings lieferte ihnen dieser Brief einige Erkenntnisse.

»Das ist Leidenschaft«, murmelte Frederico.

»Genau«, brummte Antonia und trat dichter an ihn heran. »Das ist das Leidenschaftsmotiv, nach dem du die ganze Zeit Ausschau gehalten hast.«

20

Antonia blieb auch bei Frederico, als seine Familie ihn nach und nach besuchte. Mehrmals nahm sie ihre Schatulle und näherte sich der Tür, doch der Polizist machte deutlich, dass sie bleiben konnte. Es erfüllte ihre Brust mit einem warmen Gefühl. Nicht nur, dass sie ausdrücklich erwünscht war, sondern auch zu beobachten, wie Fredericos Schwester sich um ihn kümmerte. Sie war fürsorglich und verständnisvoll. Auch gegenüber Antonia. Sie betrachtete sie nicht als Eindringling. Ganz im Gegenteil, sie tat beinahe so, als hätte Antonia Frederico gerettet, dabei stand diese Ehre wohl eher Annegret zu.

Als die Sonne jedoch vollständig untergegangen war, verabschiedete sie sich endgültig.

»Wir sehen uns«, versicherte Antonia ihm.

Seine Schwester nahm die leere Wasserflasche und kündigte an, diese wieder zu befüllen, dabei war klar, dass sie den beiden einfach etwas Privatsphäre geben wollte. Sie verließ den Raum und schloss die Tür hinter sich.

»Morgen?« Seine braunen Augen wirkten müde.

»Wenn du möchtest.« Damit hatte Antonia nicht gerechnet. Sie waren ja schließlich keine Freunde oder Ähnliches.

Er nahm ihre Hand. »Ja, bitte.«

Wieder schluckte Antonia, weil er so furchtbar klein wirkte. Sie drückte sanft seine Finger. »Ich werde den Fall aufklären.«

»Davon bin ich auch überzeugt.« Wieder überraschte er sie. »Nur leider kann ich dir nur vom Bett aus helfen.« Obwohl er seiner Schwester hatte weismachen wollen, dass er fit war und bereits morgen das Krankenhaus verlassen konnte, würde er hier noch mehrere Tage liegen. Diesen Zahn hatte sie ihm gezogen.

»Du bist mein Berater«, sagte Antonia, um ihn aufzuheitern. Sie schenkte ihm ein Lächeln. Als er es erwiderte, wurde ihr leichter ums Herz.

»Ruf mich immer an, wenn du Fragen hast. Sprich mit meinen Kollegen, auch wenn das Vollidioten sind. Und bitte bring dich nicht in Gefahr. Auch nicht die anderen. Es reicht, dass einer von uns hier liegt.«

Einer von uns.

Es war lange her, dass ein fast fremder Mensch so sehr an sie geglaubt hatte. Woher nahm er die Gewissheit, dass sie die finalen Hinweise fand und Tanjas Mord endlich abschließend aufklären konnte? Wie konnte er davon überzeugt sein?

»Danke«, hauchte Antonia.

»Wofür?« Er blinzelte.

Ihr war gar nicht aufgefallen, dass sie sich zu ihm heruntergelehnt hatte. Sie wollte zurückweichen, doch er hielt ihre Hand fest, sodass sie nicht viel Spielraum hatte. Nur ein Ruck, und er würde sie gehen lassen, das wusste sie. Aber sie wollte gar nicht gehen …

»Dafür, dass du an mich glaubst. Das tun meine Mitmenschen für gewöhnlich nicht.« Ihre Stimme war rau, aber sie räusperte sich nicht. Viel zu sehr war sie von seinen Augen abgelenkt. Wie in einem Tunnel konnte sie nur den Mann mit den geschwungenen Lippen vor sich ansehen.

»Dann sind das Nichtsnutze.«

Sie waren sich so nah, dass zwischen ihre Gesichter nur noch ein Blatt Papier gepasst hätte. Eine solche Situation hatte Antonia zuletzt vor Jahren erlebt. Es war wie das erste Mal. Wie ein erster Kuss, weil genau so ihr Herz klopfte. Vierzehn oder achtunddreißig Jahre an Lebenserfahrung machten für sie in diesem Moment keinen Unterschied. Tausend Gedanken kamen ihr in den Kopf. Wollte er das wirklich auch? Wollte sie das überhaupt? Roch sie gut? Was, wenn nicht? Machte sie das richtig? War es gut so?

Sie spürte seinen Atem auf ihrem Gesicht. Seine Finger an ihren.

Doch bevor sich ihre Lippen berührten, klopfte es an der Tür.

Antonia riss den Kopf zurück und taumelte nach hinten. Dadurch stieß sie einen Infusionsständer um, der wiederum auf das leere Nachbarbett fiel und Lärm verursachte. Sie zuckte zurück, ging rückwärts und plumpste selbst auf das Bett.

Die Tür wurde geöffnet. Zwei Ärztinnen und eine Krankenschwester betraten den Raum.

Antonia war das zu viel. Ohne Frederico ein weiteres Mal anzusehen, schnappte sie sich ihre Schatulle, drückte sich an dem Team vorbei und rannte auf den Flur. Ihre Wangen glühten, und ihr Hals brannte. Was war das bitte gewesen?

Sie bestellte sich ein Taxi und verbrachte die Wartezeit in einer Damentoilette, damit niemand ihren emotionalen Ausbruch mitbekam. Ohne dass sie selbst verstand, was genau der Auslöser war oder ihr wirklich auf der Seele lag, flossen die Tränen nur so aus ihr hinaus. Nur eine Sache wusste sie ganz sicher: Sie vermisste ihre beste Freundin. Immer und jeden Tag, aber in diesem Moment so schmerzlich, dass es ihr das Herz zerfetzte. Mit Christine hätte sie über alles sprechen können. Sie hätte ihr eine Richtung gegeben, in die sie weitergehen konnte. Doch nun war Antonia auf sich allein gestellt. Das bekam sie zwar irgendwie hin, aber es machte keinen Spaß, allein zu sein. Sie schniefte. Mit einem Blick auf die Uhr erhob sie sich vom Toilettendeckel, trocknete ihr Gesicht mit Toilettenpapier und traute sich aus der Kabine heraus. Sie wusch sich die Hände, richtete ihre kaum noch vorhandene Frisur und betrachtete sich für einen Moment im Spiegel. Trotz all der Sorgen und Trauer, die ihr die Luft zum Atmen nahmen, sah sie sich mit anderen Augen. Antonia hatte einen dunkleren Teint bekommen. Es war der erste Sommer, den sie nicht verbarrikadiert in ihrer Wohnung verbrachte, sondern draußen herumspazierte. Im Gesicht hatte sie zugenommen, weil das Essen, besonders das Gelato, so gut war. Normalerweise hätte sie das in Panik versetzt, doch sie dachte an Annegret, die nach einer Mahlzeit immer zufrieden auf ihren Bauch klopfte. Vielleicht waren ihre Mitreisenden gar kein notwendiges Übel, sondern Vorbilder. Sie waren manchmal skurril und nervtötend, aber die meiste Zeit hatten sie es auf Spaß, Entspannung und gutes Essen abgesehen. Die Senioren waren ihr gar nicht so unähnlich. Wie Antonia mischten sie sich in alles ein, waren neugierig und wollten immer dafür sorgen, dass das Recht gewann. Und da begriff Antonia es. Während sie sich im Spiegel betrachtete und das erste Mal nach vielen Jahren die Frau, die dort vor ihr stand, nicht grundsätzlich ablehnte, langweilig fand oder sich für Details schämte, wurde ihr bewusst, dass sie nicht allein war. Sie musste einfach nur in das Hotel zu ihren Freundinnen zurückkehren.

Montecatini bei Nacht war noch mal eine andere Erfahrung. Die Straßenlaternen beleuchteten zwar die Gehwege, aber das war kaum notwendig, denn aus der Mehrheit der Fenster drang ebenfalls Licht. Fernseher übertrugen Fußballspiele, Küchen wurden noch fleißig genutzt, und Kneipen und Restaurants waren gut besucht. Obwohl es bereits nach Antonias üblicher Schlafenszeit war, blühte die Stadt noch mal auf. Kleine Menschengruppen wanderten von einem Lokal zum nächsten. Antonia hörte ihre Stimmen und das Gelächter durch die Fensterscheibe. Um mehr mitzubekommen und in dieses freie Gefühl einzutauchen, betätigte sie den Knopf. Die Scheibe fuhr herunter und ermöglichte ihr, die abgekühlte Luft in ihre Lungen zu saugen. Sie wirbelte durch ihre Haare und ließ sie blinzeln. Wie ein Hund starrte sie aus dem Fenster und bekam nicht genug davon, alles in sich aufzunehmen. Das Klirren von Geschirr der wenigen Tische, die vor den Restaurants auf den Gehwegen standen. Die Motorengeräusche der anderen Autos, die Richtung Berg und Montecatini Alto fuhren. Das Rascheln der Palmblätter, wenn sie an einer etwas verlasseneren Kreuzung halten mussten.

Das *Invidia* ragte bereits vor ihnen auf. Auch das Hotel war hell erleuchtet. Scheinwerfer, die um das Gebäude herum angebracht waren, ließen es in einem Glanz erstrahlen, bei dem das Tageslicht nicht mithalten konnte. Die Nacht war wie eine Art Weichzeichner für alles. In dem schummrigen Licht wirkte alles glatter, aber auch mysteriöser. Besonders das Hotel hatte einen unheimlichen Touch. Vor allem wenn man wusste, was hier vor wenigen Nächten geschehen war.

Das Taxi hielt vor dem Haupteingang. Antonia bezahlte auch diesen Fahrer, wünschte ihm einen angenehmen Abend, denn so weit war sie mit ihrer Sprachlern-App schon gewesen, und stieg aus. Erst da fiel ihr auf, dass sie keinen Schlüssel hatte. Sie stieg trotzdem die Treppe hinauf. Vermutlich gab es vorn irgendwo eine Klingel, die man betätigen konnte. Irgendjemand würde ihr schon aufmachen. Vielleicht hatte sie sogar Glück, und die Rezeption war noch besetzt. Sie klemmte sich die Schatulle unter den Arm und kramte ihr Handy hervor. Sie musste dringend Paula um ihre Nummer bitten, um solche Situationen zu vermeiden. Der Schlüssel für ihr eigenes Zimmer war in Paulas Safe eingeschlossen. Den Zweitschlüssel für Paulas Zimmer hatte sie vergessen. Es war ja auch gar nicht geplant gewesen, dass sie das Hotel verließ.

Doch all die Sorgen machte sie sich umsonst.

»Antonia«, ertönte es von der Seite.

Ein Bewegungsmelder betätigte einen Scheinwerfer, der Annegret von oben anstrahlte. Bei diesem Lichteinfall sah sie schaurig aus. Ihre Augen wirkten noch tiefer gelagert und ihre sonst glänzende Haut fahl und eingefallen.

»Annegret, du bist meine Rettung!« Sie gesellte sich zu der Seniorin, die sofort ihre Zigarette zur Seite hielt, weil sie wusste, dass Antonia den Geruch nicht mochte.

»Wo warst du? Wir haben uns Sorgen jemacht!« Damit meinte sie ziemlich sicher Paula und sich selbst. Vielleicht sogar noch Leonardo.

»Ich war bei Frederico im Krankenhaus.«

»Wie jeht et ihm?« Ihre Miene war ernsthaft besorgt. Die Falten um ihre hellen Augen durchschnitten ihr Gesicht.

»Gut. Die Entfernung der Kugel hat er gut überstanden.«

Annegret hielt sich eine Hand an die Brust. Sie drückte die Zigarette aus und griff in die Tasche ihres Morgenmantels, den sie übergeworfen hatte. Antonia hatte erst damit gerechnet, dass sie eine weitere Zigarette rauchen wollte, doch sie ließ die Hand in dem Stoff. Mit hochgezogenen Augenbrauen sah sie Antonia an.

»Ich muss dir noch wat beichten.« Die Rentnerin presste die dünnen Lippen aufeinander. Es war selten, dass Annegret nicht vorlaut war. Dass sie sich so ernst zeigte, ohne einen frechen Spruch auf der Zunge zu haben.

»Von Beichten habe ich heute ehrlich gesagt genug.« Es sollte ein Scherz sein, aber ihre Stimme machte nicht mit. Wahrscheinlich weil sie es auch so meinte. Joeys Geständnis hatte alles verändert und solche schweren Konsequenzen gehabt, dass Antonia nicht für den nächsten Schlag bereit war.

»Et is mir vorhin einjefallen, und ich weiß wirklich nich, warum ich nich früher draufgekommen bin.« Sie schüttelte den Kopf. Ihr Fokus lag gar nicht auf Antonia. Annegret wirkte tief in ihre eigenen Gedanken verstrickt.

»Was denn?« Nun war Antonia doch neugierig. Der Wunsch, dieses ganze Chaos aufzuklären, brannte noch immer in ihr. Stärker als je zuvor, denn nun wollte sie es nicht nur für sich selbst, für ihre Mitreisenden, Tanja und Christine machen – sie wollte es für Frederico. Und dieses Bedürfnis überlagerte alle anderen.

»Ich hab die janze Zeit gedacht, dat ich dat jeträumt hab.« Ihre Stimme wurde leiser.

Antonia machte einen Schritt auf sie zu. »Was hast du geträumt?«

»Nein, eben nicht. Et tut mir so leid, Kleene.« Ihre Augen füllten sich tatsächlich mit Tränen. So emotional hatte Antonia die Seniorin noch nicht gesehen. »Et is ein beschissenes Gefühl, wenn einem so langsam dat Hirn wegschimmelt. Wenn man immer mehr Lücken hat, die man sich nich erklären kann. Dat is ...«

»Scheiße?« Antonia versuchte, sie anzulächeln. Natürlich hatte sie keine Ahnung, wie das wirklich war. Sie war noch jung und die meiste Zeit mit einem guten Erinnerungsvermögen gesegnet. Aber das Gefühl, etwas nicht zu können, was man früher für selbstverständlich gehalten hatte, was aber nun unmöglich war, kannten wohl die meisten Menschen.

»Ja, richtig scheiße.« Sie schloss kurz die Augen, wischte sich die Tränen weg und richtete sich auf. »Ich kann dat nich zu hundert Prozent sagen, deshalb hab ich et auch nich den Bullen jesacht ... Aber ich glaube, dat ich in der Nacht von Tanjas Ermordung gesehen hab, wie ene Person in Hoteluniform in ihr Zimmer jegangen is.«

Antonia regte sich nicht. Es waren keine bahnbrechenden Informationen, aber ein weiteres Indiz. Doch wofür genau?

»Keene Ahnung, ob dat wat zu sagen hat.« Annegret wischte sich über das Gesicht. »Vielleicht hilft et dir und deinem Polizisten.« Ihre Lippen hoben sich leicht zu einem Lächeln.

Antonia hatte genug nachgedacht. Sie war müde und überreizt. All die Eindrücke musste sie erst mal verarbeiten, um sie dann zu einer Theorie oder einem neuen Plan zusammenzusetzen. Jetzt wollte sie nur Frieden.

Sie ging auf Annegret zu. Die machte einen Schritt zurück. Eigentlich hatte sie die Seniorin umarmen wollen. Sie weinen zu sehen, brach Antonia das Herz. Doch das Essener Original war sehr speziell. Dazu zählte auch die ablehnende Haltung gegenüber Umarmungen. Das wusste Antonia, weil Paula das Gegenteil war und sich der alten Frau immer wieder aufdrängte. Antonia beließ es dabei, ihr eine Hand zu reichen.

»Lass uns schlafen gehen«, schlug sie vor.

Annegret nickte.

»Und morgen besprechen wir alles. Mögliche Theorien. Ich nehme an, dass du ab jetzt fest mit uns ermittelst?« Sie schenkte ihr ein Lächeln.

Annegret ergriff ihre Hand. Mit der anderen nahm sie den Schlüssel aus der Tasche ihres Morgenmantels. »Okay.«

21

»Es muss jemand vom Personal gewesen sein«, sagte Paula mit weit aufgerissenen Augen.

»Wegen der Schlüssel? Die kann doch jemand gestohlen haben. Wie wir es schon bei Stella, dem Zimmermädchen, vermutet haben.« Hans rückte die Sonnenbrille auf der Nase zurecht.

So ging das schon den ganzen Vormittag. Am Frühstückstisch hatte Antonia eine lautstarke Diskussion noch verhindern können mit dem Hinweis, dass der Täter womöglich unter ihnen war, doch nun, in diesem Park, hatte sich die Ermittlergruppe abgesetzt und diskutierte über die neuen Erkenntnisse, die Antonia heute Morgen mit ihnen geteilt hatte.

Sie saß neben Paula auf einer Bank und blickte auf das imposante Gebäude, das von Touristen bevölkert wurde. Säulen, Marmor und Statuen glänzten noch von dem leichten Regen, der die Temperaturen vorhin abgekühlt hatte. Die Sonne hatte ihre alte Kraft noch nicht ganz wiedererlangt. Antonia konnte nicht anders, als all diese Details zu bewundern. Die Steinarbeiten über den Säulen, die Muster, die in den Marmor am Boden gelegt worden waren, und die Details wie goldene Wasserhähne.

Gunnar und der mickrige Rest der Reisegruppe, der sich ihrem Team nicht angeschlossen hatte, standen vor einer Art Becken, das mit Wasser gefüllt war. Er erklärte den Senioren die heilende Wirkung, wenn sie aus dem benachbarten Wasserhahn tranken. Angeblich wurden Darmerkrankungen damit geheilt.

Antonia litt zwar an stressbedingten Beschwerden, und erst gestern hatte ihr ganzer Körper irgendwann schlappgemacht, aber sie würde einen Teufel tun und diese Plörre einfach trinken. Was waren das überhaupt für Leitungen? Wurden sie regelmäßig auf Schadstoffe geprüft? Auf Legionellen im Urlaub konnte sie verzichten. Da war der explosionsartige Durchfall ja vorprogrammiert. Auch Gunnars Vortrag über die bereits seit der Römerzeit bekannten Quellen, die angeblich von medizinischem Personal betreut wurden und eine heilende Wirkung hatten, änderte daran nichts.

Sie drehte sich zu Paula, die wiederum Hans ansah. Er lehnte an einem der stattlichen Bäume, die den *Parco delle Terme* zu einem absoluten Highlight machten. Manche Menschen ließen sich von der Atmosphäre der Belle Époque verzaubern. Die Jugendstilfresken und Ornamente verleiteten beispielsweise Linda zu regelmäßigen »Ohs« und »Ahs«. Antonia wusste eher die Flora zu schätzen. Diese Bäume waren jahrhundertealt und spendeten den vielen bunt blühenden Blumenbeeten den bei der toskanischen Sonne dringend benötigten Schatten. Überall schwirrten Bienen und andere Nützlinge herum, die wohl auch zu dem Glanz dieses Kurparks beitrugen. Es wirkte königlich, wie die vielen Wege an der imposanten Mauer des Parks entlangführten, das leuchtend grüne Gras durchschnitten und um die Thermen führten. Doch wenn man genau hinsah, bröckelte auch dort der Putz ab. Immer wieder war Antonia bei ihrer Besichtigung aufgefallen, dass Gänge gesperrt waren, Renovierungsarbeiten laut Paula, die die vielen Schilder übersetzen konnte, zwar angekündigt waren, doch von Bauarbeitern fehlte jede Spur. Die Parkanlage zeigte die vergangene Pracht der Stadt. Auch wenn sie noch immer mit Bauwerken, Monumenten, einem aktiven Nachtleben und Eigentümlichkeiten überzeugen konnte, war man trotzdem vielfach dem Verfall ausgeliefert. Es war nicht alles Gold, was glänzte. Auch dafür stand neben der Gastfreundschaft, der atemberaubenden Natur und dem köstlichen Essen die Toskana. Die *Dolce Vita* war ein zweischneidiges Schwert.

»Et muss Leonardo jewesen sein«, gab Annegret ihren Senf zu der Diskussion ab, die sich soeben hochschaukelte.

Antonia schüttelte den Kopf. »Warum sollte er dann sowohl Stella als auch Joey derartig in Schutz nehmen und sie der Polizei nicht lieber zum Fressen vorwerfen? Es ergibt keinen Sinn.« Ihr war bewusst, dass da auch eine gewisse Sympathie ihrerseits mitspielte. Leonardo war stets gut zu ihr gewesen. Der ältere Herr mit den widerspenstigen grauen Haaren und den schicken Sakkos passte so gar nicht zu dem Bild, das sich insgeheim in ihrem Kopf von Tanjas Mörder gemacht hatte.

»Na ja«, schaltete sich Paula ein. »Sieh es mal so.« Ihr Sonnenhut hing ihr tief ins Gesicht, sodass Antonia Probleme hatte, mit ihr Augenkontakt zu halten. »Wir wissen, dass sowohl der Drohbrief als auch der Liebesbrief auf Hotelbriefbögen geschrieben wurden. Wir haben darüber Kenntnis erlangt, dass jemand in Hoteluniform in Tanjas Zimmer gegangen ist. Und ist dir nicht auch aufgefallen, dass er sich seiner Frau gegenüber irgendwie merkwürdig verhält?« Sie stand auf und begann, vor Antonia hin und her zu gehen.

»Das alles kann aber ebenso auf Joey, einen der anderen Kellner oder sonst wen vom Personal zutreffen«, gab Linda zu bedenken.

»Oder jemand hat sowohl die Schlüssel als auch die Uniform und Briefbögen geklaut. Eine gute Strategie, um den Verdacht von sich zu lenken. Jemand anderem die Schuld in die Schuhe schieben.« Hans klatschte in die Hände.

Sie drehten sich im Kreis. Antonia raubte dieser Fakt den letzten Nerv. Sie war so kurz davor und doch weit entfernt davon, das große Geheimnis zu lüften. Die Tatsache, dass sie keinen weiteren Drohbrief erhalten hatte, fügte sich gut ins Bild.

»Also kann es jeder sein«, schlussfolgerte sie. Auch sie stand auf, entfernte sich aber einige Meter von den anderen, weil sich Paulas Nervosität auf sie übertrug.

Niemand antwortete ihr. Alle sahen sich nur gegenseitig an. Antonia schloss eigentlich alle, die hier anwesend waren, kategorisch aus. Obwohl ihr manchmal, wenn sie nicht schlafen konnte und nur Paulas Schnarchen im Ohr hatte, doch Zweifel kamen. Sie hatten so viele Verdächtige benannt und ausgeschlossen. Andrej, Joey, Stella und die Ehmanns. Was, wenn ihr irgendwo ein Fehler unterlaufen war?

Gunnar hatte seinen Vortrag über die Terme Regina wohl beendet, denn er gab dem Rest der Gruppe ein Zeichen, dass sie weitergingen. Antonia hatte genug hiervon.

»Vielleicht sollten wir noch mal selbst ermitteln. Im Hotel vor Ort. Und die Gelegenheit ist günstig, wenn möglichst wenige Menschen dort sind.« Bedeutungsschwanger nickte sie mit erhobener Augenbraue zu Gunnar und seinen Anhängern. Sie wirkten wie eine zweifelhafte Glaubensgemeinschaft.

Annegret verstand es als Erste. Sie drückte ihre Zigarette in dem dafür vorgesehenen Aschenbecher aus und drehte sich in die Richtung, aus der sie alle gekommen waren. Ausgang und Eingang lagen direkt nebeneinander.

»Es gibt hier wohl einen Seitenausgang. Dort drüben irgendwo. Der sollte schnell zu erreichen sein und uns den halben Weg den Berg hinauf ersparen.« Linda klopfte ihrem Mann auf die Schulter, der nicht gut zu Fuß war. Hans wich der Berührung zwar aus, nickte aber.

»Wo ist der genau?« Antonia folgte ihrer Geste in die Richtung, die auch Gunnar und Co. ansteuerten.

Wohl oder übel schlossen sie sich damit noch mal ein Stück der Ausflugsgruppe an. Antonia versuchte, das Gerede des Reiseleiters zu ignorieren, doch ein Gefühl der Wut breitete sich Stück für Stück in ihr aus. Sie war froh, als sie auf ein riesiges gusseisernes Tor zusteuerten.

Während die Gäste daran vorbeigingen, bog die Ermittlertruppe ab. Linda hatte recht behalten. Der Weg bis zum Hotel war nicht mehr weit. Jeder von ihnen ging in seinem Tempo. Paula und Antonia nebeneinander, weil die trotz ihres Alters locker mit ihr mithalten konnte. Was Seniorenfitness und Herzgruppensport so alles bewirken konnten. Somit kamen sie als Erste im *Invidia* an. Etwas ratlos blieben sie vor der Eingangstür stehen.

»Wie gehen wir vor?«, wollte Paula von ihr wissen.

Antonia schürzte die Lippen. »Ehrlich gesagt habe ich keine Ahnung.«

»Sollen wir versuchen, Zimmerschlüssel zu klauen?«

Antonia starrte Paula an. Mit einem solchen Vorschlag hatte sie nicht gerechnet. »Das finde ich etwas drastisch.« Sie schenkte ihrer Freundin ein Lächeln, aber Freude empfand sie nicht. Mal wieder konnte sie nur die Zitronenbäume anstarren, von denen nach Annegrets letzter Aktion einige Früchte fehlten. Manche Pflanzen wirkten richtig kahl. »Wir sollten die Privaträume des Hotelierehepaars durchsuchen«, schlug sie stattdessen vor.

Nun war Paula diejenige, die sie anstarrte. Das sah sie erst aus den Augenwinkeln, dann direkt vor sich, als sie sich endlich von den gelben Früchten löste.

»Ist das dein Ernst?«

»Wir müssen doch herausfinden, ob an euren Theorien etwas dran ist«, zischte Antonia. Ihr gefiel es auch nicht, derartige Grenzen zu überschreiten. Sie war eine aufrichtige Bürgerin und wollte keinen Ärger. Aber der Wunsch nach Aufklärung war dringlicher.

»Wie lautet denn deine Theorie? Bis jetzt widersprichst du nur uns anderen, aber eine eigene stellst du nicht auf.«

Antonia fühlte sich ertappt. Die Temperatur in ihrem Gesicht nahm leicht zu. Sie trat einen Schritt zur Seite und steckte sich eine lose Strähne hinter das Ohr.

»Genau deswegen werde ich dorthin gehen. Kommst du mit, oder bleibst du hier?« Sie verschränkte die Arme vor der Brust.

»Selbstverständlich begleite ich dich. Allein macht hier niemand etwas.« Paula knöpfte ihre selbst gestrickte Jacke zu, als würde sie sich für ein Gefecht bereit machen.

»Danke«, murmelte Antonia. Sie wollte bereits aufbrechen, da hielt Paula sie am Arm zurück.

»Und was ist mit den anderen?«

Beide blickten gleichzeitig den Berg hinunter. Dass sie endlich alle die Mobilfunknummer miteinander ausgetauscht hatten, erleichterte ihre Kommunikation erheblich.

»Schreib ihnen, dass sie sich das Waldstück und die Umgebung des Pools vornehmen sollen. Wir stoßen später dazu.«

Paula nickte, wirkte aber nicht zufrieden. Sie kramte ihr Smartphone hervor, das überhaupt nicht smart, sondern eher prähistorisch wirkte.

»Zu viele Köche verderben den Brei«, kommentierte Antonia noch. Sie wollte die anderen nicht in Gefahr bringen. Paula natürlich auch nicht, aber die Rentnerin hatte recht. Sich allein auf Recherche und Untersuchung zu begeben, konnte übel enden. In die Privaträume der Geschäftsführung mit einem ganzen Trupp alter Leute einzudringen, war jedoch auch eher das Gegenteil einer geheimen Mission. Das war der Kompromiss, auf den sie sich gerade so einlassen konnte.

Gemeinsam betraten sie das Hotel. An der Rezeption saß Leonardo persönlich. Einem kleinen Small Talk konnten sie somit nicht entgehen, aber sie hielten ihn kurz, indem sie beide höllische Kopfschmerzen vorgaben. Er wünschte ihnen deshalb zügig gute Besserung. Als dann noch das Telefon klingelte, beeilten sich beide, die Lobby zu verlassen. Sie deuteten an, dass sie die Treppen hochgingen, doch in Wahrheit schlichen sie sich so leise wie möglich in den Gang, wo auch der Personalraum lag. Immer weiter durch, an Abstellkammern und Bädern vorbei, bis sie auf die erste Tür stießen, auf der *Privato* stand. Durch diese gelangten sie problemlos. Doch sie betraten nicht, wie erhofft, die Wohnung der Rossis, sondern einen weiteren Gang.

»Wie groß ist dieses Hotel bitte?«, flüsterte Antonia mehr zu sich selbst als zu Paula, die ihr um eine erste Ecke folgte. Bei der ersten Tür versuchten sie es, doch sie war verschlossen. Die nächste Klinke drückte Paula hinunter.

»Ist zu«, ließ sie Antonia wissen.

Ein weiterer Versuch, das gleiche Ergebnis. Ihnen war schleierhaft, warum nicht der komplette Flur abgeschlossen worden war, denn jede Tür war es. Lediglich am Ende des Gangs öffnete sich eine schwere Metalltür nach draußen auf den Hinterhof, wo die Mülltonnen standen. Sie hatten Glück, dass gerade keiner vom Service eine Raucherpause machte.

»Hat bestimmt was mit dem Brandschutz zu tun.«

Paula nickte. Sie schloss die Tür wieder, bevor jemand sie bemerkte.

»Was nun?« Paula sah Antonia erwartungsvoll an. Als hätte sie immer den Durchblick und innovative Ideen. Aber sie war mit ihrem Latein auch langsam am Ende. Deshalb zuckte sie nur mit den Achseln.

»Dann doch die Schlüssel besorgen«, brummte Paula.

Antonia gab nach. Sie nickte, auch wenn es ihr vollkommen widerstrebte, auch nur in Erwägung zu ziehen, die anderen Hotelzimmer zu durchforsten. Wenn eine Tür offen stand, war das die eine Sache. Aber einen Schlüssel zu entwenden, um sich unerlaubt Zutritt zu verschaffen, fühlte sich nach einem Verbrechen an. Hausfriedensbruch.

Sie folgte Paula zurück in den Hauptflur. Mit ihren Gedanken war sie ganz woanders. Bei Frederico, mit dem sie heute

Morgen bereits geschrieben hatte. Er war neugierig und wollte ständig ein Update in Bezug auf die Ermittlungen haben. Weil ihr Fokus so nach innen gerichtet war, merkte sie viel zu spät, dass sich die Tür des Personalraumes öffnete. Paula zog sie zwar noch zur Seite, aber der Flur bot kein Versteck. Innerhalb von Sekunden entschied sich Antonia für den offenen Umgang mit der Situation. Sich nun in irgendeine Ecke zu kauern, wirkte viel verdächtiger, als einfach zu sagen, dass sie sich verlaufen hatten.

Aus der Tür trat eine zierliche Frau mit rotbraunen Locken. Sie trug eine Kiste und kickte mit dem Fuß die Tür zu.

»Stella?« Paula ließ Antonia los. Mit kleinen, aber schnellen Schritten eilte sie auf das Zimmermädchen zu. Antonia hatte sie ohne die übliche Uniform gar nicht erkannt.

»Paula, meine Liebe!« Die Frauen umarmten sich kurz.

»Was machst du hier? Bist du frei?«

Stella nickte.

Antonia hatte zu ihnen aufgeschlossen. Eine Umarmung gab es nicht, aber ein respektvolles Nicken.

»Ich bin heute Morgen entlassen worden. Meine Anwältin hat mich da rausgeholt.« Stella lächelte, aber ihre Augen blieben ernst.

Antonia wollte sich gar nicht vorstellen, wie schlimm es für sie hatte sein müssen, unschuldig im Gefängnis zu sitzen.

»Mit welcher Argumentation?«

Paula sah sie an. Ganz gemäß dem Motto, dass man eine solche Frage nicht stellte, aber Antonia brauchte jeden kleinsten Schnipsel an Information.

»Sie haben keine Beweise bis auf meine Fingerabdrücke. Die befanden sich, selbstverständlich, in allen Zimmern ...« Nun grinste sie siegesgewiss. Dieses Mal erreichte es auch ihre kastanienbraunen Augen. »Aber nicht auf dem Diebesgut. Ich habe kein Motiv. Und die Chance allein macht keine Mörderin aus mir. Außerdem hat mich der Postbote auf dem Weg zur Arbeit gesehen, als er seinen Transporter beladen hat. Da war Tanja bereits im Wasser. Ganz klar von der Pathologie bestätigt.« Stella sah zu Boden. »Entschuldigt bitte, wenn ich mich so freue. Die Sache mit Tanja ist natürlich eine Tragödie. Ich bin einfach nur erleichtert, dass ich nach Hause kann.«

Paula legte einen Arm um die Frau. Sie wirkte wie ein Häufchen Elend.

Antonia verarbeitete noch die neuen Informationen. Diese Erkenntnisse waren hochinteressant. Die Polizei hatte sie bisher nicht mit ihnen geteilt. Ein weiterer Hinweis darauf, dass Fredericos Kollegen sich ihm gegenüber nicht fair verhielten.

»Aber was machst du in diesem Zustand hier, Liebes?« Mit ihrer Frage traf Paula mal wieder den Nagel auf den Kopf.

»Ich hole meine Sachen«, nuschelte Stella. In der Tonlage schwang ein aufkeimendes Weinen mit.

»Haben sie dich rausgeschmissen?« Antonia legte den Kopf schräg.

»Nein, ich gehe freiwillig. Ich will mit alldem hier nichts mehr zu tun haben. Ich bin fertig hier.« Sie schluchzte auf. Die Trauer darüber, dass sie gekündigt hatte, wirkte echt. Eine so schnelle Flucht von all den Lebensumständen deutete normalerweise auf Schuldigkeit hin, aber sie wirkte so fertig. Antonia widerstrebte es, sie weiterhin als Verdächtige zu sehen. Selbst als sie es offiziell noch gewesen war, war ihr das ja nicht gelungen.

»Hast du schon einen neuen Job?« Paula bot ihr ein sauberes Stofftaschentuch an, auf das sie extra für diesen Urlaub eine Zitrone gestickt hatte. So hatte sie es Antonia auf der Hinfahrt erzählt.

»Nein, aber das wird schon. Leonardo möchte mir ein gutes Arbeitszeugnis schreiben. Er ist nicht sauer, sondern unterstützt mich.«

Antonia seufzte. Mit allem, was sie über diesen Mann er-

fuhr, fiel es ihr schwerer, ihn als potenziellen Täter zu sehen. Allein Stellas Geschichte sprach von einem fairen und
verständnisvollen Mann, nicht von einem kaltblütigen Mörder. Konnte sie sich so sehr in einem Menschen täuschen?

»Das klingt gut«, brummte Paula.

»Dann muss nur noch die Schreckschraube mitmachen.«
An ihren weit aufgerissenen Augen erkannte Antonia, dass
Stella diesen Kommentar niemals hatte laut aussprechen
wollen.

»Welche Schreckschraube?«, fragten sie und Paula wie
aus einem Mund.

»Ach, vergesst es.« Stella winkte ab. Sie entkam Paulas
Umarmung, packte die Kiste anders und öffnete den Mund.
Sie wollte sich verabschieden, da war sich Antonia sicher.
Aber so lief das Spiel nicht.

»Moment mal«, sagte sie und versperrte Stella den Weg.
»Hattest du mit jemandem Ärger?«

Stella sah sie an. Eine ihrer Augenbrauen erhob sich.
»Seid ihr neuerdings Polizistinnen?«

»Ja, so ungefähr«, entgegnete Antonia. Sie nahm ihr die
Kiste ab. Stella ließ es nur widerwillig zu.

»Was wollt ihr von mir?«

Paula ging dazwischen. »Hör mal, wir wollen dir doch
nichts Böses. Genauer gesagt haben Antonia und Agente Vian sich die ganze Zeit dafür eingesetzt, dass du freigelassen
wirst.« Sie nickte. Stella blickte von Paula zu Antonia.

»Stimmt das?«

»Ja, das stimmt.« Paula nahm mir die Kiste ab und stellte
sie in der Mitte auf den Boden. »Wenn du Probleme beobachtet hast oder jemanden verdächtigst, dass er mit Tanjas
Ermordung zu tun hat, dann teile diese Bedenken bitte mit
uns. Wir versuchen noch immer, alles aufzuklären.«

»Aber die Polizei hat doch dieses Ehepaar festgenommen?
Diese Diebe?«

»Ja, genau. Aber es liegen nur Beweise für den Raub vor.

Nicht für den Mord. Der ist genauso an den Haaren herbeigezogen wie deine Verhaftung.«

Stella sah Antonia für einen Moment an, dann nickte sie langsam. »Okay.« Sie räusperte sich. »In Ordnung.« Man sah, dass es ihr schwerfiel. »Anna ist seit der Trennung von Leonardo ein völlig neuer Mensch.«

Paula und Antonia sahen sich an.

»Moment mal«, begann Paula.

»Willst du damit sagen, dass die Rossis nicht mehr zusammen sind?«

Stella verzog das Gesicht. »Genau. Die beiden leben zwar noch zusammen, und an und für sich verstehen sie sich auch gut, aber sie sind kein Liebespaar mehr. Das ist schon seit Monaten vorbei. Nur für die Gäste erhalten sie den Schein des perfekten Familienunternehmens aufrecht.«

Antonia grunzte. »Ich hab es doch gewusst«, nuschelte sie. Endlich ergab das merkwürdige Verhalten der beiden Sinn.

»Aber warum beschreibst du Anna als seitdem verändert?«

Stella sah kurz zur Decke, dann wieder zu ihnen. »Weil sie seit der Trennung eigen geworden ist. Vorher hat sie Leonardo jeden Wunsch von den Lippen abgelesen, doch danach hat sie mit ihm über alles diskutiert. Dinge infrage gestellt. Jede Frau, die mehr Zeit mit ihm verbracht hat, war ihr ein Dorn im Auge.«

»Also will sie ihn eigentlich zurück?«

Stella lachte auf. »Nein! Buon Dio, nein!«

Paula und Antonia warteten auf die ganze Geschichte. Das ehemalige Zimmermädchen kam dieser unausgesprochenen Aufforderung sofort nach.

»Leonardo hat sie betrogen. Aus diesem Grund hat sie sich von ihm getrennt. Ich glaube, dass sie viel eher Angst hat, dass eine andere Frau ihren Platz einnehmen wird. Dass eine neue Geliebte und ihr Ex ihr das Hotel wegnehmen.

Leonardo ist nicht der Nachfolger des *Invidia*. Das Hotel hat Annas Vater gehört. Er wollte es aber nicht an seine Tochter vererben. Ihr Bruder ist allerdings früh an Lungenkrebs verstorben, somit ist nur sie übrig geblieben. Damit das Hotel nicht einfach verkauft wird, hat sie sich mit ihrer großen Jugendliebe zusammengetan. Leonardo und Anna haben das Hotel übernommen und waren zwanzig Jahre lang glücklich. Bis er mit einer guten Freundin geschlafen und sie ihn in flagranti erwischt hat.«

Antonia sah es wie einen Film vor sich. Plötzlich ergab alles einen Sinn.

»Ist es denkbar, dass Leonardo etwas mit Tanja hatte?« Ihre Stimme machte vor Aufregung einen Hüpfer zum Ende ihrer Frage.

»Das müssten wir wohl eher Tanja fragen, aber das geht ja nicht mehr.« Stella sah zu Boden. Als sie Antonia wieder ansah, lag eine Mischung aus Erkenntnis und Gewissheit in ihren Augen. »Ja, das ist möglich. Leonardo hat im letzten Jahr jeder hübschen Frau den Hof gemacht, und über Tanja war überall bekannt, dass sie sich von ihrem Arbeitgeber immer extra für eine Reise in die Toskana, speziell ins *Invidia*, einteilen ließ. Damit ist sie sogar hausieren gegangen.«

»O mein Gott«, rief Paula aus. Sie nahm Antonias Hand auf der einen und Stellas Hand auf der anderen Seite. »Bedeutet das, dass Anna Tanja aus Eifersucht umgebracht hat? Nicht wegen ihres Mannes, sondern wegen der Furcht, ihr Familienunternehmen und ihre Existenzgrundlage zu verlieren?«

Besser hätte Antonia es nicht auf den Punkt bringen können. Ein Blick reichte als Antwort. Paula umarmte Stella, weil sie wohl nicht anders damit umgehen konnte. Antonia entkam ihrem Griff. Sie lehnte sich an die Wand des Flurs und beobachtete eine Mücke, die immer wieder gegen die Glühbirne der Wandlampe flog. Manchmal lag das Offen-

sichtliche und mit Klischees gespickte genau vor den eigenen Augen.

Nach einer gefühlten Ewigkeit fragte Stella: »Was habt ihr
hier überhaupt gemacht?«

»Wir haben uns verlaufen«, log Paula ganz so, wie Antonia es geplant hatte.

»Ich habe nun übrigens eine Theorie«, verkündete sie
ihrer Freundin.

Paula lachte freudlos auf. »Sag bloß!«

»Ja, und die wird jetzt getestet«, kündigte Antonia an.
Doch sie marschierte nicht los, wie die anderen es erwarteten. Nein, das hatte sie gar nicht nötig. Alles, was sie zur
Überprüfung dieser Theorie brauchte, war ihr Smartphone,
das sie nun aus ihrer Hosentasche nahm.

22

»Signora Rossi«, begann der Polizist. Den Rest verstand Antonia nicht. Was jedoch unmissverständlich war und jede Sprachbarriere überwand, war das Klicken der Handschellen. Die fraßen sich eng um die zarten Handgelenke von Anna.

Es war eine Szene, die Antonia für immer im Kopf hängen bleiben würde.

Die Hotelière, der bei der Verhaftung die Tränen wie Bäche über das Gesicht liefen. Anna Rossi war eine wunderschöne Frau, doch jetzt sah sie wie eine Furie aus. Bereits vorher hatte sie sich die Haare gerauft, die nun unordentlich von ihrem Kopf hingen. Ihr sonst so strahlender Teint war fahl, ihr Gesicht wirkte durch die Trauer faltiger als vorher. Die vollen Lippen waren zu einer dünnen Linie verzogen, und ihre Schultern bebten, als würde sie eine Art Anfall durchleben. Sie ging sogar schief, so verkrampft war ihr Körper. Die Stille, die sie bei der Verhaftung ausstrahlte, machte Antonia Angst. Nein, Sorgen.

Viel mehr noch fand sie aber das Verhalten von Leonardo besorgniserregend. Der Hotelier brach zusammen. Im wahrsten Sinne des Wortes fiel er auf die Knie und dann auf den Bauch. Erst waren mehrere Menschen, auch Antonia, zu ihm geeilt. Was war nun geschehen? Hatte die eifersüchtige Ex ihm jetzt auch noch den Garaus gemacht? Doch dann erklang sein Schrei. Wie ein Wehklagen drang es durch die Lobby bis zur Bar. Vermutlich hörte man es ebenfalls auf dem Dach, im Pool und auf den Gästezimmern. Es blieb nicht bei einem Schrei. Als durchlitte er die schlimmsten Qualen der Welt, weinte er. Auch das war international eindeutig. Ein richtiges Wort verstand wohl niemand.

Die meisten Gäste und Polizisten nahmen danach von ihm Abstand. Sie sahen mit hochgezogenen Brauen auf den Boden, auf dem er sich wälzte, und schüttelten die Köpfe.

Antonia tat er leid. Wenn man jemanden so lange geliebt hatte, musste es schwer sein, das wahre Gesicht der Person zu akzeptieren. Man konnte zudem davon ausgehen, dass er Tanja geliebt hatte. Nach allem, was vorgefallen war, schien er nun endgültig am Ende zu sein.

Es herrschte das reinste Chaos. Die Neuigkeiten verbreiteten sich wie ein Lauffeuer und führten dazu, dass die Gäste auschecken wollten. Spätestens jetzt wollte niemand mehr in diesem Hotel sein. Wenn die Chefin selbst Menschen in ihrem Pool ertränkte, sollte man das Weite suchen – da waren sich den Gesprächen zufolge alle einig. Alle außer Antonia.

Sie stand inmitten der Menschen, die zum Empfangstresen drangen und der Praktikantin hysterisch ihre Zimmerschlüssel in die Hand drückten, damit sie schon mal die Rechnung bezahlen konnten. Die andere Hälfte der Gäste verschwand auf ihre Zimmer. Um sich vor der Realität zu verstecken oder das Gepäck möglichst schnell zu packen, war unklar.

Anna wurde durch das Foyer geführt. Niemand sah ihr hinterher außer Antonia. Als sie auf ihrer Höhe ankamen, wehrte sich die Frau gegen den Griff des Polizisten, der sie mitnehmen wollte.

»Sie müssen die Wahrheit herausfinden. Bitte! Geben Sie nicht auf!«

Der Beamte ermahnte sie auf Italienisch. Anna fügte sich. Über die Schulter sah sie noch zu Antonia zurück. Ihre roten Lippen formten erneut das Wort »Bitte«.

Antonia kam es vor, als hätte man ihr mit einem Brett vor den Kopf geschlagen. Sie verstand gar nichts mehr.

Vor wenigen Stunden war sie nach Rücksprache mit Frederico zum Polizeirevier gefahren. Anstatt sich abwimmeln zu lassen, hatte sie seinen Kollegen deutlich gemacht, dass es wichtig war. So wichtig, dass sie nach seinem Vorgesetzten gefragt hatte. Die Stunde Wartezeit hatte sie gern in Kauf genommen. Niemand hatte ihr geglaubt. Sie hatte vielleicht nicht ihre Wortwahl verstanden, aber dass sie sie für verrückt gehalten hatten, war eindeutig gewesen.

Fredericos Chef war ihren Hinweisen nachgegangen. Nicht mit besonderer Motivation, aber immerhin hatte er seinen Job gemacht. Der Schreck war groß gewesen, als sich in dem Grundbuchauszug des Hotels ihre Theorie bestätigt hatte. Als sie dann noch Stella befragt hatten, die Antonia netterweise begleitet hatte, war alles ganz schnell gegangen. Sie waren vom obersten Chef höchstpersönlich zum Hotel mitgenommen worden. Der Haftbefehl war per Telefonat mit einem Richter ausgemacht worden. Das hatte Stella zumindest Antonia zwischendurch flüsternd berichtet.

Nun brach alles auseinander. Anstatt dass gefeiert wurde, weil die Wahrheit endlich aufgedeckt war, redete niemand mehr mit dem anderen. Paula und Annegret standen wie Antonia nur da und beobachteten das Schlachtfeld.

»Dat hättet ihr auch ma erwähnen können«, brummte die Seniorin nur und schüttelte den Kopf. Enttäuschung machte sich auf ihrem Gesicht breit. Normalerweise bemühte sie sich, dass man ihr das nicht ansehen konnte, deshalb wusste Antonia, dass es eine tiefe Emotion sein musste.

»Annegret, es tut –«

»Spar dir dat, Kleene.« Sie zuckte mit den Achseln, als wäre ihr das alles vollkommen egal, und schloss sich der Völkerwanderung die Treppe hinauf an.

Antonia sah zu Paula. Die hatte sie zwar nicht mit zur Polizeistation genommen, aber keine Information war ihr entgangen. Trotzdem machte sie den Eindruck, als müsste sie sich gleich übergeben. Von ihrer Frohnatur war nichts mehr übrig geblieben. Wie ein Zombie beobachtete Paula das Trauerspiel vor ihnen.

»Das Abendessen steht bereit!« Joey versuchte, sich Gehör zu verschaffen, aber niemand achtete auf seine Versuche, die Gäste zu beschwichtigen. Auch er tat Antonia leid, denn ohne seine Chefin und nur mit seinem Chef, der sich in diesem emotionalen Ausnahmezustand befand, war er ganz allein verantwortlich. Er musste nun für all die aufgebrachten Gäste sorgen, die nichts anderes im Sinn hatten, als zu fliehen. Dabei war die Gefahr doch gebannt, oder?

Antonia blickte durch die Glasfront des Hotels. Sie sah, dass der Polizeiwagen, in den sie Anna verfrachtet hatten, davonfuhr.

Irgendetwas stimmte nicht. Antonia hatte ein Bauchgefühl. Dieses Bauchgefühl, das sie schon aus der Kindheit kannte. Das erste Mal hatte sie es gespürt, als ein Mitschüler von ihr bei einem Ausflug auf einen Sandberg geklettert war. Sie hatte ihrer Lehrerin sofort Bescheid gegeben, weil die Empfindung in ihrem Bauch so unangenehm gewesen war, dass sie es nicht mehr ausgehalten hatte. Genau in diesem Moment war der Junge in dem Sand eingebrochen. Später hatte man den Kindern erklärt, dass er in ein von außen nicht sichtbares Loch gefallen war. Sie hatten Jan noch retten können, aber er wäre beinahe erstickt.

Dieses Gefühl der Vorahnung hatte Antonia bisher durch ihr Leben begleitet – und nun meldete es sich deutlich.

»Es gibt ein tolles Menü! Egal, ob Sie noch heute aufbrechen oder nicht, eine Stärkung kann nie schaden.« Joey wedelte mit den Armen, als würden die Leute dann auf ihn achten. Die Strategie des Essensangebotes war eigentlich vielversprechend. Gesättigte Menschen trafen rationalere Entscheidungen. Mit einer Mahlzeit im Bauch würde ihnen womöglich klar werden, dass es keinen Grund mehr gab, das Hotel noch heute zu verlassen. Sie würden begreifen, dass der Antritt einer Rückreise am frühen Abend ungeschickt war. Vor allem, wenn es alle gleichzeitig versuchten und sie in einer Kleinstadt zu Gast waren.

Antonia war nicht nach Essen zumute. Ihr war latent übel. Doch als Paula sich wie automatisiert in Bewegung setzte, folgte sie ihr. Im Laufen schrieb sie Frederico eine Nachricht:

Anna wurde verhaftet, und hier herrscht das reinste Chaos. Aber irgendetwas stimmt nicht. Es ist ein komisches Gefühl, aber es ist nicht richtig. Sie hat mich angefleht weiterzusuchen. Welche schuldige Person macht das?

Als sie an ihrem Stammplatz ankam, hatte er noch nicht geantwortet. Sie legte das Handy auf den Tisch und nahm gegenüber von Paula Platz. Die Tische um sie herum waren wie ausgestorben. Ab und zu saß eine einzelne Person dort und nippte an einem Glas Wein oder Cola. Gunnar redete mit gedämpfter Stimme mit Andrej. Dass der Reiseleiter dazu überhaupt in der Lage war, schien neben der Verhaftung die News des Tages zu sein. Er schrie nicht nur, sondern konnte sogar Anstand zeigen und sich mäßigen.

Es wirkte so, als wäre nicht nur der Großteil der Gäste auf der Flucht, sondern als hätten sich auch die meisten Mitarbeiter aus dem Staub gemacht. Joey stemmte den Service allein, was heute wohl bei der mangelnden Besucherzahl kein Hexenwerk darstellte. Aus der Küche drangen aber immer mal wieder Flüche. Giulia schien aufgebracht zu sein. Antonia nahm an, dass es leichter sein musste, für eine Handvoll Gäste zu kochen als für eine ganze Kaserne, aber was wusste sie als Küchenmuffel schon?

Die Vorspeise war kalt, als sie bei Paula und ihr ankam. Für ein warmes Gericht war das kein gutes Zeichen. Joey kündigte es als *Pappa al pomodoro* an, und der Name war Programm. Tomatenpappe. Geschmacklich gar nicht schlecht, aber vom Aussehen und der Konsistenz her eher gewöhnungsbedürftig. Während Paula einen Löffel nach dem anderen nahm und ihr erklärte, dass man dieses Gericht auch in Zimmertemperatur an schwülen Toskanaabenden genießen konnte, schob Antonia die Pampe auf ihrem Teller nur von links nach rechts. Sie sah auch kleine grüne Teilchen in der Masse. Joey hatte sie wegen des Oregano nicht extra gefragt, denn eigentlich wussten ja alle Bescheid. Doch üblicherweise sagte er immer dazu, dass es ohne das Kraut zubereitet worden war. Da aber alle diese Matsche aßen, traute sie dem Ganzen nicht und hielt sich lieber zurück. Hunger hatte sie ja eh nicht.

Die Hauptspeise war *Pappardelle al cinghiale.* Schon von Weitem sah Antonia, dass sie Fleisch beinhaltete. Joey stellte auch keinen Teller vor ihr ab, sondern meinte, dass ihre sofort folgen würde. Aus »sofort« wurden dann zwanzig Minuten, in denen Paula ihr Gericht bereits verspeist hatte.

»Bist du mir böse, wenn ich schon mal nach oben gehe?« Die Rentnerin sah mitgenommen aus. Ihre Lider hingen schwer über ihren Augen, und die Hand, die das Wasserglas zum Mund führte, zitterte sogar.

»Natürlich nicht. Ruh dich aus.« Antonia setzte alles daran, dass Paula bei ihrem Weggang ein gutes Gefühl hatte. Sie machte noch kleinere Schritte als sonst. Von der fitten Seniorin war an diesem Abend nicht mehr viel übrig. Bis sie den Speisesaal verlassen hatte, sah sie ihrer Freundin hinterher.

Antonia war nun allein am Tisch. Als Joey ihr Hauptgericht brachte, lächelte sie ihn an.

»Ohne Fleisch, ohne Oregano und ohne Katzenhaare«, scherzte er und zwinkerte ihr zu. Er gab sich wirklich Mühe, dass die wenigen Menschen, die hier aßen, eine gute Zeit hatten.

Die Situation war absurd. Gerade eben noch war wenige Meter von ihnen entfernt zum nun dritten Mal innerhalb von einer Woche eine Person verhaftet worden. So viel Drama hatte es wohl noch auf keiner Seniorenbusreise gegeben.

»Danke vielmals.«

Er stellte eine bekannte Speise vor ihr ab. Es war wieder ein Omeletttörtchen mit Zucchini, Aubergine und kleinen Tomaten. Nicht gerade ihre Lieblingsspeise, aber immerhin nicht gefährlich für sie.

Joey entschuldigte sich und eilte zurück in die Küche, aus der Getöse kam. Wütende Stimmen drangen kurz durch die geöffnete Tür, nur um dann mit einem klackenden Geräusch zu verstummen.

Antonia trennte ein Stück des Törtchens ab und spießte es mit der Gabel auf. Sie aß einen Bissen. Als ihr Handy aufleuchtete, nahm sie eine weitere gut gefüllte Gabel.

Frederico hatte geantwortet. Zumindest so was in der Art, denn er hatte ihr lediglich ein »Daumen hoch« gesendet. Sie verzog die Brauen. Mit vollem Mund meckerte sie, bevor sie zu einer Antwort ansetzte.

Was soll daran bitte gut sein? Ruf mich mal an, wenn du Zeit hast. Wir müssen das besprechen. Ich sage das nicht nur aus Spaß!

Kopfschüttelnd legte sie das Smartphone zur Seite und aß ein weiteres Stück ihres Omeletts. Heute schmeckte es irgendwie anders. Holziger. Würziger. Mit einem Hauch Bitterkeit und Schärfe. Es schmeckte ... verboten.

Sie legte die Gabel neben den Teller. Betrachtete das Törtchen ganz genau.

»Joey?«, rief sie.

Wie auf Kommando kam der Oberkellner, aber nicht zu ihr. Er schrie etwas auf Italienisch. Als sie sich umdrehte, sah sie gerade noch, wie er sein Namensschild durch die offen stehende Küchentür schmiss und dann aus dem Speisesaal marschierte. Offenbar verloren hier heute alle ihren Verstand.

In Antonias Hals bildete sich ein Kloß. Ihre Lippen begannen zu kribbeln. Sie legte die Fingerspitzen auf den Mund, nur um zusammenzuzucken. Mit zittrigen Fingern nahm sie ihr Handy und öffnete die Selfiekamera. Sie waren geschwollen.

Sofort stand sie auf. Dabei schmiss sie ihren Stuhl um, doch das war ihr egal. Das Engegefühl in ihrer Brust ließ sie um Luft ringen. Sie versuchte, nach Gunnar und Andrej zu rufen, doch die beiden waren schon auf dem Weg zu ihren Zimmern auf Höhe der Bar. Der Speisesaal war leer. Sogar im Foyer schien niemand mehr zu sein. Wo waren denn alle?

Sie hörte selbst, wie sie keuchte, als sie weiterging. Langsam, damit genug Sauerstoff in ihre Lunge kam. Alles verschwamm vor ihren Augen. Ob das die Allergie oder die in ihr aufsteigende Panik war, konnte sie nicht sagen. Es führte jedoch dazu, dass sie keine Notfallnachricht an einen ihrer Freunde absetzen konnte. Mühsam ging sie weiter. Als sie den Speisesaal verlassen hatte, erkannte sie an der Bar ihren persönlichen Lichtblick.

Leonardo saß dort. Er brütete über einem Glas mit brauner Flüssigkeit.

»Hilfe!«, krächzte sie, war aber nicht laut genug. Er sah nicht auf. Noch immer hatte er seinen Kopf auf die Hand gestützt. Er murmelte Dinge vor sich hin.

Endlich war sie nah genug. »Ich brauche Hilfe!« Ihre Worte waren deutlich, doch er reagierte kaum.

»Was?«

Als er sie ansah, wurde Antonia klar, dass er betrunken war. Innerhalb der letzten Stunde hatte er sich anscheinend einer Druckbetankung unterzogen.

»Das passiert, wenn man die falsche Frau liebt«, nuschelte er.

Hatte sie Halluzinationen? Oder waren ihre Ohren bereits ebenfalls geschwollen? Sie könnte ihn nun befragen oder ihm verständlich machen, dass er einen Krankenwagen rufen sollte, doch das würde sie kostbare Zeit kosten, die sie nicht hatte. Deshalb ließ sie ihn dort irritiert sitzen und drückte den Knopf des Fahrstuhls. Es dauerte gefühlt eine Ewigkeit, aber in diesem Zustand die Treppe zu nehmen, kam noch weniger infrage. Während sie auf das erlösende »Ping« wartete, wählte sie die Nummer des Rettungsdienstes. Bis sie dem Menschen am anderen Ende der Leitung zu verstehen gegeben hatte, dass sie kein Italienisch sprach, war der Fahrstuhl bei ihr. Als sie einstieg, hatte sie sofort kein Netz mehr. Ihr Rettungsruf verlief im Nichts. In der kurzen Zeit bis in die zweite Etage verschlimmerten sich ihre Symptome. Krämpfe setzten ein, die sie sich zusammenkrümmen ließen. Eine Übelkeit, wie sie sie selten zuvor in ihrem Leben verspürt hatte, benebelte ihre Sinne. Mit Mühe fand sie den richtigen Gang. Kurz erwog sie, zu Paula oder Annegret zu gehen. Doch beide Zimmer lagen in der entgegengesetzten Richtung ihres eigenen Raumes, in dem sich ihr Adrenalin-Pen befand. Während sie also ihre einzige Rettung ansteuerte und sich erneut um einen Notruf bemühte, der jedoch nicht durchging, merkte sie bei jeder Bewegung, wie ungleichmäßig ihr Herz schlug. Durch die geschwollenen Lider sah sie die Anzeige ihres Smartphones:

Kein Netz verfügbar.

Mit letzter Kraft schloss sie ihr Zimmer auf, ließ die Tür offen stehen und schlich in ihr Bad. Dort leerte sie den gesamten Inhalt ihrer Medizintasche ins Waschbecken, bis sie den Adrenalin-Pen in den Händen hielt.

Es war ihre Schuld. Sie sollte dieses Teil immer in ihrer Nähe haben. Das hatten ihr die Ärzte ausdrücklich erklärt. Aber es war so viele Jahre gut gegangen, dass sie es einfach ausgeblendet hatte.

Sie bemühte sich um eine ruhige Atmung, als sie die Schutzhülle des Adrenalin-Pens entfernte, ihn in ihrer Hand positionierte und fest in ihren Oberschenkel drückte. Angst war ihr Tod. Sie durfte jetzt nicht in Panik geraten. Dann würde sie die Injektion verhauen, sich selbst nur sabotieren und mit ihrem eigenen Leben spielen. Sie drückte fester, bis ein leises »Klick« ertönte. Kurz hielt sie inne, um sicherzugehen, dass das ganze Medikament in ihren Oberschenkel floss. Dann entfernte sie den Pen und massierte die Stelle. Dieser Teil des Prozesses war der unangenehme, weil die Stelle um den Einstich herum schmerzte. Es brannte und stach so sehr, dass es Antonia die Tränen in die Augen trieb. Weitere flossen, als die schlimmste Nebenwirkung dieses Prozesses einsetzte: Ihr Herzschlag wurde beschleunigt. Das Adrenalin fegte regelrecht durch ihren Körper. Sie hatte das Bedürfnis, einfach loszurennen, war dazu aber körperlich nicht in der Lage. Kalter Schweiß sammelte sich auf ihrer Stirn. Zuletzt hatte sie sich so beschissen gefühlt, als sie fast vierzig Grad Fieber gehabt hatte. Sie sah in den Spiegel und erkannte ihr eigenes Gesicht nicht mehr. Es war aufgequollen, gerötet und mit Ausschlag übersät. Ihr eigener Anblick war so schockierend, dass sie erst spät bemerkte, dass ihr Handy klingelte.

»Hallo?«, hauchte sie mit letzter Stimme.

»Wo bist du?«

»Frederico.« Nun erzitterte ihr ganzer Körper. »Ich bin auf meinem Zimmer und brauche dringend Hilfe.«

23

Sie traute ihren Augen kaum, als Frederico in ihr Bad gestürmt kam. Sein Aufzug war mehr als fraglich. Obenherum trug er noch immer sein OP-Hemd, und untenherum hatte er ihr die Freude genommen, sein nacktes Hinterteil zu bewundern, und sich eine Jogginghose übergezogen. An der Hand, die er nach ihr ausstreckte, um sie festzuhalten, klebte vertrocknetes Blut. Antonia schwankte gefährlich.

»Was ist passiert?«

»Jemand hat mich vergiftet. Da war Oregano in meinem Essen.« Sie merkte, dass ihre Stimme fester wurde. Der Adrenalin-Pen enthielt ein Teufelszeug.

»Ich rufe einen Krankenwagen«, brummte er.

»Ja, für uns beide. Was machst du hier?« Sie musste einen Atemzug pausieren, weil ihr die Kraft für viele Worte fehlte. »Du solltest im Krankenhaus sein«, presste sie noch hervor.

»Ich wollte dir etwas zeigen, aber das ist jetzt egal.« Er half ihr, sich auf die Toilette zu setzen.

»Zeig es mir, bitte.« Antonia hielt sich die Brust. Es fühlte sich an, als würde ihr Herz jeden Moment explodieren.

»Erst wenn du mir sagst, wie ich dir noch helfen kann.« Er kniete sich vor ihr hin.

Eigentlich musste Antonia dringend zu einem Notarzt für eine weitere Medikamentierung. Doch sie kannte noch die vorherigen Anweisungen.

»Gib mir mal die Antihistaminika«, wies sie Frederico an. Der erhob sich und sah vom Schrank zum Waschbecken. Sofort durchwühlte er den Inhalt. Er hielt nur kurz inne, um die Namen der Medikamente zu lesen.

»Das da«, sagte Antonia und deutete auf die benötigte Verpackung.

Frederico folgte ihrer Anweisung sofort. Er reichte ihr den Blister, aus dem sie augenblicklich eine der winzigen weißen Tabletten drückte und sie einfach in ihren Mund steckte. Schwankend erhob sie sich. Frederico verstand. Er nahm ihren Zahnputzbecher und füllte Wasser aus dem Hahn hinein. Unter normalen Umständen hätte sie dieses Wasser niemals getrunken, doch sie stand schon kurz vor dem Exitus. Nun war es auch egal.

Das Wasser half ihr nicht nur beim Runterwürgen der Tablette, sondern verbesserte ihr Halsgefühl. Aus diesem Grund nahm sie zwei weitere Schlucke.

»Sag mir, weshalb du hierhergekommen bist«, forderte sie ihn auf.

Frederico hob eine Augenbraue.

»Bitte«, fügte sie hinzu. »Ich habe Angst, und das kann mich ablenken.«

»Soll ich einen Rettungsdienst rufen?«

Antonia schüttelte den Kopf. Sie merkte, wie ihr Hals bereits abschwoll. Die Allergie wurde innerlich bekämpft, jetzt war es nur noch eine Kopfsache.

»Okay«, sagte Frederico stöhnend. Er sorgte dafür, dass Antonia sich wieder auf den geschlossenen Klodeckel setzte. »Ich habe deine Bedenken ernst genommen und Nachforschungen angestellt.« Er griff nach seinem Handy. Erst dachte Antonia, er würde entgegen ihrer Entscheidung den Notdienst rufen, doch er scrollte nur auf dem Display herum. »Deshalb habe ich bei Zimmermann-Reisen in Deutschland angerufen. Stellas Gerüchte haben sich bewahrheitet. Tanja Lambrecht hat sich stets für Reisen nach Montecatini vormerken lassen. Jede Reise innerhalb des letzten Jahres ins *Invidia* hat sie übernommen.«

Antonia rieb sich die Stelle, an der sie den Adrenalin-Pen versenkt hatte. »Das sind jetzt deine bahnbrechenden News?« Sie schüttelte den Kopf. Vielleicht sollte er doch einen Krankenwagen rufen, denn er verlor allmählich den Verstand.

»Nein, natürlich nicht.« Er sah sie von oben herab an. »Merkwürdig ist nur Leonardo Rossis Terminkalender der letzten sechs Monate.« Frederico grinste.

Antonia schüttelte es. Ihr wurde kalt, deshalb griff sie nach seiner Hand. Die war nämlich schön warm. Sie legte seine Handfläche an ihre Wange, um ihm nah zu sein. Körperkontakt hielt die Angst in Schach.

»Ich konnte wegen des Durchsuchungsbeschlusses auf alle Hoteldaten zugreifen und habe festgestellt, dass, immer wenn Tanja hier in Montecatini war, Leonardo nicht hier war.«

»Wie das denn?«

»Na, mal war er auf einer Weinmesse, dann ist er nach Griechenland geflogen. Er ist mit dem Zug nach Grenoble oder auf eine Tagung für Hotelgastronomen gefahren. Alles nachweisbar über Rechnungen und Anwesenheitslisten. Habe jedes Event gegengecheckt, um sicher zu sein.« Sein Grinsen zog sich über sein gesamtes Gesicht.

»Das bedeutet«, setzte sie an, verstummte aber wieder. In ihr herrschte noch immer pures Chaos. All die Körperempfindungen zu ertragen und dabei nicht durchzudrehen, erforderte beinahe ihre gesamte Konzentration.

»Dass er und Tanja keine Affäre hatten. Wieso sollte er ausgerechnet, wenn sie hierherkommt, wegfahren? So was machen Liebende doch nicht.«

Antonia hatte Probleme, ihm zu folgen. »Wir sollten mit Leonardo direkt sprechen. Er hat vorhin noch zu mir gemeint, dass er die falsche Frau liebt.« Daran konnte sie sich gerade noch so erinnern.

»Weißt du, wo er ist?«

Antonia nickte. »An der Bar. Er ist aber leider betrunken.«

»Nichts, was ein Espresso nicht richten kann.« Er half Antonia auf. Sie schwankte wieder. Erst hatte sie das Gefühl, dass es besser wurde. Hand in Hand verließen sie das Bad. Doch dann stolperte sie beinahe über ihre eigenen Füße. Vorsichtig setzte er sie auf dem Bett ab. Dabei zischte er vor Schmerzen. Er gab sich so stark, dass sie seine Verletzung vollkommen vergaß.

»Wir brauchen doch einen Krankenwagen«, entschied Frederico. Dieses Mal redete sie es ihm nicht aus. Es war ein unausweichliches Übel, ansonsten spielte sie mit ihrer Gesundheit.

Als er aufgelegt hatte, machte er keine Anstalten, ihr aufzuhelfen. »Du bleibst hier und ruhst dich aus, während ich nach unten gehe. Das Hotel scheint komplett leer zu sein, aber irgendwo muss ja einer vom Team herumspuken. Vielleicht finde ich sogar Leonardo.« Er wollte sich schon von ihr entfernen, aber sie griff nach seiner Hand.

»Du lässt mich hier auf keinen Fall allein zurück, hast du das verstanden? Ich wurde vorhin fast vergiftet und habe Angst.«

An seinem Blick erkannte sie, dass er den ersten Teil nicht ernst nahm. Vergiftung war ein hartes Wort. Aber Joey hatte ihr diesen Teller mit klaren Worten überreicht. Entweder hatte er gelogen, oder er war Opfer eines gefährlichen Täuschungsmanövers geworden.

»Okay ... aber schaffst du das?« Er beobachtete, wie sie aufstand.

Ihre Beine waren wie aus Pudding. So würde sie keine einzige Treppe laufen können. Kurz starrte sie ihn nur an, dann kam ihr eine Idee.

»Auf dem Flur steht ein Rollstuhl für die gehbehinderten Herrschaften. Den können wir nutzen.« Sie versuchte sich an einem Lächeln, aber ihre immer noch geschwollenen Lippen schmerzten dabei.

»Soll ich eine deiner Freundinnen wecken? Jemanden holen, damit du nicht mitmusst?« Frederico sah noch nicht überzeugt aus.

Aber da war wieder dieses Bauchgefühl. Es gesellte sich zu all den anderen Missempfindungen, die durch ihren Körper tobten. »Nein, das ist zu gefährlich. Frederico, hier stimmt etwas ganz und gar nicht. Du hast eine Ambulanz gerufen, sodass ich gleich versorgt werde. Lass uns jetzt bitte diesen verdammten Rollstuhl nehmen und nach Leonardo gucken.«

Einen Moment wog er in Gedanken ab. Sie war abhängig von ihm. Er könnte jetzt auch einfach seinen Plan verfolgen, und Antonia hatte keine Möglichkeit, sich dem zu widersetzen. Aber Frederico war etwas Besonderes. Er verschwand zwar im Flur, was Antonia kurz in Aufruhr versetzte, kam dann aber mit besagtem Rollstuhl zurück. Einarmig wegen seiner Schulter half er ihr, in dem Gefährt Platz zu nehmen. Mit vollem Tempo verließen sie ihr Zimmer und machten sich noch nicht mal die Mühe, die Tür hinter sich zu schließen. Dieses Mal mussten sie nicht auf den Aufzug warten, denn er war bereits bei ihnen. Frederico achtete peinlich genau darauf, dass Antonia nirgendwo anstieß, dabei war das ja gar nicht nötig. Sie saß nur aus Schwäche in diesem Teil. Unten angekommen, machten sie einen kleinen Abstecher zur Lobby, die jedoch leer war. Auf dem Boden lagen vereinzelte Zettel mit Zimmernummern herum. Die Leute waren wirklich gegangen.

»Soll ich dich hier nicht lieber parken? Die Kollegen vom Rettungsdienst müssten gleich hier sein.«

»Auf keinen Fall! Wo ist Leonardo? Wo Joey? Irgendeiner muss doch hier sein.« Frederico umrundete den Tresen. Er bückte sich hinter der Holztheke und verschwand damit kurz gänzlich. Als er sich wieder aufrichtete, hielt er ein kleines Schild zum Anstecken in den Händen.

»Der ist wohl gegangen«, ließ Frederico sie wissen.

Antonia griff an die Reifen des Rollstuhls und fuhr eigenständig in Richtung Bar, während Frederico noch alles durchwühlte.

»Leonardo?« Mittlerweile war es ihr auch egal, wenn jemand wegen ihr wach wurde. Ihr Wille, die anderen vor der unbekannten Gefahr, die ihr wie ein böses Echo überallhin folgte, zu schützen, bestand noch immer. Aber mehr Menschen bedeuteten auch mehr Sicherheit.

Ihr Tempo nahm zu, als Frederico sie von hinten anschob.

Die Bar war leer. Von Leonardo gab es keine Spur, nur ein leeres Glas. Frederico roch daran und rümpfte die Nase. »Schnaps«, stellte er nüchtern fest.

»Wo kann er sein?« Antonia legte den Kopf in den Nacken. »Vielleicht ist er selbst auf die Idee gekommen, einen Kaffee zu machen? Oder es gelüstet ihn nach einem mitternächtlichen Snack?«

»Vielleicht ist er aber auch einfach schlafen gegangen. Wir nehmen uns das komplette Hotel vor. Zumindest so lange, bis dein Abholservice hier ist.«

»Du meinst wohl eher deiner?«

»Ich bin offiziell entlassen worden«, verteidigte er sich entschieden. Er schob den Rollstuhl weiter in den noch immer hell erleuchteten Speisesaal. Achtete hier denn niemand auf den Stromverbrauch?

»Von einem Arzt oder dir selbst?«

Als er nicht antwortete, wusste Antonia, dass sie ihn erwischt hatte.

»Ich habe kein gutes Bauchgefühl, okay? Das ist schwer zu erklären, aber ich möchte sichergehen, dass es Leonardo und Joey gut geht. Dann kannst du mich wegbringen. Mir egal.« Sie sah nach hinten, um ihm in die Augen zu blicken. Das Dunkelbraun war auf sie gerichtet, während er den

Rollstuhl wendete und sie wieder aus dem Speisesaal in den Flur und an der Bar vorbei zur Küche schob.

»Okay, okay. Wir werden ihn finden, du kannst dich von seiner Gesundheit überzeugen, dann kommst du ins Krankenhaus, und ich befrage ihn. Gemeinsam setzen wir die letzten Puzzleteile zusammen, und dann ...« Frederico brach ab. Er hatte Antonias Rollstuhl kurz geparkt, um die Tür der Küche zu öffnen, hielt jedoch inne.

»Hörst du das?«

»Hm?« Antonia konzentrierte sich auf die Geräusche in ihrer Nähe, hörte aber nichts. Sie schüttelte den Kopf. Fredericos Gesichtsausdruck hatte sich vollkommen verändert. Aus seiner lockeren und freudigen Miene war eine skeptische geworden. Obwohl er kaum Falten hatte, lag seine Stirn nun in welchen. Seine Brauen bildeten eine Linie, und sein Blick ging wachsam zur Tür.

Die Lettern an dem Holz bewegten sich leicht.

»Ich höre nichts ... Aber siehst du das?« Sie zeigte auf das große »C«, das leicht vibrierte.

»Was zum Teufel ist das?« Frederico starrte die Tür an.

»Ich habe keine Ahnung.« Vergessen waren ihre Panik und all die körperlichen Wehwehchen. Antonia war wieder völlig fokussiert. Sie stand aus dem Rollstuhl auf. Der Boden unter ihren Füßen schien sich immer noch zu bewegen, aber nicht mehr so stark wie zuvor.

»Bist du dir sicher?«, fragte Frederico.

Sie nickte. »Lass uns reingehen.«

Das ließ sich der Polizist nicht zweimal sagen. Mit der Hand auf der Waffe öffnete er die Tür und schob sich in den Raum. Er war so darauf konzentriert, dass er auf Antonia nicht mehr so achtete. Sie stützte sich immer wieder an der Wand ab, damit sie ihr Gleichgewicht nicht verlor. Sollte sie doch wieder den Rollstuhl holen?

Der Boden vibrierte. Frederico sah Antonia an. Er legte den Zeigefinger der Hand seines nicht verletzten Arms an die Lippen, nur um gleich wieder seine Waffe zu umfassen. Antonia verstand. Sie versuchte sogar, leiser zu atmen, damit niemand sie bemerkte. Dass Frederico derart auf heimlich machte, zeigte ihr, dass er spätestens jetzt den Ernst der Lage erkannt hatte.

Hier. Stimmte. Etwas. Nicht.

Warum glaubte ihr denn nie jemand?

Frederico bedeutete ihr, an dieser Stelle stehen zu bleiben, und drang weiter in die Küche vor. Antonia sah das überhaupt nicht ein. Sie folgte ihm mit einigem Abstand und blickte dabei immer nach hinten, falls jemand sie aus der anderen Richtung überraschen wollte. In der Küche war die Luft rein. Das zu prüfen, dauerte ein paar Minuten, doch Frederico gab ihr zügig ein Zeichen. Antonia deutete auf den zusätzlichen Raum, den sie letztens noch entdeckt hatte. Er konnte ihren Handzeichen folgen und bog in den Raum ab. Während er sich rechts hielt und um die Stahlküche schlich, spürte Antonia wieder dieses merkwürdige Vibrieren. Dieses Mal folgte sie nicht Frederico, sondern ihrem Empfinden. Und auf gewisse Art auch dem Bauchgefühl, das sie quälte.

Ihr Gespür führte sie auf die linke Seite des Raumes, vorbei an den hohen Lagerregalen und bis zum Kühlhaus. Sie sah sich um. Im Augenwinkel nahm sie eine Bewegung wahr. Es war beinahe nichts, denn das Licht war schummrig und ihre Sinneswahrnehmungen gestört. Dort war es wieder. Sie stellte sich vor die Tür des Kühlhauses und lauschte.

Nein, da war nichts. Sie hörte nichts. Oben, über der Tür, gab es ein kleines Fenster, das wohl als Lichtquelle für das Innere diente. Sie war zwar klein, aber wenn sie die Weinkiste aus Holz nahm ...

Mit einem Blick zu Frederico verwarf sie den Plan. Langsam entfernte sie sich von dem Kühlhaus, weil sie entschied, dass sie es sich gemeinsam ansehen sollten. Sicherheit stand in dieser Situation über allem anderen. Kurz bevor sie die brachliegende Stahlküche erreichte, spürte sie wieder das

Vibrieren am Boden. Und dieses Mal hörte sie ganz leise etwas. Ihren Namen.

Als sie sich umdrehte, sah sie in dem winzigen Glas über der Tür Leonardos angstverzerrtes Gesicht.

24

»Frederico!«, rief sie und rannte los. Hinter ihr schepperte es. Es war ein einziges dumpfes Geräusch. Antonia blieb stehen. »Frederico?«

Er antwortete nicht. Ihr Blick glitt von dem Kühlhaus zu der Stahlküche. Dort bewegte sich etwas. Hektisch sah sie sich nach einer Waffe um, fand aber nur einen Kochlöffel. Den hielt sie mit ausgestrecktem Arm vor sich, als würde er sie ernsthaft vor einem Angriff schützen.

»Kannst du mir vielleicht sagen, warum du nicht gestorben bist?«

Antonia hatte Probleme, die Realität zu akzeptieren, die sich da vor ihr auftat. In der einen Hand hielt Giulia eine Bratpfanne, in der anderen eine Waffe, mit der sie auf Antonia zielte.

Antonia sagte nichts. Konnte sie gar nicht, denn ihre Zunge war wie betäubt. Mit vielem hatte sie gerechnet, aber niemals mit der Köchin.

»Dabei habe ich in deine letzte Mahlzeit eine Extraportion Liebe gesteckt.«

»Du ...?«

»Ja, ich. Ich habe es darauf angelegt, dass heute dein letztes Abendmahl stattfindet, weil du auf meine Drohung nicht gehört hast.« Sie presste die Kiefer aufeinander. Ansonsten wirkte sie wie immer. In ihrer gewohnten Küchenkluft, die Haare unter einem Netz. Sah so eine Verbrecherin aus? Vielleicht träumte sie auch nur.

Ein Wimmern hinter der im schummrigen Licht glänzenden Neonlicht-Kücheninsel holte sie in die Realität zurück. Und die war nicht gerade rosig, schließlich wurde sie mit einer Schusswaffe bedroht.

»Wo ist er?« Antonias Stimme war nur noch ein Wimmern. Noch nie in ihrem Leben war sie mit einer Pistole bedroht worden.

»Na hier, du dumme Gans!« Giulia richtete die Waffe auf einen unbestimmten Punkt hinter sich gen Boden. »Komm doch gucken«, forderte die Köchin sie grinsend auf.

»Lass ihn in Ruhe!« Woher auch immer sie den Mut nahm, er pulsierte wie Lava durch ihre Adern.

»Er schläft ganz friedlich, keine Sorge.« Giulia sah kurz wieder hinter sich, dann breit grinsend zu Antonia.

Die wurde das Gefühl nicht los, dass es noch schlimmer werden würde.

»Lebt er noch?«

»Wenn ich sage, dass er schläft, dann stimmt das. Ich lüge nicht so wie gewisse andere Personen.« Sie seufzte dramatisch.

Antonia ging auf diese Bemerkung nicht ein. Das war kein Spielfilm, sondern ihr verdammtes Leben. Auf keinen Fall würde sie mit einer potenziellen Mörderin über ihre Motive sprechen. Das überließ sie den Fernsehcops.

»Verstärkung ist unterwegs«, drohte Antonia. Das stimmte zwar nur bedingt, aber vielleicht fiel ihre Widersacherin ja auf den Bluff rein.

»Natürlich. Bis die aber hier sind, bin ich längst weg.«

Antonia kniff die Augen zusammen. Damit die Köchin sie ernster nehmen konnte, ließ sie den Kochlöffel sinken. »Könnte knapp werden für dich.«

Sofort kam sie auf Antonia zumarschiert. »Da hast du recht. Und da es dich nicht interessiert, was hier wirklich vor sich geht, kannst du mir jetzt einen letzten Gefallen tun und dann für immer die Klappe halten, ja?« Als sie nur noch drei Meter trennten, forderte sie Antonia mit einem Wink auf, zu ihr zu kommen. »Du nimmst jetzt diesen Loser und schleppst ihn ins Kühlhaus, okay? Dann könnt ihr da drin zu dritt eine Mitleidsparty feiern. Das passt doch zu euch!«

Antonia machte keine Anstalten, sich in Bewegung zu setzen. »Natürlich möchte ich wissen, was hier vor sich geht.«

»Ach ja? Dann sag mir ... Stand ich überhaupt unter Verdacht?«

Antonia schüttelte den Kopf.

»Siehst du. Weil niemand die dicke, lustige Köchin beachtet. Warum dann jetzt damit anfangen?« Sie schnalzte mit der Zunge. Als sie noch näher trat, hob Antonia die Hände. Als würde sie das beschwichtigen. »Beweg dich, oder ich schieße dir in den Kopf.«

Ob das wiederum ein Bluff war, wollte Antonia erst gar nicht herausfinden. Langsam, aber stetig folgte sie Giulias Anweisungen. Sie umrundete die Kücheninsel und kreischte, als sie Frederico bewusstlos auf dem Boden liegen sah.

»O nein, bitte nicht!« Sofort strömten Tränen über ihr Gesicht. Sie kniete sich zu ihm, doch Giulia ermahnte sie.

»Du sollst ihn an den Füßen nehmen und dorthin ziehen! Los jetzt!«

Antonia atmete durch. Wenn Giulia ihn noch immer loswerden wollte, bedeutete das immerhin, dass er noch am Leben war. Sie würde ihn ins Kühlhaus schleppen, dann wären sie zu dritt. Irgendwie würden sie schon herauskommen.

Vor Überforderung und Angst weinend, zog sie an seinen Füßen. Zuerst glitten seine Schuhe ab, doch dann gelang es ihr mühsam, ihn zu bewegen.

»Schneller!« Giulia bedrohte sie die ganze Zeit über mit einer Waffe. Von der Anstrengung in Kombination mit ihrem geschwächten Kreislauf wurde Antonia mit jedem Meter übler. Obwohl diese Kammer auch ihr Todesurteil bedeuten konnte, spürte sie beim Erreichen des Kühlhauses Erleichterung.

»Lass den Kochlöffel fallen«, wies Giulia sie an.

»Wieso, hast du Angst?« Sie wollte ihr die Stirn bieten, damit sie nicht wie das geborene Opfer wirkte, aber der Spruch kam nicht so cool rüber wie beabsichtigt.

»Halt deinen Mund, sonst sperre ich dich ganz woanders ein. Allein.« Giulia zielte direkt auf ihre Stirn. Antonia ließ den Löffel augenblicklich fallen.

Ohne sie aus den Augen zu lassen, öffnete Giulia das Kühlhaus. Sofort war Leonardo zu hören, wie er auf Italienisch schimpfte. Giulia warf die Pfanne nach ihm und zielte dann blitzschnell immer kurz auf ihn und auf Antonia. Der Pfanne war der Hotelier zwar ausgewichen, aber sein Zustand schien besorgniserregend. Er wirkte noch immer alkoholisiert, und dazu schnatterte er vor Kälte. Vermutlich war er seit mehr als einer halben Stunde in der Kühlzelle gefangen, und seine Körpertemperatur nahm stetig ab. Obwohl es sich nicht um ein Gefrierhaus handelte, konnte ein zu langer Verbleib gesundheitsschädigend sein. Vor allem über Stunden.

»Hilf ihr mit dem Bullen«, verlangte Giulia, doch Leonardo schüttelte den Kopf.

»Du machst einen gewaltigen Fehler. Wir drei haben dir nichts getan. Du kannst das nicht vor Gott verantworten.«

Antonia beobachtete den Emotionswechsel auf Giulias Gesicht. Sie verzog es beinahe schmerzhaft und schüttelte immer wieder den Kopf.

»Zieh jetzt!« Sie hielt Antonia die Waffe direkt an den Kopf und beobachtete Leonardo dabei.

Antonia schloss die Augen. Das kühle Metall bohrte sich in ihren Hinterkopf. Panisch versuchte sie, Puzzleteile zusammenzusetzen und irgendeinen Plan auszuhecken, aber die Angst übernahm endgültig ihre Sinne.

»Hilf ihm, verdammte Kacke!« Das kühle Gift wurde von ihrer Haut entfernt. Antonia schritt langsam nach vorn. Sie nahm das andere Bein von Frederico und zog ihn weiter.

Leonardo war direkt neben ihr. Sie konnte sein Aftershave riechen.

»Wir müssen sie überwältigen«, flüsterte er, so leise es ging, doch Giulia hatte außergewöhnlich gute Ohren.

»Wenn ihr euch besprecht, töte ich einen von euch!«

Antonia nickte als Zeichen, dass sie verstanden hatte. Ein Blick zu Leonardo gab auch ihm die Gewissheit, dass sie verstanden hatte.

»Warum müssen wir das tun?« Antonia zog immer weiter an Frederico.

»Damit ihr drei dann gleich zusammen schlafen könnt. Das Gas wird euch dabei helfen, keine Sorge. Vielleicht kuschelt ihr euch ja romantisch aneinander. In Untreue bist du ja ein Meister, nicht wahr, Rossi? Und das hast du deiner Ex-Frau dann auch beigebracht.« Giulia spuckte auf den Boden.

»Was redest du da?« Leonardo hielt inne. Antonia sah verwirrt zu ihnen.

»Ich habe sie geliebt und sie mich auch!« Giulia schien ihre Emotionen nicht mehr lange unter Kontrolle halten zu können.

»Anna?«

»Nein, du Vollidiot!« Giulia wischte sich Schweiß von der Stirn.

Antonia betrachtete Frederico, weil sie sich Sorgen um ihn machte. Hatte er gerade einen seiner Finger bewegt? Sie zog weiter an ihm, doch Giulia achtete gar nicht mehr auf sie.

»Tanja! Ich habe Tanja geliebt«, wimmerte sie.

»Aber ... warum tötest du eine Person, die du liebst?«

Giulia funkelte Leonardo an. Antonia biss sich auf die Unterlippe. War das die Lösung des Rätsels? Giulia hatte Tanja umgebracht? Aber das Motiv erschloss sich ihr noch nicht ganz.

»Wir waren Liebende«, begann Giulia zu erklären. »Aber dann habe ich diesen Schundbrief gefunden. Sie hat einfach an meine Tanja geschrieben. An meine Liebe.«

»Wer?« Leonardo raufte sich die Haare.

Antonia machte dieses Hin und Her nicht mit. Mit einem Bein befand sie sich bereits im Kühlhaus. Fredericos Körper ließ sie extra draußen, trotzdem wagte sie sich vorsichtig ein paar Fußbreit weiter rein. Auf Höhe seiner Brust hatte sie ein Messer durch das Krankenhaushemd gesehen. Er trug nicht besonders viele Bestandteile seiner Uniform, aber dieses Notfallmesser hatte er sich um den Oberkörper geschnallt. Nicht eine Sekunde ließ Antonia Giulia aus den Augen, während sie nach ihrer letzten Hoffnung griff.

»Anna hat Tanja nachgestellt.«

»Sie waren ein Paar. Für Monate.«

Leonardo schüttelte den Kopf. Er wirkte aufrichtig verwirrt und schien sogar den Fakt, dass seine Köchin noch immer eine geladene Waffe auf ihn richtete, auszublenden.

»Sie hat sich in unsere Liebe eingemischt. Diesen grotesken Liebesbrief an sie geschrieben. Dumm nur, dass ich so endlich herausgefunden habe, was nicht stimmt. Warum Tanja nicht mehr mit mir redet. Warum sie nur hierherreist, wenn du nicht da bist. Damit sie sich an deiner Frau ergötzen konnte!« Giulias Schultern bebten. Ihre Finger zuckten an der Pistole. »Tanja wollte es so. Sie wollte Anna und nicht mehr mich. Und wenn ich sie nicht haben kann, dann darf niemand sie haben. Dafür habe ich –«

Giulia schrie auf. Das Messer traf die Köchin direkt in den Oberschenkel. Ungläubig starrte sie Antonia an.

Leonardo reagierte so schnell, dass Antonia vor Erleichterung laut aufschluchzte. Er schmiss sich einfach gegen die Köchin, sodass sie zu Boden ging und die Waffe aus ihrer Hand fiel. Gemeinsam wälzten sie sich über den Boden. Leonardo schlug mit den Fäusten auf die Frau ein, doch auch sie schien sich mit allen Mitteln zu wehren.

Antonia suchte nach der Waffe. Als sie diese unter einem der Lagerregale entdeckt hatte, marschierte sie los. Es sollte nicht so kompliziert sein, nach einer Pistole zu greifen, die gerade nicht genutzt wurde – aber die beiden prügelten sich so stark, dass sich Antonia nicht die kleinste Gelegenheit bot, ohne sich selbst in Gefahr zu bringen. Giulia hatte sich den Kochlöffel geschnappt, mit dem Antonia noch versucht hatte, sich zu verteidigen, und schlug mit dem Holz nun auf den Hotelier ein. Es knallte regelrecht auf seinem Gesicht und den Schultern.

Antonia musste dem ganzen Wahnsinn ein Ende setzen. Ihre Nase begann zu kribbeln. Ein lautes Niesen entfuhr ihr. Warum quälten sie sogar in solchen Momenten ihre Allergien? Sie strauchelte zurück, weil sie Sorge hatte, dass sie durch das Geräusch auf sich aufmerksam machte. Als sie gegen etwas stieß, zuckte sie zusammen. Es war nur ein Sack Mehl.

Giulia schlug Leonardo weiter mit dem Löffel.

Ein Sack Mehl.

Die Mörderin gewann die Oberhand. Sie setzte sich auf Leonardo und malträtierte ihn ohne Unterlass.

Antonia drehte sich wie ferngesteuert um, bohrte ihren Zeigefinger in den weißen Sack und riss ihn auf. Vielleicht war das die dümmste Idee ihres Lebens oder der stärkste Ausbruch von Genialität, den sie jemals haben würde. Sie riss das Loch immer größer, füllte beide Hände mit Mehl und warf es über Giulia und Leonardo.

Die Köchin begann sofort zu husten. Antonia nahm das als ein gutes Omen und wiederholte ihr Vorgehen. Ihr Husten wurde immer heftiger. Endlich hatten Allergien auch mal einen sinnvollen Nutzen.

Das Manöver sorgte auf jeden Fall für ein Überraschungsmoment, das Leonardo nutzte. Er war in der Lage, die Arme der Köchin auf dem Boden festzupinnen.

Antonia erkannte die einmalige Chance. Wie vom Teufel höchstpersönlich geschickt, rannte sie los und warf sich auf den Boden. Endlich bekam sie die Pistole zu fassen. Mit zitternden Händen richtete sie diese auf Giulia.

»Es ist vorbei!«, schrie sie ihr entgegen.

Der Köchin gefror das Dauergrinsen auf dem Gesicht. Auf einmal wirkte sie nicht mehr so selbstgerecht und davon überzeugt, dass sie die Kontrolle über die Situation hatte. Aus ihrer Augenbraue trat Blut. Eine weitere dünne Linie begann bei ihrer Lippe und verschwand in ihrer Kochschürze.

Genau in diesem Moment ertönte ein Klingelton. Alle sahen zu Frederico, der mittlerweile saß. Er hielt sich zwar den Kopf, hatte aber auch sein Smartphone in der Hand. Schwer atmend, sodass sich sein ganzer Oberkörper heftig hob und senkte, nahm er das Gespräch an.

»Wir sind in der Küche. Und wir brauchen dringend Hilfe.« Er sagte es schwach, aber mit einem Siegerlächeln auf den Lippen.

Epilog

Das Zusammenspiel des strahlend blauen Himmels und des satten Grüns der Wiese, Büsche und Beete brannte sich in Antonias Kopf. Die Perfektion, mit der die Boboli-Gärten gepflegt wurden, suchte ihresgleichen. Nicht ein Blättchen stand schief ab, nicht eine Blüte war vertrocknet, und nicht ein bräunlicher Kieselstein lag neben dem Weg. Obwohl der Giardino di Boboli laut Gunnars Einschätzung als das wunderschönste Beispiel eines italienischen Renaissancegartens diente und damit jedes Jahr mehr als eine Million Besucher anzog, schien er heute eher mäßig besucht zu sein. Oder die Touristen verteilten sich günstig über die etwa dreiunddreißig Hektar Gesamtfläche. Diese Information hatte sie nicht von Gunnar, sondern bereits während der Anreise von Tanja erhalten.

Antonias Herz war schwer, aber der Moment erschien ihr auch bittersüß. Es würde noch eine ganze Weile dauern, bis sie die Geschehnisse in der Toskana verarbeitet hatte. Ihre erste Reise schon bald zu beenden, ließ sie aufatmen. Sie freute sich auf ihre Wohnung, ihr eigenes Bett und sogar die Arbeit. Und gleichzeitig wollte sie nicht weg. Antonia hatte Blut geleckt. Zum Glück nicht wörtlich genommen, aber das Reisen hatte ihren Horizont erweitert. Christine hatte recht gehabt. Immer wieder hatte ihre beste Freundin ihr vorgeschwärmt, dass es sich lohne, über den eigenen Tellerrand zu blicken. Was Antonia da gesehen hatte, war beeindruckend, angsteinflößend, grausam und wunderschön gewesen. Sie wollte mehr davon. Von allem, denn endlich war sie aus ihren Mustern herausgebrochen. Nie zuvor hatte sich Antonia so lebendig gefühlt. Sie hatte Freundinnen gefunden, die sie zum Lachen brachten. Ein Land mit seiner Natur, den Bewohnern und der eigenen Kultur ins Herz geschlossen. Und dann war da noch Frederico.

Sie sah in die Richtung, in der er verschwunden war. Als wollte das Universum ihr ein Zeichen schicken, kam er in genau diesem Moment zurück. Stattlich und fast wieder gesund schritt er unter dem Blätterdach der mystisch wirkenden und überwucherten Allee entlang. Auf seinem Gesicht breitete sich ein Lächeln aus, als er Antonia entdeckte. Sie erwiderte es ganz automatisch und hob sanft die Hand zum Gruß. Obwohl sie gerade mal zehn Minuten getrennt gewesen waren, freute sie sich, ihm wieder nah sein zu können.

»Wie hast du das geschafft?«, rief sie ihm zu, sobald er sich in Hörweite befand.

»Kontakte«, antwortete er schlicht und blieb vor ihr stehen. Er reichte Antonia eine Brioche voll Gelato.

»Du bist ein Wunder.« Mit ihrem Blick versuchte sie, sich jedes Detail seines Gesichts einzuprägen. Die Augenbrauen, deren Härchen nicht alle in dieselbe Richtung deuteten. Den geschwungenen Bereich in der Mitte seiner Oberlippe, an dem nun Gelato klebte, weil er bereits in seine Brioche gebissen hatte. Antonia nahm ihre Süßspeise entgegen und tat es ihm gleich. Das leicht süßliche und fluffige Brot in Kombination mit der nussigen und buttrigen Note des Pistazieneises erfüllte ihren Mund. Die Inkarnation der Dolce Vita.

»Meine Lieblingssorte«, nuschelte sie mit vollem Mund, hielt jedoch die Serviette vor die Lippen.

»Tja, ich kenne dich mittlerweile ganz gut.« Frederico nahm ihre Hand und führte sie zu einer Bank, von der aus sie den perfekten Blick auf Florenz hatten. Die Blumenbeete, Skulpturen, Brunnen und Grotten der Gärten waren vergessen, denn die Stadt lag in voller Pracht vor ihnen. Der Palazzo Pitti wirkte wie das Tor in eine andere Welt. Eine aus gelblich grauem Sandstein, die die Wärme und Harmonie der Toskana widerspiegelte. Antonia sah die beeindruckende Kuppel der Kathedrale Santa Maria del Fiore und erahnte die vielen Arkadengänge und Säulen, die sich durch die Stadt zogen und Innenhöfe oder Brunnen zierten.

»Wann geht dein Flug?« Frederico verdrückte den letzten Bissen seines Gelato und verzog das Gesicht. Es war ein gutes Gefühl, dass auch er nicht wollte, dass Antonia ging.

Sie sah auf ihre Uhr. »Ich muss gleich los. Das Taxi ist in fünf Minuten da.«

Die nächste Herausforderung stand ihr bevor: ihr erster Flug. All die Arbeit als Privatdetektivin hatte Antonia geschlaucht, sodass sie ihren Urlaub verlängert hatte und zusätzliche zwei Wochen bei Frederico geblieben war. So hatte sie nicht nur Anna und Leonardo unterstützen und der Polizei helfen können, sondern vor allem Frederico pflegen können. Ihr anaphylaktischer Schock war glücklicherweise nur ein kurzes Intermezzo gewesen. Zusätzlich war es Antonia wichtig gewesen, dass Giulia hinter Gittern saß. Sie wollte ihre neuen Freunde in Sicherheit wissen. Vorher hatte sie nicht aufbrechen können.

Doch nun war die Zeit gekommen. Ihr Koffer befand sich durch Leonardos Geschick bereits im Taxi, und sie würde schon bald in mehreren Tausend Meter Höhe in der Luft schweben. Mit einem Lächeln stellte Antonia fest, dass sie gar keine Angst hatte. Sie war nervös und machte sich Sorgen, doch auch Freude breitete sich in ihr aus. Ein neues Abenteuer. Es würde vermutlich jetzt immer wieder eines für sie geben, denn sie hatte nicht nur sich selbst, sondern auch Christine und Tanja geschworen, öfter Ja zu sagen. Ja zu neuen Erfahrungen. Ja zum Leben. Und auch Ja zur Liebe.

Antonia stand auf. »Ich werde das hier vermissen.«

Frederico tat es ihr gleich. Er nahm ihr die vollgekleckerte Serviette ab und steckte sie einfach in seine Jeans. »Ich werde dich vermissen.«

Antonias Herz vollführte einen Tanz. Und sie war sich ziemlich sicher, dass es dem Takt einer florentinischen Oper folgte.

Ihre Blicke verbanden sich miteinander. Frederico kam ihr so nah, dass sie seinen Atem auf ihrem Gesicht spüren konnte. Sie lehnte sich ihm entgegen und ließ damit zu, dass er seine sanften Lippen auf ihre legte. Zart und ohne Eile, sodass es die perfekte Verabschiedung war. Und ein Versprechen auf mehr. Denn eins stand für sie beide fest: Sie würden sich wiedersehen.

Als das Handy in ihrer Hosentasche vibrierte, ignorierte sie es. Sie genoss den Moment und vergrub ein letztes Mal ihre Finger in Fredericos weichen Haaren. Doch es hörte gar nicht mehr auf, deshalb signalisierte sie ihm, dass es Zeit war.

Seine braunen Augen wurden von Tränen geflutet. Weil Antonia es nicht ertrug, ihn so zu sehen, umarmte sie ihn noch einmal. Den Moment nutzte sie, um seinen herrlichen Duft in sich aufzunehmen und im Geiste abzuspeichern. Frederico legte beide Hände auf ihre Hüften und hielt sie einfach nur fest. Über seine Schulter erspähte Antonia einen Zitronenbaum. Er stand direkt in der Sonne, sodass er beinahe aufzuleuchten schien. Die vielen weißen Blüten wurden von allerhand Kleingetier umschwirrt. Unter anderem auch von zwei Schmetterlingen. Sie saugten den Nektar aus der Pflanze, tanzten dann durch die Luft und flogen dicht an Antonias Gesicht vorbei. Sie folgte ihnen mit dem Blick und beobachtete, wie die beiden im unendlichen Hellblau verschwanden.

Das erneute Vibrieren brachte sie endgültig dazu, Frederico zu verabschieden.

»Danke für alles. Wirklich. Es war die verrückteste, aber schönste Reise meines Lebens.«

»Aber es war ja auch deine erste.« Egal, wie traurig er schien, sein Lächeln verlor er nie.

»Genau. Ich brauche Vergleichswerte, deshalb sehen wir uns schon bald wieder.« Sie räusperte sich, weil ihre Stimme nun doch brach. »Oder?«

Das atemlose Nachhaken bestätigte er mit einem sanften Kuss auf ihre Stirn.

»Pass gut auf dich auf. Ach was, du hast ja bereits bewiesen, dass du das kannst. Bleib einfach so, wie du bist.«

»Du auch. Du hast bewiesen, dass du nicht allein auf dich aufpassen kannst.«

Er grunzte bei ihrer Bemerkung auf, doch es klang beinahe schon freudlos. Dieser Abschied musste ein Ende finden. Antonia kam nicht nur zu spät zu ihrem Check-in, sondern ihr würden jeden Moment die Tränen kommen.

Als sich ihre Hände voneinander lösten, presste sie die Zähne aufeinander. Schnell schwang sie ihr Handgepäck über die Schulter und marschierte den Kiesweg in Richtung Palast entlang, der sie zum Ausgang führen würde. Ein einziges Mal erlaubte sie sich zurückzublicken. Obwohl Frederico einen wichtigen Termin mit seinem Vorgesetzten in der Stadt hatte, bewegte er sich keinen Zentimeter von der Stelle. Da sie einen Hügel hinabging, musste sie nach oben gucken. Er stand dort und beobachtete sie. Wie aus Marmor gemeißelt stand er dort in voller Pracht und machte damit all den antiken Statuen Konkurrenz.

Tränen strömten über Antonias Gesicht. Ihr Herz war so schwer wie ihr Reisekoffer, als sie ihn heute Morgen in die Lobby des *Invidia* gezogen hatte. Nie hatte sie verstanden, wenn Menschen gesagt hatten, dass sie mit einem lachenden und einem weinenden Auge gingen. Jetzt konnte sie es nachempfinden.

Sie durchquerte den üppigen Innenhof des Palastes, der sie bereits bei der Ankunft hier in Staunen versetzt hatte. Nun war die Faszination gedämpft, denn sie musste all den Glanz hinter sich lassen. Die Sicherheitsleute nickten ihr zu, als sie das Gebäude verließ. Oben auf den Treppen machte sie halt und hielt nach ihrem Taxi Ausschau. Einige warteten dort bereits, und sie würde sich durchfragen müssen, welches für sie organisiert worden war.

Aber ihre Aufmerksamkeit lag woanders. Am Straßenrand, in all dem Getümmel der fotoschießenden Touristen und genervt schnaubenden Einwohner, stand ein Reisebus. Ein fremdes Reiseunternehmen, aber ein deutsches Kennzeichen. Antonia schmunzelte, als mindestens zwei Dutzend Senioren und Seniorinnen ausstiegen.

Danksagung

Als ich im März 2023 selbst in einem Seniorenbus auf dem Weg in die Toskana saß, habe ich nie damit gerechnet, dieses Buch zu schreiben. Trotzdem sitze ich jetzt hier und verfasse die letzten Zeilen meines allerersten Krimis. Deshalb möchte ich mich bei einigen Menschen bedanken, ohne die es niemals dazu gekommen wäre.

Zuerst danke ich meiner Mutter dafür, dass sie mich zu dieser Busreise mitgenommen und mich diesem Wahnsinn ausgesetzt hat. Noch nie in meinem Leben war ich so inspiriert wie zwischen einem Haufen Rentner.

Auch vielen Dank an meine restliche Familie, die jedes Buch von mir kauft, manchmal sogar liest, keine Veranstaltung auslässt, um mich anzufeuern, und immer Interesse an dem zeigt, was ich zu Papier bringe.

Besonderer Dank gilt Kevin. Während du den Haushalt schmeißt, die Fellkinder hütest, furchtbar schlecht Geschenke verpackst und mir anderweitig den Rücken freihältst, kann ich dem Autorinnendasein frönen. Danke, dass du immer hinter mir stehst.

Und was wäre die Welt ohne Freundinnen und Kolleginnen? Danke an Dennis, Linda, Sarah, Marina, Vicky, Kathi, Julia, Melli und Diana. Ihr achtet darauf, dass ich auch mal schlafen gehe. Oder Wasser trinke. Oder noch ein paar Wörter schreibe. Danke, dass ihr immer mit dabei seid.

Von Herzen möchte ich PIPER und damit Elke danken. Mit ihr fing alles an, und ich könnte nicht glücklicher sein, denn sie betreut mich mit Verständnis, Herz und Verstand. Vielen Dank!

Danke an Frau Förster für das wertschätzende Lektorat. Ich habe mich sehr gut bei Ihnen aufgehoben gefühlt.

Und der wichtigste Dank gilt meiner Leserschaft. Danke, dass ihr zu diesem Buch gegriffen und euch damit auf eine gemeinsame Reise eingelassen habt. Ich hoffe, dass ihr euch wie Antonia nun frei und inspiriert fühlt. Und dass ich euch mit der einen oder anderen Pointe unterhalten konnte.

Zum Schluss danke ich mir selbst. Dafür, dass ich mir immer wieder neue Herausforderungen zutraue.

Grazie mille e a presto!